DREAMBOOKS

DREAMBOOKS★

DREAMBOOKS

두 번 사는 랭커

ORIGINAL FANTASY STORY & ADVENTURE

사도연 판타지 장편소설

dream books
드림북스

두 번 사는 랭커 5 전쟁

초판 1쇄 인쇄 2019년 8월 20일
초판 2쇄 발행 2020년 11월 30일

지은이 사도연
발행인 오영배
편집 편집부
일러스트 우문
표지·본문 디자인 오정인
제작 조하늬

펴낸 곳 (주)삼양출판사 · 드림북스
주소 서울시 강북구 도봉로 173
대표 전화 02-980-2112 **팩스** 02-983-0660
편집부 전화 02-987-9393 **팩스** 02-980-2115
블로그 blog.naver.com/dreambookss
출판등록 1999년 3월 11일 제9-00046호

ISBN 979-11-283-9664-9 (04810) / 979-11-283-9659-5 (세트)

+ 이 도서의 국립중앙도서관 출판시도서목록(CIP)은 서지정보유통지원시스템홈페이지(http://seoji.nl.go.kr)와 국가자료공동목록시스템(http://www.nl.go.kr/kolisnet)에서 이용하실 수 있습니다. (CIP제어번호: CIP2019031395)

사도연 판타지 장편소설
ORIGINAL FANTASY STORY & ADVENTURE
5
두 번 사는 랭커
| 전쟁 |
dream books
드림북스

목차

Stage 15.
천익기공

연우는 별안간 눈이 커졌다.

'98층의 신과 악마들이 관심을 가진다고?'

98층은 플레이어들이 지난 수천 년 동안 숱하게 탑을 공략했지만 다다를 수 없었던 미지의 영역.

77층에 올포원이 영문을 알 수 없는 이유로 자리를 잡은 뒤, 어느 누구도 그 위의 층계를 밟은 적이 없었다.

레드 드래곤이 76층에 웅거하며 올포원을 끄집어 내리기 위해 끊임없이 도전한다지만, 올포원은 단 한 번도 내려오지 않았다……

……물론, 78층 이후의 층계가 미지의 영역으로 남아 있다고 해도, 무엇이 있을지 유추해 볼 수 있는 단서들은 있었다.

그중 하나가 바로 98층이었다.

랭커의 한 축을 이루는 사도들의 주인. 신과 악마들이 머문다는 터전.

신과 악마들은 알 수 없는 방식으로 98층에서 77층의 아래 세계들을 굽어다 본다.

그리고 이따금 마음에 드는 플레이어들이 있으면 권능을 선물하기도 하고, 사도의 좌를 제안하기도 한다.

하지만 그들 중 어느 누구도 98층을 완전히 '벗어났다'는 경우는 없었으니.

플레이어들은 그저 층계의 차이가 너무 커서 그들이 내려오면 어마무시한 영압(靈壓) 때문에 아래층이 붕괴될 걸 두려워해서는 아닐까 하고 짐작하는 게 전부였다.

다만, 신과 악마들은 다양한 방식으로 아래층에 힘을 투시하여 존재감을 드러내기도 한다.

연우에게 관심을 보였던 헤르메스가 대표적인 예.

그리고 이렇게 메시지를 통해 관심을 표출하기도 한다.

'하지만 그런 경우는 많아야 한두 명이 고작이야. 정우조차도 이런 메시지를 받았다는 경우는 없었는데.'

그만큼 코어라는 개념이 독특한 걸까?

그저 기존에 있는 마력회로에, 단순히 외뿔부족이 가진 지식을 덧댄 것에 지나지 않을 텐데.

하지만 메시지는 더 이상 떠오르지 않았고, 연우가 더 이상 유추할 수 있는 단서도 없었다.

다만, 한 가지만큼은 확실했다.

'내가 찾은 길이…… 정답이다.'

신들조차도 놀랄 정도로.

코어를 이용한 마력의 자연스러운 조절.

애초 마력회로가 원래 인간에게 잘 맞지 않는다는 가정이 정확하게 들어맞았던 셈이었다.

'그렇다면.'

연우는 한쪽 입꼬리를 말아 올렸다.

길을 찾았다면 바로 여기에 맞춰서 일을 진행해야만 한다.

연우는 코어를 메인 주제로 두고, 여기에 맞춰서 머릿속에 뒤죽박죽 섞인 정보들을 차곡차곡 정리하기 시작했다.

중요한 부분은 해석을 마친다. 부족한 부분이 있으면 무엇을 따로 더 찾아야 할지 따로 정리를 해 두고, 필요 없다 싶은 부분들은 과감하게 폐기시켰다.

연산.

용종은 진리를 추구하는 존재.

당연히 오랜 세월에 걸쳐 쌓은 막대한 지식이 있었고, 뇌를 쓰는 방식은 인간이 따라잡을 길이 없었다.

연우는 용마안에 구성되어 있는 용종의 이러한 특성을 가져와 오로지 연산에만 몰두했다.

머리에 열이 잔뜩 올랐다.

뇌가 타들어 가는 느낌을 받았다.

['전투 의지'의 숙련도가 빠른 속도로 오릅니다. 27, 28…… 35, 36%……]

[새로운 지식이 확장됩니다. 마력회로에 대한 응용도가 생겨나기 시작합니다.]

[그릇이 넓어졌습니다.]

[지식의 확장과 영혼의 성장이 확인되었습니다. 중단되었던 계승 작업이 다시 재기됩니다. 99.5%, 99.6%……]

연우는 마치 생사대적이라도 만난 것처럼 모든 정신과 의념을 오로지 생각에만 집중시켰다.

그렇게 시간이 얼마나 지났을까?

연우가 지끈거리는 머리를 짚으면서 다시 눈을 떴을 때, 창밖으로 보이는 외부는 이미 해가 진 상태였다.

"오라, 버니……?"

에도라는 연우에게 방해가 되지 말아야겠다는 생각에 몇 시간 동안 가만히 지켜보고만 있다가, 그가 자리에서 일어나는 걸 보고 같이 따라 섰다.

그녀의 눈에 연우는 어딘지 모르게 많이 위태로워 보였다.

비틀거리는 발걸음이 금방이라도 쓰러질 것처럼 보였다.

하지만.

'눈빛이…….'

에도라는 깊게 가라앉은 연우의 두 눈을 본 순간 마른침을 삼켜야만 했다.

지금 이 순간, 연우는 연우가 아닌 전혀 다른 사람으로 보였다.

왠지 가까이 다가가면 내쳐질 것 같은 위기감이 들었다.

에도라는 왜 자신이 그런 느낌을 받았나 싶다가, 뒤늦게 저런 눈빛을 어디서 봤는지 떠올릴 수 있었다.

'아버지가 적들을 만났을 때. 그때 눈이 저랬었어.'

에도라는 어린 시절 외뿔부족의 적들로부터 납치를 당할 뻔했던 때를 떠올렸다.

그때 뒤늦게 사실을 알고 자신을 구하러 오셨던 아버지.

무왕이 적들에게 보였던 눈빛은 너무나 강렬해서 성인이 된 지금도 잊을 수가 없었다.

그런 눈을 여기서 다시 보게 될 줄이야.

연우는 에도라가 전혀 눈에 들어오지 않는 듯, 다음 구역으로 터벅터벅 걸음을 옮겼다.

여태껏 연우가 있었던 곳은 방대한 규모를 자랑하는 무서고 내에서도 아주 일부에 지나지 않았을 뿐.

연우는 이번에도 구역 곳곳에 있던 책들을 마구잡이로 골라 심법만 읽어 내려갔다.

뭔가에 홀린 사람처럼.

두 눈은 깊게 가라앉아 있었다.

*　　*　　*

연우가 정신적 확장과 함께 얻은 건, 총 세 가지였다.

특성, 기인.

칭호, 마력의 축복을 받은.

스킬, 기공.

기(氣)는 마나를 뜻하는 다른 단어이기도 하니, 결국 세 가지 전부 같은 의미 선상에서 얻은 것이라고 할 수 있었다.

[특성: 기인(氣人)]

대기 중에 흐르는 원기(元氣)에 보다 쉽게 접근할 수 있다. 심법으로 한 번에 수용할 수 있는 양이 월등히 많아지며, 재충전의 속도가 월등히 빨라진다.

플레이어라면 누구나 더 많은 양의 마력을 체내에 축적하기를 원한다.

마력량에 따라 스킬의 위력이 천차만별로 달라지는 데다가, 신체적인 능력도 그만큼 강화시킬 수 있었으니.

그런데 연우는 새롭게 추가된 특성 덕분에 단번에 수용할 수 있는 마력량이 대폭 증가했다.

그리고 이것으로도 모자라, 마력이 소진한 뒤에 재충전되는 속도도 빨라졌다.

소모와 충전의 순환이 빠르면 빠를수록, 마력의 사용 효율 또한 높아지는 게 당연했다.

플레이어라면 누구나 꿈에 그릴 특성에 손에 넣은 것이나 마찬가지였다.

칭호도 마찬가지.

[칭호: 마력의 축복을 받은]

마력회로의 새로운 사용법을 터득하면서 얻게 된 칭호.

마력회로의 '격'이 상승하게 되면서 그동안 단절되어 있던 마나 스트림과의 접촉이 이뤄지게 되었다. 다만, 아직까지는 한계가 있어 마나의 축복을 받았다는 용종의 수준만큼은 되지 않는다.

효과: 마력 +15. 마력회로 스킬 숙련도 +9%. 단번에 출력할 수 있는 마력량이 월등히 증가한다. 다양한 속성의 마력을 차별 없이 다룰 수 있게 된다.

특성에서부터 비롯된 칭호는 사실상 연우에게 가장 필요했던 것이라고 할 수 있었다.

마력 계수가 15만큼이나 올라갈 뿐만 아니라, 스킬 숙련도도 대폭 상승했다.

하지만 연우의 눈길을 사로잡는 부분은 따로 있었다.

다양한 속성의 마력을 차별 없이 다룬다는 점.

'이 말은 서로 상반된 속성도 같이 다룰 수 있게 된다는 뜻이야.'

원래 속성에는 상극이 존재한다.

불에는 물이, 물에는 나무가, 나무는 대지에 약하듯이. 신성력과 마기가 서로 부딪치듯이.

때문에 플레이어는 속성을 다루는 데 있어 주력으로 삼는 속성을 한 가지 두고, 이것에 방해가 되지 않는 선에서 두세 가지를 추가하곤 했다.

그것이 되지 않는다면 최소한 상성 충돌이 벌어지지 않도록 주의를 기울였다.

그래서 연우도 전술을 짤 때 아이기스를 쓸 때와 검은 팔찌를 쓸 때를 따로 분리시켰다.

아이기스에 깃든 신성력이 사귀들에게는 너무 취약이었으니까.

하지만 이 칭호가 생긴 순간, 그러한 제약이 완전히 사라졌다.

물론, 어느 정도 확인은 해 봐야겠지만, 연우는 자신의 예감이 틀리지 않을 거라고 자부했다.

마력의 축복이란 게 그런 거였으니까.

용종이 그랬다. 그들은 속성의 제약을 받지 않고 자신이 원하는 대로 세상의 법칙을 마음껏 비틀었다. 용언은 진리에 닿아서 세상을 직접 움직였다.

비록 연우는 거기에 미치지는 못할 테지만, 최소한 마나로부터 '차별' 을 받지 않는 영역을 구축할 수 있었다.

마지막으로 스킬.

[기공(氣功)]

등급: DDD—~SSS+

숙련도: 0.0%

설명: 대기 중의 마나를 끌어와 마력으로 가공한다. 숙련도가 높을수록 가공의 효율 속도도 비례해서 빨라진다. 이때 가공된 마력은 맑은 순도를 자랑한다.

* 운기조식

명상과 호흡법을 통해 순도 높은 마나를 받아들이고, 마력으로 치환하여 축적한다.

* 내공 발현

치환된 마력의 출력을 높인다. 이때의 출력 효율은 스킬 숙련도와 사용하는 심법의 등급에 따라 천차만별로 달라진다.

**현재 책정된 스킬의 등급은 DDD—입니다. 심법을 얻어 등급을 조정하세요.

기공은 마력회로를 효율적으로 다룰 수 있게 만들어진 스킬이었다.

당장 등급은 최하위로 책정되어 있지만, 코어의 생성과 새로 창안할 심법에 따라서 얼마든지 조절할 수 있으니 신경 쓰지 않아도 될 것 같았다.

이렇게 연우는 자신이 얻은 것들을 계속 되짚어 보면서 어떻게 해야 가장 효율적으로 다룰 수 있을지를 궁리했다.

일단 기본 토대는 얼추 갖춰졌다. 그렇다면 그 위에 쌓아 올릴 재료들이 필요했다.

그리고 그런 재료들은.

'여기에 가득해. 참고할 만한 건 얼마든지 있어.'

무서고 내에 아주 많았다.

비록 철급밖에 되지 않는 기본 무공 서적들이었지만, 오히려 그렇기 때문에 좋았다.

탄탄한 기초 심법일수록, 더 좋은 재료거리가 되어 줄 테니까.

연우가 신경 쓰는 건 딱 한 가지였다.

'마력회로에 가장 알맞을 것.'

용마안으로 읽어 낸 정보들을 해석하고, 외뿔부족이 아닌 자신에게 맞게끔 개량하면 그만이었다.

'그런 측면에서 역근경은 마력회로와 너무 잘 맞아. 마치 처음부터 세트였던 것처럼.'

가장 먼저 집었던 역근경은 연우가 만드는 심법의 주요 뼈대가 되어 주었다.

아마 여러 심법 중에서도 가장 순도 높은 마력을 쌓으려는 역근경의 목표와, 마력을 순수하게 다루는 데 특화된 마력회로의 특징이 잘 맞아떨어진 게 아닐까 하고 짐작하고 있었다.

[현재까지 파악한 심법은 총 312종입니다. 이중 '역근경'을 중심으로 새로운 심법을 제작하기 시작합니다.]

[숨겨진 용종의 특성인 '용의 지식'이 일부 적용되어, 제작 속도가 훨씬 빨라집니다.]

여하튼.

연우는 그렇게 날밤이 새도록 무서고에서 나오지 않으면서 오로지 심법 서적만을 탐독하는 데 열중했다.

그리고 그게 하루가 되고, 이틀이 되며, 사흘째가 되었다.

그동안 연우는 일절 무서고 밖으로 나가지 않고 두문불출하면서 탐독에만 매달렸다.

에도라는 그런 연우의 옆에 바싹 달라붙어 다녔다.

식음을 전폐하고, 외부에는 전혀 신경을 쓰지 않는 연우를 애타는 시선으로 바라봤다.

저건 몸을 혹사시키는 게 아닐까 하는 우려도 들었지만, 여전히 그를 말릴 수가 없었다.

시간이 지날수록, 연우의 눈가가 퀭하게 내려앉는 만큼 눈빛은 더더욱 화려하게 타오르고 있었기 때문이다.

그걸 보고 있노라면, 에도라는 자신도 같이 불길에 휩쓸리는 게 아닌가 하는 착각에 들 정도였다.

그러다 새로운 변화가 일어난 건, 3일이 지났을 무렵이었다.

그 넓은 철급 무서고를 크게 한 바퀴 다 돈 상태.

그동안 읽은 책자는 헤아릴 수도 없을 만큼 많았고, 하나하나가 에도라도 인정할 만큼 탄탄한 것들이었다.

화아악—

갑자기 연우를 따라 흐르던 공기가 바뀌었다.

무거우면서도 텁텁한 공기.

에도라는 순간 연우에게서 새로운 변화가 생겼다는 것을 알 수 있었다.

자신은 물론, 판트나 다른 주변 부족원들도 저것과 비슷한 일을 겪을 때가 많았으니까.

깨달음.

안개 속을 걷는 것처럼 어렴풋하게 잡혔던 뭔가를 확실하게 잡았을 때. 무공을 완전히 자신의 것으로 만들었을 때 발생하는 현상이었다.

아니나 다를까.

순간, 연우를 따라 돌개바람이 일어났다. 풍속이 점차 강해지면서 주변에 있던 책장을 크게 흔들고, 책들이 바닥에 우수수 쏟아졌다.

그러다 철급 무서고가 위아래로 요동을 쳤다.

생각했던 것보다 훨씬 강한 바람 세기.

무슨 일인가 싶어 밖에서 대기하고 있던 호위병들이 허겁지겁 달려왔지만, 방해하지 말라는 에도라의 눈빛을 받고 조용히 자리를 지켜야만 했다.

그리고 그 자리에서 연우를 보는 그들 사이에 소리 없는 경악이 퍼졌다.

30층을 극복한 장을 한 번에 꺾었다는 건 알고 있었지만, 이만한 기세라면 외뿔부족 내에서도 랭커를 제외한 자들 중에서는 상위권이라고 꼽힐 만했으니까.

아니, 그런 것을 제외하더라도, 연우가 이제 갓 무공에 입문했다는 것을 알기 때문에, 기세에 담긴 깊이를 읽고 놀라기도 했다.

'이 정도면 거의 양광이현 급의 성취 아냐?'

'미쳤어……!'

그러다.

번쩍!

연우가 다시 눈을 떴을 때, 날카로운 광망이 눈가 위로 번뜩이면서 사위를 갈랐다.

휘몰아치던 바람도 금세 착 가라앉았다.

그리고 짙은 악취가 사방으로 퍼져 나갔다. 연우가 입고 있던 옷도 마치 먹물에 담근 것처럼 시커멓게 변했다.

깨달음을 얻고 난 뒤, 육체가 거기에 맞춰 변하면서 체내 구석구석에 쌓여 있던 마지막 노폐물이 밖으로 배출된 것이다.

'기경팔맥과 십이경락이 열렸다……!'

'벌모세수라니. 허! 단 나흘 만에 저런 게 가능하다고?'

그렇게 소리 없는 경악이 퍼져가는 가운데.

연우의 눈빛도 천천히 가라앉았다. 기세를 천천히 갈무리한 그는 어딘지 모르게 후련해 보였다.

비록 가면을 쓰고 있어 표정은 알 수 없었지만, 두 눈은 언제 뜨거운 불길을 품었냐는 듯 깊게 가라앉아 있었다.

"에도라."

"네?"

너무 오랜만에 입을 열었더니 목소리가 많이 탁했다.

에도라는 화들짝 놀란 얼굴로 연우를 빤히 쳐다봤다. 사흘 동안 봤던 사람과 전혀 다른 사람을 보는 것 같았다.

비록 악취가 진동하고 주변은 널브러진 책자들로 엉망이었지만, 그녀에게는 유독 그만 보였다.

왠지 모르게 공기가 뜨거웠다.

콧잔등이 살짝 붉어졌다.

그런 묘한 분위기 속에서.

연우는 차분한 어조로 물었다.

"배가 많이 고픈데. 뭐 먹을 거 없나?"

"……."

꼬르륵—

연우의 배 속에 든 거지가 밥 달라면서 에도라의 소녀 감성을 발로 걷어차 버렸다.

연우는 한 손에 샌드위치를, 다른 한 손에는 비급을 든 채 내용을 빠르게 훑었다.

이전과 다른 점이 있다면, 탐독에 열중하던 것과 다르게 지금은 에도라와 대화도 할 수 있을 정도로 많이 여유로워졌다는 점이었다.

한편으로는 의식 중 일부를 체내로 돌리기도 했다.

'기혈이 열린 뒤로 마력회로가 보다 더 제대로 작동하고 있어.'

[지식이 확장되어 육체가 변화하였습니다. 마력이 새로운 길을 찾아 움직이며 새로운 회로가 열리기 시작합니다.]

[중요 회로 3개가 성공적으로 열렸습니다.]

[대회로 중 6개가 성공적으로 열렸습니다.]

[중회로 중 12개가 성공적으로 열렸습니다.]

[소회로 중 36개가 성공적으로 열렸습니다.]

……

[36개의 코어가 새롭게 생성되었습니다.]

[마력회로의 1차 변화가 성공적으로 완료되었습니다. 마력이 새롭게 열린 회로를 따라 이동하며 남아 있는 노폐물을 배출합니다.]

['마력회로' 스킬의 숙련도가 대폭 상승했습니다. 35.1%]

['기공' 스킬의 숙련도가 대폭 상승했습니다. 9.2%]

[마력 스탯이 5만큼 상승했습니다.]

[모든 속성이 10만큼 상승했습니다.]

……

[육체의 새로운 성장이 확인되었습니다. 중단되었던 계승 작업이 다시 재기됩니다.]

[현재 작업량: 99.7%]

혈(穴). 연우는 코어(Core)라고 명명한 장치는 원래 인체 내에 총 360여 개로 구성되어 있다고 한다.

연우는 그중에서 가장 중요하다고 판단된 36개의 장소를 먼저 점지해 뒀다. 그리고 각각 장소에다 마력을 잔뜩 응축시키고, 해체되지 않도록 단단한 고정시켜 코어를 생성했다.

덕분에 마력회로 내의 마력이 1/5까지 확 줄어들고 말았지만, 대신에 효율성은 이전과 비교도 할 수 없을 정도로 비약적인 상승을 이뤘다.

코어를 통해 운용되는 마력량을 자유자재로 조절하는 게 가능했기 때문이다. 그리고 이전에는 불가능했던 세세한 제어도 가능해졌으니.

더구나 뜻하지 않게 추가적으로 발견된 효과도 있었다.

그 많던 마력량이 확 줄어들면서 그동안 느끼지 못했던 '숨겨진' 마력회로의 위치를 느낄 수 있었던 것이다.

정확하게는 아직 때가 되지 않아 개통되지 않았던 회로들. 그리고 그 양은 연우가 예상했던 것보다 훨씬 크고 방대했다.

크고 작은 회로들이 거미줄처럼 세세하게 얽혀 있었다. 어떤 회로는 너무 세밀해서 집중하지 않으면 거의 느껴지지 않을 정도였다.

이 중에서 연우가 그동안 사용하고 있던 양은 불과 20%.

남은 80%를 모두 개척할 수 있다면?

그때부터는 훨씬 방대한 양의 마력을 운용하고 훨씬 효율적인 유동이 가능해질 터였다.

연우는 바로 여기서 착안해 남은 회로를 개척하고자 했다.

코어를 쉴 새 없이 맹렬하게 돌렸다. 마력은 끝없이 숨겨진 회로의 문을 두들겼고, 그러다 조금씩 길을 개척해 나갔다.

장애물을 부수고, 도로를 말끔하게 깔고, 너비를 확장시켰다.

처음에는 아주 까다로웠다.

없는 길을 개척한다는 건 절대 쉬운 일이 아니었으니까. 더구나 연우의 다른 의식은 줄곧 책자에 쏠려 있었다.

하지만 시간이 지날수록 길이 점차 닦이면서 진척 속도에 가속도가 붙었다. 여기에 새로운 지식이 축적되면서 마력 유동도 좀 더 강렬해져 회로 확장이 수월해졌다.

그러다 어느 지점에 이르러서는 갑작스런 폭발이 일어났으니.

외뿔부족에서는 기경팔맥이라고 부르는 여덟 개의 중요 회로 중 세 개가 열렸다. 십이경락으로 통하는 대회로는 여섯 개, 나머지 기맥과 세맥으로 통하는 중회로와 소회로도 마찬가지로 차례대로 개통되었다.

그렇게 열린 마력회로는 전체 총량의 45%.

그러자 벌모세수가 자연스럽게 이뤄지면서 여태껏 방출시키지 못했던 남은 노폐물도 밖으로 배출되었다.

덕분에 두 시간 가까이 몸을 씻어야 했지만.

하지만 다시 무서고로 돌아왔을 때, 연우는 이전과 비교도 할 수 없을 정도로 가벼워진 육체를 느낄 수 있었다.

게다가 사고 판단력도 좋아져 책자를 읽는 게 좀 더 수월해졌다. 마력의 운용도 편했으며, 스킬과의 연계도 보다 자연스러워졌다.

단순히 마력회로를 개통시킨 것뿐인데도 불구하고, 육체도 여기에 맞춰 전반적으로 변화한 것이다.

연우는 갑작스러운 육체 변화로 생긴 허기를 샌드위치로 때우면서 남은 책자들을 마저 살폈다.

처음부터 끝까지 연우를 살폈던 호위병들은 질린 표정이 되었다.

하지만.

에도라는 연우의 그런 옆모습을 빤히 쳐다봤다. 여전히

책에 고정된 시선을 보면서 문득 그런 생각이 들었다.

저 시선이 자신에게 고정되어 있다면 얼마나 좋을까.

물론, 내색은 하지 않았지만.

"정리는, 끝나셨어요?"

"얼추."

연우는 여전히 이쪽으로 시선을 돌리지 않으며 대답했다.

"얼추라면……?"

"95% 정도. 아직 5%가 모자라."

"5%요?"

에도라는 비명을 지를 뻔했다.

아무리 기초 심법이라지만, 그래도 무공을 새롭게 제작하는 일이다.

그런데 단 3일 만에 거의 다 진척시켰다고?

그것도 그전까지 무공에 대한 지식은 하나도 없었던 사람이?

사실 에도라는 처음 시작할 때까지만 하더라도 연우가 기초 개념에 대한 이해만 제대로 끝낸다면 다행이라고 여겼었다.

오랜 역사만큼이나 상상할 수 없는 깊이를 가진 게 무공이었으니까.

그래서 연우가 아버지의 숙제를 제대로 수행하지 못한다고 해도, 개념만 잡힌다면 추후에 얼마든지 도와줄 생각이었다.

아무리 봐도 아버지의 퀘스트는 도무지 말도 안 되는 소리였으니까.

그저 동급 무서고를 열어 주기 위해서 꺼낸 배려 정도로만 여겼었다.

그러다 도중에 생각이 바뀌기 시작했다.

연우가 서적에 몰두를 하는 모습을 보고 '어쩌면?' 이라는 생각이 든 것이다.

어쩌면 아버지는 연우에게서 자신이 보지 못했던 것을 더 크게 봤을지도 모른다는 생각이 들었다.

그리고.

이제야 아버지의 생각이 맞았다는 것을 알 수 있었다.

아마도 거의 완성되었다는 말은 거짓말이 아닐 것이다.

연우는 이런 일에 되도 않는 허세를 부리는 사람이 아니었으니까.

"뭐가 부족하신 건가요?"

"색깔."

"……네?"

"보아하니 모든 무공에는 저마다 다른 특징이 있더군. 삼류든, 이류든 간에. 각자가 추구하는 목표가 있었어."

에도라는 고개를 끄덕였다.

연우의 말마따나, 무공은 종류만큼이나 성격도 천차만별이었으니까.

역근경은 그릇을 완성시키는 데 중점을 두고, 삼재심법은 하늘과 땅의 기운을 받아들이려 하며, 천룡공은 용을 모방하여 내공을 완성시킨다.

그리고 여기서 더 깊게 들어가면 신공, 마공, 독공과 같은 것들이 나타나게 된다.

"현재까지 내가 만든 건, 아주 기초적인 것밖에 되지 않아."

정확하게는 마력회로에 알맞은 심법이었지만. 굳이 여기에 대해서는 언급하지 않았다.

"아. 그래서."

연우는 고개를 끄덕였다.

"제대로 무공으로서 기능을 하려면 그만한 특징을 지녀야 하니까. 아직 그런 게 잡히질 않았어."

에도라는 아주 잠깐 고민에 잠겼다.

심법은 시전자로 하여금 많은 변화를 가져다준다. 그렇다면 과연 연우에게 어울릴 만한 특징은 뭐가 있을까?

"따로 생각해 둔 건 있으세요?"

"아직."

"그럼 어떻게 하시려고요?"

"이제부터 다시 찾아봐야지."

연우는 샌드위치를 마저 다 먹고, 읽던 책을 도로 제자리에 꽂아 넣으면서 말했다.

"동급 무서고에서."

*　*　*

연우는 곧바로 동급 무서고로 향했다.

이제 그에게 남은 시간은 단 하루.

그 안에 원하는 것을 찾아볼 생각이었다.

'되도록이면 마력의 위력을 강화시켜 줄 수 있는 종목이 좋겠지. 당장 나에게 유리한 속성을 생각해 본다면 화공이나 마공 계열일까?'

그동안 연우는 심법을 정립하면서 많은 부분에 대해서 깨달음을 얻을 수 있었다.

여태껏 마력을 그저 단순한 '에너지 덩어리' 라고 생각했던 편견이 깨졌다.

단순히 스킬의 위력 증폭이나, 신체 강화에만 사용할 게 아니라 더 다양한 용도로 쓸 수 있다는 것을 알게 된 것이다.

그것은 연우에게 있어 새로운 세계로 다가왔다.

지구에서 태어나고 자란 그에게 있어 '마력' 이라는 개념은 너무 어려울 수밖에 없다.

이것을 깨면서, 이제 새롭고 다양한 방식으로 다룰 수 있게 되었으니 앞으로 더 많은 일들을 해낼 수 있을 것 같았다.

'무공뿐만이 아니야. 마법, 주술, 초능력, 정령술, 신성력…… 마력의 사용법은 지금 내가 알고 있는 것보다 훨씬 더 다양하고 복잡해.'

무공은 그저 마력을 이용한 수십 수백 가지 분야 중 단 하나에 지나지 않았다.

'그것들을 모두 다룰 수 있게 된다면. 그래서 마력의 근본, 그 자체를 움직일 수 있게 된다면.'

가면 아래, 연우의 눈이 반짝거렸다.

그게 절대 불가능하지 않다는 것을 스스로 잘 알고 있었으니까.

보통 플레이어라면 한계에 부딪칠 수밖에 없을 것이나, 연우는 마력회로를 가지고 있다.

모든 종류의 마력을 품을 수 있는 용종의 맥(脈).

'용종은…… 그래서 대단했던 거였어.'

연우는 새삼스레 마나의 축복을 타고 태어난 용종이 얼마나 대단한 존재인지 깨닫게 되었다.

그 많은 분야들을 통달할 뿐만 아니라, 그것을 넘어 단지 의지만으로 법칙을 뒤틀 수도 있었으니까.

'그런 종족이 대체 어째서 멸망하게 된 걸까?'

연우는 문득 그런 생각이 들었지만, 일기장에도 자세한 내용은 담겨 있지 않았다.

하지만 한 가지만큼은 확실했다.

자신도 마력회로를 갖고 있는 한, 언젠가 그 많은 업적들을 전부 다룰 수 있을 거란 것.

물론, 그만큼 마력회로는 개량에 개량을 거듭해야 하고, 거기에 맞춰 수련도 꾸준히 하고 경험을 쌓으면서 지식을 확장해 나가야겠지만.

그리고 남은 회로들도 마저 개척해야겠지만.

'더 강해질 수 있다면. 뭔들 못할까?'

그리고 이건 그런 길로 나가기 위한 첫 단계의 열쇠.

그만큼 신경이 쓰일 수밖에 없었다.

연우는 동급 무서고를 크게 한 바퀴 돌며 내용을 대충 훑어보고 괜찮다 싶은 것들로만 뽑아서 갖고 왔다.

현재 연우의 보유 속성 중에서 가장 성취도가 높은 분야는 화 속성과 암 속성.

특히 화 속성은 피닉스와의 계약으로 더 깊어졌기 때문에 중점으로 삼을 생각이었다.

'이렇게 하면 되겠군.'

그렇게 연우가 간추린 무공은 의외로 아주 적었다.

총 네 가지.

〈육양공〉

〈역혈마공〉

〈뇌벽세〉

〈환야심법〉

육양공은 양기(陽氣)를 키우는 것을 주목적으로 한다. 1양에서 6양까지, 총 6단계에 걸쳐 마력의 열기를 높여 주변을 모두 불사를 수 있었다.

역혈마공은 마공(魔功)이라는 이름처럼 파괴력이 뛰어난 편이었다. 한 번 펼치고 나면 패널티로 잠시 마력이 텅 비는 허탈감을 가질 수 있지만, 그만큼 강한 힘이 매력적이었다.

뇌벽세도 마찬가지. 뇌 속성은 여러 속성 중에서 가장 파괴력이 있기로 유명했다. 화 속성과 상성도 잘 맞기 때문에 뽑았다.

연우는 육양공에서 역혈마공으로, 역혈마공에서 뇌벽세로 이어지는 순환 고리를 생각했다.

그 정도라면 자신이 생각하는 그림과 얼추 맞아떨어질 것 같았으니까.

하지만 마지막으로 고른 환야심법은 기존 세 가지 심법들과는 궤를 달리했다.

환야심법은 별다른 특징이 없었다. 성질도 음유(陰柔)한 편이라 부드럽고, 펼치더라도 크게 티가 나지 않았다.

그런데도 연우가 뽑은 이유는 두 가지가 있었다.

하나는 너무 강(强)·강·강으로 이어져 폭발할 위험이 있는 순환 고리를 부드럽게 이어 줄 만한 냉각 장치로써의 역할.

그리고 다른 하나는.

'칠흑왕의 절망과 아주 잘 맞을 것 같아. 특히 사귀들과.'

음습한 기운을 풍겨 대는 사귀들에게 따로 망령의 구슬을 제공하지 않아도, 충분히 좋아할 만한 성질을 띠고 있다는 점이었다.

그렇게.

연우는 다시 한번 전투 의지를 통해 한없이 빨라진 사고체계 속에서.

4개의 무공을 뜯고 조립하면서 마력회로에 녹여내고자 했다.

다행히 작업은 어렵지 않았다. 이미 심법의 체계를 거의 갖춰 둔 데다가, 확실하게 잡아 놓은 기준점과 목표도 있었으니까.

'무왕.'

무왕의 눈가에서 봤던 짐승.

그것을 그대로 구현하고자 했다. 거기서 엿봤던 것만 따라가더라도 충분히 좋은 물건이 나올 것 같았다.

['기공'의 스킬 숙련도가 빠른 속도로 오릅니다. 11, 12…… 16, 17…… 20%…….]

[새로운 심법이 모습을 드러내기 시작합니다. 위대한 업적을 이뤘습니다. 추가 공적치가 제공됩니다.]

[공적치를 5,000만큼 획득했습니다.]

[추가 공적치를 3,000만큼 획득했습니다.]

……

[마력이 5만큼 올랐습니다.]

['마력회로'의 스킬 숙련도가 올랐습니다. 40.1%]

……

[마력이…….]

……

[새로운 심법이 완성되었습니다. 이름을 지정하시겠습니까?]

그리고.

'됐다.'

드디어 약속했던 4일째의 날이 찾아왔다.

연우는 이름 지정을 묻는 메시지를 보면서.

여태껏 생각만 해 두고 가슴 속에 묻어 뒀던 이름을 붙였다.

'천익기공.'

['기공' 스킬의 이름이 '천익기공'으로 변경되었습니다.]

천익(天翼). 헤븐윙.

동생을 가리키던 옛 별칭이었다.

Stage 16.
서막

"뭘 그렇게 좋아서 혼자서 싱글벙글 쪼개 대? 뭐, 좋은 일이라도 있나? 또 사고 치려는 건 아니겠지?"

"거 참, 영감. 내가 매번 사고만 치고 다니는 줄 아나."

"흥! 그럼 아녔었더냐?"

무왕은 자신에게 말을 거는 장로를 보면서 피식 웃음을 터뜨렸다.

하긴 자신이 젊은 시절에 사고를 좀 많이 치고 다니긴 했지. 그 뒷감당은 오로지 장로들의 몫이었고.

"오늘이 그 날이거든."

"그 날?"

"우리 사윗감, 얼마나 대단한가 확인해 보는."

"아, 그거였군."

장로는 알겠다는 듯이 고개를 끄덕였다.

연우에게 4일 동안 동급 무서고의 접근을 허락했다는 사실은 장로들도 잘 알고 있었다.

그리고 그동안 한 가지 무공을 완성하라는 말도 안 되는 숙제를 냈다는 사실까지도.

"역시 에도라는 음검을 그 친구에게 맡길 생각인가?"

"그럴 모양이야."

"하긴. 그럴 법도 하지. 그 나이에, 튜토리얼을 갓 통과했으면서 30층계의 장을 단번에 꺾을 자질에…… 그만한 사람은 앞으로도 찾아보기 힘들겠지. 가면을 쓰고 있어 얼굴을 볼 수 없는 게 좀 아쉽긴 하지만."

"꽤 잘생겼을걸?"

"음? 어떻게 그걸 아나?"

무왕은 아무 말 없이 그냥 씩 웃기만 했다.

장로는 어쩔 수 없다는 듯 고개를 절레절레 흔들었다.

무왕이 저렇게 익살맞게 웃을 때는 또 무슨 꿍꿍이를 숨기고 있다는 뜻이었으니까.

저럴 때는 아무도 말리지 못한다.

무왕이 한 수 접어 줘야 한다는 영매조차도.

"아무튼 적당히 하게. 4일 만에 무공을 완성하라니. 그런 말도 안 되는 퀘스트가 어디에 있나? 초장에 고삐를 잡아야겠다는 생각은 알겠네만, 너무 심하면 괜히 반발만 커지는 법이야."

장로들은 연우가 무왕의 퀘스트를 수행해 내지 못할 거라 여기고 있었다.

젊은 시절 천재라 불렸던 무왕도 그런 업적은 해내지 못했으니까.

하지만 무왕은 여전히 대답 없이 아리송한 미소만 짓고 있을 뿐이었다.

그러다 무왕은 화제를 슬쩍 돌렸다.

"그보다 알은? 어떻게 되어 가?"

"하면 할수록 안에 대체 뭐가 들어있는지 도무지 짐작하기가 어렵다네."

"그럼 역시 신수급?"

"음."

장로는 잠시 뭐라고 말을 해야 할지 몰라 고민을 하다가, 곧 진지한 어투로 말했다.

"분명 그만한 존재인 건 맞는데…… 그래도 일단 자세한 건 나중에 말해 줌세. 아직 확인이 덜 끝났거든."

"꽤 큰 건가 보네. 알았어."

무왕은 그렇게 말하면서 천천히 자리에서 일어났다.

이제 연우를 확인하러 갈 차례였다.

"그럼 이제 슬슬 우리 사윗감이 숙제를 얼마나 했는지 확인하러 가 볼까?"

* * *

"이야. 이거 완전히 애가 반쪽이 다 되었네. 에도라, 애 밥도 안 먹이고 굴린 거냐?"

무왕은 피골이 상접하다시피 한 연우를 보면서 어이가 없다는 듯이 헛웃음을 흘렸다.

대체 그동안 무슨 일이 있었던 건지, 가면으로 가려져 있어도 몸이 전체적으로 말라 있어 상태를 알 수 있었다.

가면 아래 살짝 보이는 두 눈 밑도 퀭해져 있었다.

하지만 눈빛만큼은 어느 때보다 또렷했다.

무왕은 그런 연우를 보면서 알 수 있었다.

'이놈, 생각했던 것보다 훨씬 더 큰 성취를 이뤘구나.'

그때, 연우가 말했다.

"여기서 보이면 되겠습니까?"

"그럼."

무왕의 허락이 떨어지자, 연우는 마력회로를 한껏 가동

시켰다.

그 순간.

[새롭게 완성된 '천익기공(속성: 불꽃, 어둠, 전격)'이 외부로 발현됩니다.]

['천익기공' 스킬의 숙련도가 올랐습니다. 12.9%]

화아악—

연우를 중심으로 후끈하게 달아오른 공기가 커다란 동심원을 그리면서 사방으로 뻗쳐 나갔다.

에도라는 깜짝 놀라 재빨리 뒤로 멀찍이 떨어졌다. 심장을 간질이는 기분.

그건 분명히 경고였다.

저 기세에 휘말리면 위험하게 될 거라는.

아니나 다를까.

열풍이 스쳐 지나간 자리로 풀잎이 바싹 메말라 황갈색으로 변했다.

공기가 뜨겁게 달아오르고, 지면은 가뭄이 찾아온 것처럼 수분이 빠져나가 거북이 등껍질처럼 마구 갈라졌다.

그러다 불똥이 튀면서 금세 불길이 일어나 사방으로 점차 퍼져 나갔다.

불기둥이 높게 치솟으면서 연우를 천천히 감싸 안았다.

그리고 확 하고 드러나는 모습.

파직, 파지직—

불꽃을 휘감은 연우의 모습은 여러 모습을 떠올리게 했다.

어떻게 보면 불로 이뤄진 갑주를 두른 신장처럼 보이기도 하고, 또 어떻게 보면 등 뒤를 따라 불로 만든 날개를 품고 있는 천사처럼 보이기도 했다. 아니, 악마처럼 보였다.

특히 입고 있는 까만 갑주와 칠흑색의 가면은 붉은색 불꽃과 너무나 잘 어울려 위압적으로 다가왔으니.

공기를 후덥지근하게 만드는 열기와 함께 사위를 짓누르는 패기가 겹치면서 사람을 무력하게 만드는 힘이 숨어 있었다.

역근경을 기본 뼈대로, 다양한 심법들이 주변을 단단하게 받치고, 그 위를 육양공 등으로 둘러싸 완성시킨 심법.

이건 무학(武學)의 반열이라고 봐도 무방했다.

"……!"

에도라는 그것을 보면서 아무 말도 할 수 없었다. 혜안을 활짝 연 눈동자가 위아래로 요동쳤다.

'기존 출력의 두 배……! 아니, 세 배?'

그녀는 연우의 마력 효율을 체크하고 기함을 터뜨렸다.

단지 새로운 심법을 만든 것만으로 저런 변화라니.

대체 뭘 만든 걸까?

그리고 한편으로는 그런 생각이 들었다.

'그럼 그동안 오라버니가 보였던 것들은 효율이 얼마나 엉망이었던 거지? 아니, 그렇게 엉망이면서도 그 정도였다고? 그럼 무공을 완성하게 되면 대체 어떻게 되는 거야?'

엉망인 마력 효율로도 그만한 힘을 발휘했었는데…… 아직 엉성한 심법만으로도 이 정도로 발전할 정도다.

만약 여기에 심법을 제대로 완성한다면.

약속대로 무왕이 무공 지도를 도와준다면 대체 어떤 결과가 벌어질지, 도무지 짐작도 가질 않았다.

"하, 이 새끼 봐라? 이거 완전 괴물이었네?"

무왕은 그런 연우를 보면서 헛웃음을 터뜨렸다.

연우가 퀘스트를 성공할 거라고 예상은 했지만, 이건 그보다 훨씬 대단한 성취였으니까.

물론, 아직 엉성한 점이 많아 뜯어고칠 곳은 많아 보였지만. 그래도 대단한 건 대단한 거였다.

"그런데 말이야. 이거."

무왕은 에도라와 판트가 참 대단한 물건을 집어 왔다는 생각을 하면서도, 문득 그런 기분이 들었다.

간만에 피가 끓는 것 같은 기분.

아홉 왕에 오른 이후, 적수를 찾아보기 힘들 만큼 강해진 이후, 처음으로 '호승심' 이라는 감정이 고개를 들었다.

눈앞에 있는 녀석은 짐승이었다.

자신과 똑같은.

그래서.

무왕은 자기도 모르게 송곳니를 훤히 드러내면서 물었다.

"나, 따라 한 거 맞지?"

무왕은 연우가 기공을 보인 순간부터 알 수 있었다.

연우가 무공을 완성시키면서 누구를 떠올렸는지.

그가 익힌 〈마천신공(魔天神功)〉과 너무 비슷한 냄새가 풍겼으니까.

연우는 굳이 그것을 부정하지 않았다.

"당장 제가 알고 있는 분 중에서 가장 강한 분이시니까요."

"흐흐. 인석아, 그렇게 아부 안 해도 되거든? 뭐, 사실 그게 맞는 말이긴 하지만."

무왕은 피식 웃음을 터뜨리면서 연우를 위아래로 훑었다. 그의 눈은 예리하게 빛나 연우의 기공을 꿰뚫어보고 있었다.

"역근경을 베이스로 해서, 육합공과 삼재심법을 뼈대로

잡았군. 그 위에다가 천룡공이나 자하공을 둘러서 어느 정도 균형을 갖췄고. 특색은…… 각각 육양공, 역혈마공, 뇌벽세, 환야심법인가?"

연우는 무공의 내력이 속속들이 간파당하자 속으로 혀를 찼다.

재료가 된 심법들을 거의 해체했기 때문에 알아볼 수 없을 거라고 생각했었는데. 역시 무왕은 무왕이었다.

"공격력과 파괴력을 극대화시키는 데 초점을 뒀군. 다만, 여기에 환야심법을 둬서 얼추 균형을 잡으려고 했던 것 같은데. 그런데 여기서는 환야심법의 '환' 자 결보다는 '야' 자 결이 더 어울릴 거다. 이따가 다시 맞춰 봐."

연우는 무왕이 충고를 해 주려 한다는 사실을 눈치를 채고, 허리를 바짝 세웠다.

아무리 책자에서 많은 정보를 얻는다고 해도, 직접 가르침을 받는 것과는 다를 수밖에 없다.

"이유를 여쭤도 되겠습니까?"

무왕이 피식 웃으면서 말했다.

"그냥."

"……예?"

연우는 자기도 모르게 얼빠진 소리를 내고 말았다.

무왕의 장난기 섞인 목소리가 더 커졌다.

"그냥 그런 것 같아서."

"……."

"뭘 그런 눈으로 보냐? 정말 그렇게 보이는데. 그걸 뭐라고 설명해? 원래 나 같은 천재들은 딱 한 번 보면 바로 딱 하고 알아낼 수 있단 말씀이지."

연우는 순간 욕을 하고 싶은 심정이 굴뚝같아졌다.

처음 마나에 대한 개념을 공부할 때에도 동생과 율, 두 녀석 모두 비슷한 말을 해 대서 골머리를 썩이더니.

천재라는 종자들은 사람을 기만하는 게 패시브 스킬로 장착이라도 되어 있는 걸까.

"그래도 이만하면 합격점이지. 축하해. 내 시험을 통과하다니. 네가 이걸로 세 번째다."

[높은 수준의 무공을 완성하는 데 성공했습니다. 퀘스트(무왕의 시험)를 최대 조건으로 달성했습니다.]

[누구도 쉽게 이루지 못할 업적을 달성했습니다. 추가 공적치가 제공됩니다.]

[공적치를 2,000만큼 획득했습니다.]

[추가 공적치를 1,000만큼 획득했습니다.]

[보상으로 무왕으로부터 지도를 받을 자격 권한을 부여받았습니다. 무왕에게서 무공 지도를 받아 더 높은 경지로 거듭나십시오.]

[보상으로 무공서 <팔극권>을 획득할 자격을 얻었습니다. 무왕에게 요구하십시오.]

[보상으로 <음검>의 계승권을 획득했습니다. 더 자세한 내용은 무왕과 논의를 나누십시오. 더 많은 보상을 요구하실 수 있습니다.]

[전체 스탯이 15만큼 상승했습니다.]

['천익기공' 스킬의 숙련도가 5%만큼 상승했습니다. 26.1%]

퀘스트를 달성했다는 기분 좋은 내용의 메시지가 눈앞을 가득 메웠다.

"받아라."

무왕은 메시지를 다 읽기도 전에 품에서 뭔가를 뒤적이더니 앞으로 던졌다.

연우는 가볍게 그것을 낚아챘다.

한 권의 책자였는데, 책자의 겉면에는 '팔극권'이라는 단어가 적혀 있었다.

살짝 열린 용마안 사이로 결이 잔뜩 뭉쳐 있는 게 보였다.

'상급이라는 뜻이야.'

이 무공의 정체는 대체 무엇일까? 단어만 본다면 권법의 일종으로 보이는데.

"약속한 것처럼 앞으로 나는 네 옆에서 그 무공을 가다듬어 주고, 팔극권을 전수하는 데 집중할 생각이다. 물론, 거부는 거부한다."

무왕은 장난스럽게 말하면서 설명을 덧붙였다.

"물론, 알다시피 우리는 이제 곧 전쟁에 참여하게 된다. 그러니 한동안은 내 종자로 따라다니면서 전수받아. 한 번 가르친 건 두 번 안 가르친다."

연우의 눈이 반짝였다.

전쟁 기간 동안 무왕의 옆을 계속 따라다닐 수 있다면, 그의 활약상도 지켜볼 수 있다.

용마안으로 좇는다면 상당한 수확을 거둘 수 있을 것이다.

거기다 무왕의 1:1 지도까지 따른다면?

두말할 필요가 없었다.

이건 그동안 히든 피스만 계속 모으면서 상대적으로 성장이 더뎠던 신체 능력을 비약적으로 향상시킬 수 있는 좋은 기회였다.

아무리 좋은 소프트웨어가 있어도, 바탕이 되는 하드웨어가 그만큼 좋지 않으면 소용없으니까.

"여쭙고 싶은 게 있습니다."

"말해."

"방금 전에 보상으로 음검의 계승권이라는 걸 얻었습니다. 이게 무엇입니까?"

"때가 되면 말해 줄 거야. 아직은 아냐. 물론, 그때 가서 거부할 수도 있는 거고. 다른 건?"

"이 시험을 통과한 게, 제가 세 번째라고 하셨습니다. 그럼 다른 두 사람이 누군지 여쭈어도 되겠습니까?"

"어쭈! 요놈 봐라? 벌써 호승심이냐? 한 명은 너도 들어본 적이 있는 놈일걸? 꽤 유명하거든."

"누굽니까?"

"검무신."

"……!"

연우의 눈이 커졌다.

검무신은 청화도의 다섯 무신 중 최고 우두머리. 검을 다루는 솜씨로는 탑에서 비견할 만한 자가 없다고 할 정도였다.

항간에는 올포원도 그의 검술만큼은 인정했다는 소문이

있을 정도였으니.

그런 사람이 첫 번째 통과자였다고?

"원래 그놈이 내 제자였거든."

무왕은 외부에 전혀 알려지지 않았던 사실을 아무렇지 않게 털어 놓았다.

그럴수록 연우는 더 크게 놀라고 말았지만. 동생조차 이 사실을 알지 못했다.

'청화도와 외뿔부족의 관계. 생각했던 것보다 훨씬 깊어. 나중에 청화도와 대적하게 되면 외뿔부족과도 부딪치게 될까?'

연우는 메마른 입술을 혀로 축였다.

"뭐, 지금은 파문한 지 오래된 새끼지만. 하여간 너는 그만큼 대단한 스승을 모시게 되었다, 이 말씀이야. 그러니까 좀 더 심장에서 우러나오는 마음으로 감사하라고. 좀 더 이 스승님을 존경하고. 알았지?"

무왕은 스스로 얼굴에 금칠하기를 멈추지 않았다.

"그럼 두 번째는 누굽니까?"

"비밀. 말해 주기 싫어서가 아니라, 말해 줘도 넌 몰라."

연우는 세간에 잘 알려지지 않은 실력자가 아닐까 하고 생각했다.

탑은 수많은 실력자들이 날뛰는 세계이니만큼, 스스로를

외부에 드러내기를 꺼려 하는 사람들도 아주 많았으니까.

그런 사람들은 보통 혼자서 조용히 탑을 공략하는 걸 선호했다.

"그럼 마지막으로 한 가지만 더 부탁드리겠습니다."

"뭔데?"

순간, 가면 아래 속 연우의 두 눈이 빛을 뿌렸다.

"무왕께서 가진 '진짜' 힘을 보고 싶습니다."

"내 힘?"

동생의 일기장 속에도 하이 랭커들의 실력에 대해서 적혀 있기는 했다.

하지만 연우는 직접 자신의 눈으로 확인하고 싶었다. 특히 가장 정점에 서 있다는 아홉 왕이 가진 실력을.

"거 참. 스승 노릇 한 번 하기 되게 힘들구만. 으음. 뭘 보여 줘야 좋을까?"

무왕은 너무 많은 것을 요구하는 연우를 보면서도 짜증보다는 참 당돌하다는 생각이 들었다.

그래. 이 정도 열의는 있어야 가르칠 맛이 나겠지.

무왕은 이왕에 보여 줄 것, 아주 화려하고 강렬한 걸 보여 줄 생각이었다.

그는 한때 '걸어 다니는 무서고'라는 별명이 있을 정도로 수많은 무공을 머릿속에 담고 있었고, 그중 대다수를 높은 수준까지 익혀 두고 있었다.

그러다 무왕은 한 가지를 떠올렸다.

연우에게 전수할 무공이 팔극권이라면, 그중 한 가지를 보여 주면 되겠다는 생각이 들었다.

"원래 이런 거 잘 안 보여 주지만. 오늘은 특별히 싸게 내놓으니까 잘 봐 두라고. 팔극권의 비기 중 하나, '단천(斷天)' 이다."

무왕은 조금씩 자세를 갖추기 시작했다.

순간, 그를 따라 흐르던 분위기가 확 바뀌었다. 가볍던 공기가 갑자기 무거워지면서 지면이 위아래로 요동치기 시작했다.

쿠쿠쿠—

연우의 시선이 단단히 고정되었다. 용마안으로 무왕의 모든 것을 포착하고자 했다.

그의 호흡, 마력 순환, 근육의 움직임, 동작의 각도까지. 자신이 '목표' 로 삼고 있는 게 바로 눈앞에 있었다.

그리고 그때, 무왕에게 잠재되어 있던 짐승이 조금씩 밖으로 비집고 나왔다.

맹렬한 투기와 패기가 폭풍처럼 휘몰아쳤다.

세상 한가운데.

무왕만이 존재하는 것처럼, 그의 존재감이 거인처럼 커

져 세상을 뒤덮었다.

에도라는 사색이 되어 뒤로 주춤 물러섰다. 신마도를 뽑아 땅에다 꽂으면서 어떻게든 신체를 보호하고자 했다.

연우 역시 기세에 휘말려 몸을 가누기가 어려웠다. 마력회로가 맹렬하게 돌아갔지만, 균형을 잡는 게 고작이었다.

그사이에도 그의 시선은 무왕에게만 단단히 고정되었다. 무왕이 보이는 모든 것들이, 그에게는 말도 안 되는 현상으로만 다가왔다.

아는 만큼 보인다고, 여태껏 그냥 무왕을 보면서 느꼈던 것들 보다 훨씬 많은 것들이 보였다.

그것은 신세계였다.

머릿속에 정립했던 개념들이 다시 한번 폭죽처럼 터져나가고, 새롭게 쌓이다가 다시 우르르 무너졌다.

무공, 그 자체를 넘어서는 힘. 무공의 완성을 이루고, 마력을 극한까지 단련한 자의 힘이 바로 저 앞에 있었다.

자신이 언젠가 다다라야만 하는 경지가 그곳에 있었다!

무왕은 손날을 바짝 세웠다. 마력이 잔뜩 응집되어 푸르스름한 빛을 발하기 시작한 손날이 그대로 사선으로 그어져, 저 하늘 위에 걸린 태양을 가로질렀다.

그리고.

스걱!

하늘을 따라 길쭉한 단층이 생겨난다 싶더니 위와 아래가 그대로 어긋났다.

태양이…… 두 개로 갈라졌다.

"……!"

연우는 도저히 말도 안 되는 현상에 두 눈을 부릅떴다. 에도라도 손으로 입을 틀어막았다.

소리 없는 비명이 이어졌다.

쪼개진 태양은 곧 수십 개로 분열되어 아래로 우수수 쏟아지고, 밝았던 하늘에는 갑작스레 어둠이 내려앉았다.

세상이 어둠 속에 잠겼다. 빛 한 점 보이지 않는 시간이 잠깐 이어졌다.

그러다 곧 거짓말처럼 하늘에 맺혔던 단층이 사라지고, 태양이 그 자리 그대로 나타나 세상은 다시 빛을 되찾았다.

불과 몇 초에 불과했던 어둠. 침묵과 적막.

순간 착각한 게 아닐까 싶을 정도로 잠깐 빚어진 일이었다.

하지만 그것을 겪는 동안, 연우는 어떻게 말로 표현할 수 없는 충격을 받아야만 했다.

'저런 게…… 가능하다고?'

4일 만에 기공을 만들어 내면서 이제 어느 정도 강해질 수 있는 발판을 마련했다고 생각했는데.

도무지 따라잡을 엄두도 나지 않을 만큼 까마득한 실력 차가 바로 눈앞에 있었다.

격차가 너무 커서, 용마안으로도 어떻게 따라잡을 수가 없었다.

"후우! 간만에 힘 좀 썼더니 어깨가 좀 뻐근하네. 하여간 잘 봤지?"

무왕은 오른쪽 어깨를 뱅글뱅글 돌리면서 씩 웃었다.

"출정은 오늘 밤에 있을 예정이니까 시간 늦지 않게 잘 맞춰서 오고. 에도라, 너는 얘 밥 좀 먹여라. 저래서는 비실비실해 보여서 남들한테 무시당하기 십상이라고. 알겠지? 그럼 난 바빠서 먼저 간다."

무왕은 두 사람에게 충격적인 모습만 던져 준 채, 조용히 모습을 감췄다.

연우가 정신을 차린 건 한참 뒤였다.

'언젠간.'

꽉 쥔 주먹에 힘이 잔뜩 실렸다. 핏대가 서면서 새로운 열망이 그의 가슴에 불을 지폈다.

'언젠가는 넘어서고 만다.'

연우의 마음속에.

처음으로 넘어야 하는 목표점이 생겼다.

*　*　*

"으윽. 골로 갈 뻔했네."

연우와 에도라가 보이지 않는 자리.

무왕은 혼자만 남았다 싶자, 욱신거리는 오른팔을 왼손으로 주물럭거렸다.

간만에 마력을 최대로 끌어 올려서 그런지 근육 손상이 꽤 심했다.

『그러게, 누가 잘난 척하래? 괜히 똥폼 잡는답시고 무리하니까 그러지. 지금 장로님들, 당신 찾는다고 난리도 아냐. 다른 클랜들에게서 항의가 곧 쏟아질 건데, 제정신이냐는데?』

영매의 목소리가 머릿속을 비집고 들어왔다.

"에이. 그래도 마누라, 자식이 보는 앞인데. 약한 모습 보여 주면 안 되잖아?"

그러면서 피식 웃었다.

"게다가 원래 스승이라는 존재는 도저히 넘볼 수 없을 것 같은 장벽이자 목표가 되어야, 제자가 그만큼 열의를 가진다고."

『그러다 의욕이 꺾여 버리면?』

"뭐, 그럼 그것밖에 그릇이 안 되는 놈인 거지."

어딘지 모르게 차갑게도 느껴지는 말투였다.

『하여간. 그래서 어때? 만족해? 원래 이런 것까지는 안 하려고 했잖아?』

“만족은 처음부터 했지.”

『그럼?』

“생각했던 것보다 훨씬 많이 굴려 볼까 봐. 검무신, 그 녀석도 30일이나 걸렸던 시험을 단 4일 만에 통과한 놈이야. 당연히 그만큼 더 열과 성을 다해서 가르쳐야 형평성이 맞지 않겠어?”

실실 웃는 무왕의 모습에서는 벌써부터 들뜬 기대감이 어려 있었다. 제자 출신 두 명이 한데 만나게 된다면, 그것도 재미난 그림이 될 것 같았다.

이러나저러나, 이번 전쟁 동안에는 참 재미난 일이 많이 벌어질 것 같다는 생각이 들었다.

* * *

그리고, 밤이 되었다.

무왕이 선언했던 참전의 밤.

이미 외뿔부족 마을의 중앙 공터에는 전투에 참여하기로 한 부족원들이 나와 있었다.

무왕을 따라 참전을 선언한 가문은 총 21개. 각 가문은 적게는 열 명에서, 많게는 백 명까지 보낸 상태였다.

그렇게 해서 모인 인력이 총 500여 명.

애초 이번 출전은 강제 사항이 아닌 자원자들만 받았기 때문에 인원이 적을 수밖에 없었다.

하지만 그들 하나하나가 '전사'의 호칭을 받을 정도로 뛰어난 실력자들.

덕분에 인원은 적어도 풍기는 위세는 수만 명이 모여 있는 게 아닐까 싶을 정도로 살벌했다.

연우는 그사이에 섞여 있었다. 그는 다른 아홉 명의 식객들 틈에 섞여 무왕의 연설을 가만히 지켜봤다.

"간만에 밖에 나서려니 살 떨리지? 다들 쫄아서 바지에 지리지 마라. 내가 그런 놈 있나 없나 제대로 확인할 거야. 알겠냐?"

무왕은 경망스러운 태도만큼이나, 출정식이랍시고 내뱉는 말들도 전부 농담으로 가득했다.

"하! 왕이나 쪽팔리게 어디 얻어맞고 굴러다니지 마십쇼. 그랬다가는 확 왕 바꿔 버릴 거니까."

"으흐흐. 그것도 참 볼 만하겠는데?"

"잠깐. 그럼 더 좋은 거 아냐? 저 뻔뻔한 낯짝이 구겨지는 거 볼 수 있는데?"

전사들도 덩달아 유쾌하게 낄낄거리기 바빴다.

연우는 그 모습들을 보다가 문득 그런 생각이 들었다.

외뿔부족이 여태껏 최강자로 군림할 수 있었던 이유는, 바로 이러한 여유 때문이 아닐까 하는.

그들은 절대 자신들이 질 거라고 생각지 않고 있었고, 눈빛에는 지도자인 무왕에 대한 신뢰가 가득했다.

"하여간. 아무도 죽지 마라. 죽는 놈은, 쪽팔리게 내가 지옥 끝까지 따라가서 멱살 잡아다가 끄집어 올릴 테니까. 알아들었냐?"

"예!"

"예!"

"그럼 가자. 맘껏 놀 시간이다."

무왕의 외침에 따라, 전사들은 일제히 자신들에게 미리 주어졌던 티켓을 찢었다.

11층으로 이동하는 티켓. 푸른 포탈을 따라 사라지는 그들을 보면서.

연우도 자신의 티켓을 힘껏 찢었다. 가면 아래로 두 개의 안광이 도깨비불처럼 타올랐다.

레드 드래곤과 청화도.

두 곳의 전쟁이 서막을 올리기 시작했다.

*　*　*

[이곳은 11층, 꿈속 세계의 관입니다.]

메시지가 떠오르기 무섭게 연우와 외뿔부족은 일제히 움직이기 시작했다.

스타트존에서부터 도시 쿠람까지. 쉬지 않고 일직선으로 관통할 예정이었다.

주변은 해가 져서 캄캄했다.

달빛만이 그들의 앞길을 비출 따름이었다.

"이렇게 같이 다니게 된 것도 인연인데. 통성명이나 나누는 건 어떻겠나? 나, 사일론일세."

그때, 묵묵히 외뿔부족을 따라 달리던 연우 옆으로 큼지막한 뭔가가 다가왔다.

미성(美聲)에 어울리지 않게 연우의 머리보다도 높게 치솟은 망치.

그 아래에는 드워프 헤노바보다도 더 작은 키를 가진 하플링이 씩 웃고 있었다.

사일론.

'노래하는 망치' 라는 별칭으로 유명한 랭커였다.

한때 작은 체구와 어울리지 않게 무지막지한 완력으로

유명세를 떨쳤던 자.

갑자기 실종되어 많은 이들의 궁금증을 샀던 그는 외뿔 부족의 식객으로 앉아, 식객들의 수장 역할을 하고 있었다.

'생긴 건 정말 아이처럼 생겼군.'

하플링과 드워프는 비슷한 체구를 가졌지만, 흔히 얼굴 생김새를 보고 구분을 짓는 편이었다.

우락부락한 근육을 가져 힘을 잘 쓰는 드워프와 다르게 하플링은 앳된 아이 같은 모습을 가진다.

가녀린 미성을 가지고 있기 때문에 노래로 유명하기도 했다.

사일론도 마찬가지.

겉으로는 순진무구한 아이 같은 모습을 하고 있었지만, 사실 속내는 산전수전을 다 겪은 노익장이었다.

"카인."

연우는 사일론을 슬쩍 보고는 다시 앞으로 고개를 돌렸다.

더 이상 대화를 나누고 싶지 않다는 뜻.

사일론은 그런 연우를 보면서 살짝 기가 막힌다는 표정이 되었다.

새로운 식객으로 온 사람이 최근에 한창 탑을 떠들썩하게 만들었던 독식자라는 사실을 알았을 때에도 크게 관심을 두지 않았었다.

사일론은 이미 탑에 대해 관심을 거둔 지 아주 오래되었으니까.

하지만 연우가 무왕의 새로운 제자가 될지 모른다는 사실을 알게 되었을 때에는 달랐다.

'저 시건방진 무왕이, 새로운 녀석을 제자로?'

사일론이 여태껏 식객으로 머물며 본 무왕의 제자는 둘.

하나는 아홉 왕에 오른 검무신이었고, 다른 하나도 그에 못지않은 실력자였다.

무왕이 가르치는 데 소질이 있다는 뜻이기도 했지만, 그만큼 그의 눈에 띈 자들은 뭔가 범상치 않은 자질을 가졌단 뜻이었다.

그래서 사일론은 무왕이 대체 무엇을 본 건지 궁금했다.

'이깟 애송이가 나보다 나은 점. 분명 뭔가가 있을 테지.'

그리고 그 호기심 속에는 질투심도 섞여 있었다.

사일론은 무왕의 무위에 반해 외뿔부족의 식객으로 들어온 케이스. 당연히 무왕의 힘을 배우고자 했지만, 여태껏 그런 행운을 얻은 적은 없었다.

하지만 연우는 대답하기 귀찮다는 듯 이름만 덜렁 말하고 아무 말도 하지 않았다.

시건방진 태도. 사일론의 한쪽 눈썹이 크게 들썩거렸다. 무왕과는 다른 방면으로 자신의 속을 긁는 녀석이었다.

아니, 정확하게는 검무신이나 다른 제자도 이와 비슷했으니. 싸가지가 없는 건 유유상종인 걸까.

랭커가 된 이후로는 이런 태도를 겪어 본 적이 거의 없었기에. 사일론은 치미는 화를 꾹 눌렀다.

이제 갓 탑을 오르기 시작한 녀석이니 자신에 대해서 잘 모르겠다 싶었다.

그래서 억지로 웃었다.

"음. 이거 아무래도 젊은 친구가 너무 말도 없고 무뚝뚝하구만. 아직 다른 식객들과도 인사 덜 나눴나? 사실 자네를 위해서 축하 인사라도 해 주려 했는데, 자네가 나흘 넘게 들어오질 않아서 말이야."

사일론은 같은 식객으로서 앞으로 잘 지내보자고 할 생각이었다. 연우를 옆에 계속 두다 보면 뭔가가 보일 거라고 여겼으니까.

하지만.

"카인! 앞으로 와 봐!"

저 앞에서 먼저 달리고 있던 무왕이 연우를 불렀다.

연우는 사일론에게 고개를 까닥이는 걸로 인사를 마무리하고, 휙 하고 무왕에게로 달려 나갔다.

사일론은 도중에 멈춰서 인상을 와락 찡그렸다.

저렇게 새파랗게 어린 녀석에게 무시를 당했다는 생각이 들자 절로 걸음이 멎은 것이다.

"괜찮습니까?"

뒤에 조용히 따라오던 트라비아가 너털웃음을 흘렸다.

로브를 푹 뒤집어쓰고 있어 생김새를 알아보기 힘들었지만, 언뜻 보이는 거뭇거뭇한 검버섯과 주름이 나이가 많은 노인이라는 것을 말해 주었다.

사일론과 마찬가지로 식객으로 머무는 중인 랭커. 전격술사라는 별칭으로 유명했다.

"괜찮긴. 무왕 같은 놈들은 죄다 저 모양인가?"

"그럴지도 모르지요. 애초 다들 사회성이란 눈을 씻고 봐도 찾아볼 수 없는 작자들이었잖습니까?"

트라비아는 손으로 턱을 쓰다듬으면서 말을 이었다.

"하지만 이번에는 용병 기간 내내 옆에서 무왕이 가르친다고 합디다. 그럼 뭔가라도 볼 수 있지 않겠습니까?"

"하여간."

사일론의 눈이 짜증으로 번들거렸다.

"이번에 활약하는 걸 한 번 보자고. 저딴 시건방진 태도를 가질 만한 자격이 있는지 없는지."

*　　*　　*

"부르셨습니까?"

연우가 무왕의 옆으로 다가왔다.

"노땅들 상대하느라 많이 힘들지?"

"딱히 힘들 건 없습니다."

"하긴. 그래 보이더라. 우리 같은 과들이 남들 눈치를 안 보긴 안 보는 편이지."

무왕은 뭐가 그리 재미있는지 낄낄대다가 말했다.

"널 이렇게 부른 건, 본격적으로 쿠람을 치기 전에 팔극권에 대해서 가르쳐 주기 위해서다. 오늘부터 하루에 한 동작씩 가르쳐 줄 테니까, 눈 똑바로 뜨고 배우도록 해. 말했지만, 난 두 번은 안 가르쳐 준다."

연우의 눈이 반짝였다. 무왕의 지도는 전투가 끝난 내일부터나 시작될 줄 알았는데. 그전에 가르쳐 줄 모양이었다.

"우선. 본격적인 가르침에 들어가기 전에. 내가 왜 권법을 가르쳐 주려고 할까? 너도 이미 제법 잘 싸우고 있는데. 이유를 아나?"

연우는 고민하지 않고 곧바로 대답했다.

"효율적인 마력 방출을 위해서가 아닙니까?"

"오. 벌써 거기까지 생각이 미쳤어?"

무왕은 기분 좋게 고개를 끄덕였다.

"맞다. 자고로 무공이라는 건, 싸우다는 뜻의 '무(武)' 와 쌓는다는 뜻의 '공(功)' 이 합쳐진 단어다. 싸움을 쌓는다. 즉, 싸우는 기술을 쌓는다는 뜻이지. 그리고 이 '쌓는다' 는 개념 안에 들어가는 것들은 종류가 아주 다양하지."

연우도 담담하게 고개를 끄덕였다. 그도 천익기공을 만들면서 가졌던 의문이자 화두였으니까.

무공은 단순히 심법으로 마력만 쌓는다고 되는 게 아니었다. 쌓은 마력을 버틸 만한 그릇, 육체가 있어야 했다.

그런데 최근에는 여기에 한 가지가 더 추가되어야 할 것 같다는 생각을 하고 있었다.

'방출할 방법.'

그릇을 만들고, 쌓는 것을 알았다면. 이것을 제대로 출력할 수 있는 엔진도 필요한 법이다.

"무공은 총 세 가지로 이뤄진다. 심(心), 기(技), 체(體)."

'심, 기, 체.'

연우는 세 단어를 속으로 중얼거렸다.

"'심' 은 내공, 너희들은 마력이라 부르는 것을 의미한다. 내용물이지. '체' 는 이것을 수용하는 그릇. 단전과 육체, 그 자체를 말하고. '기' 는 이 둘의 간극을 묶는 연결 고리 역할을 하며, 무공을 제대로 구현화하는 것을 담당한다. 기술. 기예."

무왕이 한쪽 입술 끝을 올렸다.

"검법, 도법, 권법…… 뭐, 그런 것들을 뜻하지. 내가 가르치고자 하는 팔극권은 그런 '기' 중에서도 최상위에 해당하는 것이다. 왜냐고? 왜긴. 천재인 내가 만들었으니까."

무왕은 낄낄 웃으면서 자신의 얼굴에 금칠하기 바빴다.

"그런 뜻에서 너는 나한테 정말 절을 해도 모자랄 정도라고. 팔극권을 제대로 전수받은 사람은 두 명밖에 없으니까 말이야. 그리고 네가 추가되면서 세 명이 된 거고."

연우는 무왕의 제자라는 사람들을 떠올렸다.

그 말은 곧 팔극권을 익힌 사람은 무왕의 힘을 잇는 자라는 뜻이라고 봐도 무방할 것 같았다.

"여하튼. 팔극권의 개론을 간단하게 설명해 보자면. 팔극권은 말처럼 단순한 권법만은 아니다. 검을 쥐면 검, 도를 쥐면 도. 창을 쥐면 창법이 되도록 만들어 놨지. 내가 무기를 가리는 걸 별로 좋아하지 않아서."

무왕은 어깨를 으쓱거렸다.

"그리고 팔극은 나를 중심으로 한 8방을 모두 점한다는 뜻이다. 감각을 잔뜩 벼리고, 상대가 소수이든 다수이든 간에, 가리지 않고 압도적으로 찍어 누르는 기술. 그게 팔극권이 추구하는 바다."

연우는 고개를 끄덕였다.

"그럼 이제부터 한 동작씩 보여줄 테니까 잘 봐라. 먼저 건보(乾步)."

타악!

무왕은 한 발을 성큼 앞으로 내디뎠다.

단순한 내딛기로 보였지만, 순간 그의 존재감이 확장된 것 같은 기분이 들었다.

연우는 주먹을 꽉 쥐었다. 태양을 가르기 전에 보여 줬던 존재감이 바로 여기서 비롯된 것 같았다.

"그다음에는 태각(兌角), 이권(離拳)……."

무왕은 연우가 기억할 수 있게 느릿하게 움직였다.

연우는 용마안으로 그의 동작을 좇았다. 그러다 문득 무왕의 흐름이 뭔가를 닮았다는 생각이 들었다.

간결하면서도 요점을 가르는 움직임.

'결!'

연우는 그게 무엇인지 깨닫고 눈을 크게 떴다.

단순한 우연일까, 아닐까?

무왕은 결을 그대로 따라 하고 있었다.

발을 딛는 위치도, 팔을 뻗는 동작도. 모두 결의 선상 위였고, 결의 흐름 위였다.

그러다 뒤늦게 그 이유를 깨달을 수 있었다.

결은 사물의 중심을 의미한다.

그렇다면 무공 역시 제대로 된 무공일수록 결의 흐름과 흡사해도 이상하지 않았다.

['결'의 의미를 깨달았습니다.]

['용마안' 스킬의 숙련도가 올랐습니다. 27.6%]

그렇게 한 가지 깨달음을 얻게 되자, 어렵게만 보이던 무왕의 시범도 너무 잘 눈에 들어왔다.

"자. 이것이 팔극권의 전반 32초식의 1초식인 건곤진진이다. 어때? 할 수 있겠어?"

무왕은 앞으로 쭉 내뻗었던 팔을 되돌리면서 물었다.

익살맞은 웃음.

1초식이라고 해도 총 크고 작은 64가지의 세세한 식(式)으로 구성되어 있기 때문에 한 번 봐서는 절대 외울 수가 없었다.

한 번밖에 보여 주지 않겠다고 말한 건 어디까지나 연우를 골려 주기 위한 농담이었다.

만약 다 못 외웠다고 한다면, 면박을 주면서 스승으로서의 위대함(?)을 몸소 가르쳐 줄 생각이었다.

하지만.

"네. 다 외웠습니다."

"……뭐?"

연우는 당당하게 고개를 끄덕였다.

무왕이 살짝 얼빠진 소리를 내자, 연우는 시키지 않았는데도 보란 듯이 똑같이 동작을 따라 했다.

그런데 그 동작들이 무왕이 보여 준 것과 똑같았다.

그것도 완벽하게.

'뭔 이런 말도 안 되는……!'

보통 이런 것은 얼추 형태는 똑같더라도, 세세한 부분에서 실수가 드러날 수밖에 없었다.

하지만 연우는 전혀 그런 게 없었다.

순서, 각도, 위치까지.

전부 무왕을 복사한 것처럼 똑같았다.

용마안에 비치는 결을 따라 그냥 움직이기만 했다는 사실을 모르는 무왕으로서는 황당할 수밖에 없는 상황이었다.

'이거 생각했던 것보다 더 괴물이잖아?'

물론, 전혀 내색할 수는 없는 일.

오히려 당연하다는 듯이 당당하게 웃었다.

"그래. 이제 막 입문했는데 벌써 헤맸으면 이 무왕의 제자라 할 수 없지. 안 그러냐? 그럼 바로 2초식에 들어가겠다. 곤이성산이란 것이다."

무왕은 이번에도 연우가 똑같이 외울 수 있을까 하는 생각이 들었지만.

띠링—

[무공 '팔극권'을 단련하기 시작합니다. '용마안'의 보조 효과로 빠른 습득 효과가 가능합니다.]

[형(形)을 완벽히 숙지했습니다.]

[식(式)을 완벽히 숙지했습니다.]

[초(招)를 깨달았습니다.]

……

[축하합니다! 빠른 습득을 통해 상위 무공인 '팔극권'의 전반부를 모두 습득하는 데 성공했습니다. 스킬이 생성됩니다.]

[스킬 '팔극권(上)'이 생성되었습니다. 0.0%]

[팔극권(上)]

숙련도: 0.0%

설명: 팔방과 팔괘를 대치시켜 무공으로 풀어낸 기예. 무공 중에서도 '절학'의 등급에 해당하며, 검법과 도법 등 다양한 방식으로 풀어낼 수 있다.

* 팔괘의 걸음

내딛는 발걸음마다 팔괘(건 · 태 · 이 · 진 · 손 · 감 · 간 · 곤)의 힘이 순서대로 5%가량 추가된다. 숙련도가 올라갈수록 연계기가 가능해지며 최대 40%까지 중첩이 이뤄진다.

* 팔방의 기

감각을 강화시켜 사각지대의 노출을 차단시킨다. 기감(氣感)이 열리면서 보다 세밀한 마력 운용이 가능해진다.

**아직 '팔극권'의 중반부와 하반부가 남아 있습니다. 남은 조각을 찾아 스킬을 완성하십시오.

연우는 2초식도 1초식과 마찬가지로 그대로 흡수를 해버리더니, 이윽고 목적지인 도시 쿠람이 보일 무렵에는 팔극권의 전반부 32초식을 전부 외워 버렸다.

무왕은 물론, 옆에서 지켜보고 있던 판트와 에도라, 심지어 다른 전사들도 입을 떡 벌리고 말았다.

"험험! 역시 팔극권을 익힐 만한 실력다워. 그래. 모름지기 내 제자라면 이래야지."

물론, 그런 기회를 놓칠 다른 사람들이 아니었지만.

'당황하신다.'

'당황하고 계시군.'

'이야. 우리 아버지가 저렇게 표정이 무너질 때가 있네? 크. 속 시원하다. 형님, 좀만 더 힘 좀 내 주쇼. 속이 다 시원하우.'

'십 년 묵은 체증이 다 내려가는군. 흐흐흐!'

'그런데 진짜 에도라 아가씨는 저런 괴물을 어디서 찾아 데려온 거지?'

그동안 무왕의 사고에 골머리를 쥐어뜯어야만 했던 부족원들은 전부 속 시원하다는 얼굴이 되었다.

한편, 연우는 마력의 순환이 좀 더 원활해졌다는 느낌을 받았다. 이전에는 엔진과 따로 놀았다면, 이제는 엔진의 출력에 따라 얼마든지 속도를 조절할 수 있는 스포츠카가 된 기분이었다.

비록 아직 형태만 익혀서 심법과의 연계가 자연스럽지는 않았지만, 이건 계속 수련을 하다 보면 늘 것 같았다.

'써 보고 싶다.'

연우는 단 며칠 사이에 스스로가 부쩍 달라졌다는 사실을 알고 있었다.

그래서 확인해 보고 싶었다.

스스로가 얼마나 달라졌는지를.

고개를 들었다.

저 멀리, 쿠람의 성벽이 보였다.

외뿔부족이 다가온다는 사실을 아직까지 전혀 모르고 있는 곳.

"무왕 님."

"스승님."

"……?"

"스승님이라고 부르라고."

연우는 아직 '스승'이라는 단어가 입에 어색했지만, 그래도 자신에게 가르침을 주는 사람. 그렇다면 그렇게 부르는 게 맞는 것 같았다.

그러면서도 한편으로는 조금 민망한 감정이 들었다.

"……예. 스승님."

"그래. 또 뭔가 부탁할 거라도 있냐?"

연우는 왜 불렀느냐는 무왕의 얼굴을 보면서 진지하게 부탁했다.

"이번 쿠람 공략, 혹시 제게 맡겨 주시면 안 되겠습니까?"

"뭐? 허!"

무왕은 이제 기도 안 찬다는 표정이 되었다.

대체 이 녀석의 탐욕은 어디까지 닿아 있는 건지.

연우가 이런 부탁을 하는 이유가 조금이라도 빨리 팔극권을 실전에서 써먹어 보고 싶어 하기 때문이란 것을 눈치챈 것이다.

물론, 무왕은 자신도 이만할 때에 저랬으니 어떤 심정인지는 알 수 있었다.

하지만 무왕은 단호하게 고개를 가로저었다.

"그건 안 돼. 이건 우리 부족의 행사고, 너 말고도 날뛰고 싶어 하는 양반들이 많거든."

연우는 슬쩍 무왕이 턱짓으로 가리킨 전사들을 돌아봤다.

그들이 흉악하게 웃으면서 고개를 끄덕이고 있었다. 절대 먹잇감을 놓아줄 생각이 없다는 눈빛.

무왕이 허락을 하더라도, 자신들이 도중에 끼어들어 훼방을 놓고 말겠다는 의지가 물씬 풍겼다.

그만큼 간만에 바깥 공기를 쐤다는 사실이 그들의 마음을 뜨겁게 달구고 있었다.

어떻게 여태껏 마을 안에서만 조용히 살 수 있었는지가 궁금해질 정도였다.

"그리고 그건 나도 마찬가지고 말이야."

연우는 다른 전사들만큼이나 눈빛을 반짝이는 무왕을 보면서 쓰게 웃고 말았다.

"하지만 확실히 갓 익힌 무공을 확인해 볼 필요는 있겠지. 음."

무왕은 손으로 턱을 쓰다듬었다. 그도 사실 연우가 새로 만든 심법의 정확한 위력과, 팔극권과의 연계율을 알고 싶었으니까.

천익기공과 팔극권의 연결이 좋지 않다면, 일부 구결을 뜯어고칠 생각이었다.

부족원들의 심심함을 달래 주면서도 연우의 실력도 제대로 확인해 볼 수 있는 방법.

무엇이 있을까 고민을 하다가, 무왕은 마침 좋은 생각이 떠올랐다.

"그럼 이런 건 어떻겠냐?"

* * *

도시 쿠람은 오래전부터 레드 드래곤의 산하 조직인 나우 클랜이 꽉 틀어쥐고 있던 곳이었다.

하지만 한 달 전에 있었던 독식자와 클랜 연합 간의 충돌 후, 나우 클랜의 전력 중 절반이 날아가면서 상황은 꼬이기 시작했다.

쿠람을 중심으로 완성되어야 할 레드 드래곤의 전선 구

축에 차질이 생긴 것이다.

결국 레드 드래곤은 이대로는 안 되겠다는 생각에 먼저 선발대를 보내기로 결정했다.

하루라도 더 빨리 11층에서의 세력을 확보하기 위해서.

그렇게 해서 쿠람에 자리를 잡게 된 이들이, '화이트 드라고니안' 이었다.

레드 드래곤이 보유한 81개 무력 조직 중 가장 전면에서 활약을 벌인다는 사냥개들.

물론, 파견된 건 화이트 드라고니안 전체가 아닌 8조뿐.

하지만 그들만 하더라도 쿠람을 장악하기에는 충분했고, 도시 거주민들은 혹시 그들의 눈에 띌까 눈치를 보면서 조심스럽게 움직여야만 했다.

8조장 샤논은 그런 환경이 도무지 마음에 들지 않았다.

'멍청한 것들. 남의 발바닥이나 핥는 주제에 뒤만 돌아서면 우리들의 욕을 해 대겠지. 하긴. 저러니 평생 하위 층계에서나 머무는 것이겠지만.'

그는 탑에 오르고도 여전히 하위 층계에 머무는 플레이어들을 혐오했다.

아니, 증오하고 있다는 표현이 옳았다.

약자에게는 강하게 굴고, 강자에게는 약하게 구는 버러지 같은 것들의 낯짝을 보고 있노라면 구역질부터 나왔으니까.

그런 뜻에서 샤논은 언제나 자신을 보기만 하면 헤픈 웃음을 짓는 나우 클랜이 같잖기만 했다.

그리고 그런 나우 클랜이 언젠가 찾으면 죽이고 말겠다면서 이를 가는 독식자에게는 제법 흥미를 가졌다.

'우리 레드 드래곤이 배후에 있다는 것을 알면서도 뒤돌아보지 않고 사고를 친 놈이다. 그만한 자신감이 있다면 충분히 데려올 만하지. 바할 님께서도 관심을 가진다고 했었고.'

샤논은 내심 바할을 존경하고 있기 때문에 언젠가 플레임 비스트에 들어가기를 바라고 있었다.

그래서 독식자를 찾고자 하는 열망은 더 컸다.

하지만 언제부턴가 녀석은 거짓말처럼 종적을 감춰 버렸다.

스테이지를 클리어하고 12층으로 건너간 것인지. 아니면 아직 11층에 남아 있는 건지.

수많은 사람들이 녀석의 뒤를 쫓았지만, 아무런 흔적도 찾아내지 못했다.

덕분에 11층 내에서는 독식자에 대한 소문만 무성하게 커지고 있었다.

녀석이 또 어떻게 사고를 칠지 모른다고.

아니, 또 다른 사고를 치기 위해서 뭔가를 준비하고 있을 게 분명하다고.

'부디 본격적인 전쟁이 시작되기 전에 한번 봤으면 좋겠는데 말이야.'

샤논이 혓바닥으로 아랫입술을 살짝 축이던 그때.

콰아앙—

갑자기 귀가 떨어져 나갈 정도로 커다란 굉음이 울리더니, 성곽이 통째로 흔들렸다.

샤논도 균형을 잃고 넘어졌다가, 다시 검을 지팡이 삼아 일어났다. 그의 인상은 어느새 딱딱하게 굳어 있었다.

방금 전 그 굉음은 분명히 뭔가가 폭발하는 소리였으니까. 그것도 평범한 폭발이 아니었다.

고개를 돌려 창밖을 바라봤다. 무너진 책장과 잘게 부서진 창문 사이로 시뻘건 불길과 새카만 매연이 치솟는 게 보였다.

"감히, 누가……!"

샤논은 감히 자신이 있는 도시를 누가 공격했나 싶어 분노가 치솟았다.

그때, 문이 벌컥 열리면서 수하가 뛰어왔다. 녀석은 다급해 보이는 표정으로 소리쳤다.

"큰일입니다, 조장! 지금 밖에 적들이 기습을 해 왔습니다. 그런데……!"

"누구냐? 청화도냐?"

"외, 외뿔부족입니다!"

"뭐……?"

전혀 생각지도 못한 이름에, 샤논의 표정이 딱딱하게 굳었다.

샤논은 수하의 뒷말을 더 이상 듣지 않고 밖으로 튀어 나갔다.

머릿속을 가득 메운 생각은 단 하나.

왜?

'다른 클랜의 일들에는 절대 끼어드는 법이 없다는 놈들이 대체 왜!'

독식자에 대한 생각은 이미 머릿속에서 사라진 뒤였다. 앞으로 어떻게 전선을 구축할지에 대해서 생각하는 것도 잊어버렸다.

그만큼 외뿔부족의 등장이 주는 충격은 너무 컸으니까.

그들이 등장해 버린다면 기껏 고생해서 구축해 놨던 전선은 엉망이 될 게 분명하다.

특히 랭커가 아직 한 명도 도착하지 않은 지금의 상황에서는 더더욱.

무엇보다 가장 큰 문제는 쿠람이 저들의 손에 떨어진다면, 레드 드래곤은 초기 전투부터 패배를 한 것으로 기록되고 만다.

그리고 그 총책임자는 샤논이니, 모든 오욕을 자신이 뒤집어써야 했다.

아니, 오욕은 어떻게든 버틸 수도 있다. 하지만 명예를 중시하는 레드 드래곤의 특성상, 중징계를 피할 수가 없다.

그때는 정말 모든 게 엉망이 되어 버릴 수가 있었다.

그래서 샤논은 문을 박차고 나가면서도 부디 저들 중에 랭커가 없기를 바랐다. 그렇다면 어떻게든 일말의 승산이라도 볼 수 있을 테니까.

있다면 한두 명쯤. 최소한 무왕은 없기를 바랐다.

하지만 밖에 도착했을 때.

샤논은 세상이 무너지는 절규를 맛봐야만 했다.

"으랏차차!"

"불이다! 불이다아아!"

"폭발하자! 쾅! 쾅!"

달이 그윽하게 뜬 밤하늘을 따라, 수백 개에 달하는 궤적이 유성우처럼 떨어지고 있었다.

녀석들은 하나같이 미친놈처럼 크게 웃음을 터뜨렸다.

그리고 웃음소리의 크기만큼이나 착지할 때마다 강렬한 폭발이 일어났다.

착지한 장소가 지반이면 지반이 무너졌다. 성곽이면 성곽이 쓰러졌고, 건물 지붕이면 건물이 통째로 주저앉았다.

그러다 사방으로 뻗쳐 나가면서 성내 곳곳을 활보했다. 가로막는 것들은 모조리 부숴 나갔다.

건물이든, 플레이어든, 전혀 가리지 않고 줄줄이 쓰러졌다.

거대한 쓰나미라도 몰려온 것처럼 재앙을 맞은 쿠람은 그들을 어떻게 막아 낼 생각도 하지 못했다.

물론, 초기에 전선을 구축하면서 쿠람 곳곳에 결계를 설치하고, 방어용 마법을 깔아 두기도 했다.

하지만 그런 건 아무짝에도 쓸모가 없었다.

발동하기도 전에 먼저 튀어나온 자들로 인해 죄다 부서져 나가버렸으니까.

특히 외뿔부족 중에서도 눈에 띄는 자들이 있었다.

'노래하는 망치? 거기다 전격술사까지! 대체 이딴 도시에 저런 놈들을 왜 끌고 오는 거냐고!'

노래하는 망치, 사일론. 전격술사 트라비아.

갑자기 사라졌다던 두 랭커가 마구잡이로 활개 치면서 결계와 방어용 트랩을 모두 부숴 버리고 있었다.

거기다 더 환장할 노릇은 따로 있었다.

저 먼 성곽 지붕 위.

누군가가 떠억 하니 올라섰다.

너무 멀어 얼굴도 제대로 분간하기 힘들었지만.

샤논은 그가 누군지 바로 알아볼 수 있었다.

사위를 압도하는 거대한 존재감.

그러면서도 건치가 훤히 드러나도록 익살맞게 웃는 미소.

무왕.

한때 '걸어 다니는 재앙' 이라는 별칭으로 더 유명했던 자가 바로 그곳에 있었다.

"미쳤……!"

샤논의 말은 길게 이어지지 못했다.

무왕이 주먹을 안쪽으로 잡아당기고 있었다.

여기에 따라 대기가 점차 그를 중심으로 움직였다. 와류는 점차 커지다 끝내 도시 쿠람을 뒤덮을 정도로 거대해지더니, 무왕의 주먹으로 빨려 들어가다가 한 점에 단단히 응축되었다.

그리고.

콰아앙—

무왕이 주먹을 앞으로 내뻗자, 응축되었던 공기가 단번에 팽창하면서 폭발을 일으켰다.

폭발은 성곽에서부터 저 깊숙한 도시 중앙부까지, 단번에 거의 절반에 가까운 범위를 쓸어버렸다.

먼지구름이 자욱하게 퍼져 나갔다.

지반이 요란스럽게 흔들리고, 부서진 건물 파편들이 강

풍에 떠밀려 곳곳으로 떨어졌다.

외뿔부족의 등장으로 평범한 거류자들은 대부분 도망치고, 이미 문을 닫은 상점 구역을 중심으로 폭발을 일으켰다지만. 그래도 피해는 엄청났다.

외뿔부족을 막기 위해 움직이던 레드 드래곤 측 플레이어들은 끽 소리도 내지 못하고 죄다 쓸려 나갔다.

오밀조밀하게 조성되어 있던 건물들도 모두 모래 안개에 갈려 나가고 말았다.

콰르르르—

우르르!

그리고 멀리서 그 모습을 지켜보고 있던 샤논은 얼이 빠진 채 아무 말도 할 수가 없었다.

휘휘휘—

샤논이 다시 정신을 차렸을 때에는. 세상 끝까지 퍼져 나갈 것 같던 먼지구름이 힘을 잃고 천천히 바닥에 가라앉을 무렵이었다.

“저 빌어먹을 족장이!”

“아, 좀 보고 날리라고요!”

몽땅 쓸려나가 폐가나 무너진 건물도 좀처럼 남아 있지 않은 폐허 위쪽으로.

외뿔부족원들이 무왕이 있는 곳을 보면서 고래고래 성을

내는 것이 보였다.

간만에 날뛸 수 있다는 사실에 부푼 마음을 안고 쳐들어 왔더니. 이제 좀 설쳐 보려는 찰나에 족장이라는 인간이 훼방을 놓았으니 화딱지가 날 수밖에.

하지만 무왕은 정작 그런 부족원들을 보면서 씨익 입꼬리를 말아 올렸다.

"꼬우면 니들도 하든가."

딱 때리고 싶은 미소였다.

"이런 니미!"

"하여간 저 불어 터진 인성. 진짜……!"

"요즘 이상하게 조용하다 했지!"

부족원들은 잔뜩 성을 내다가, 이대로 있다가는 정말 남은 먹잇감도 뺏기겠다는 생각에 도시의 남은 구획 곳곳으로 퍼져 나갔다.

하지만 이미 레드 드래곤 측은 모든 의욕을 상실해 버린 지 오래였다.

어떻게 그들을 막아 보겠다면서 불태우던 의지도 꺾였다. 도시를 사수해 보이겠다던 용기도 사라졌다.

그도 그럴 것이, 격차도 적당히 나야 막아 볼 마음이라도 생기지, 이렇게 엄청난 차이가 있으면 도저히 엄두가 나지 않는 법이었다.

세상 어느 누가 '자연재해'를 앞에 두고서 극복해 보겠다는 생각을 가질 수 있을까?

그만큼 무왕의 등장은 그들에게 있어 너무 큰 충격이었다. 태풍이나 지진만큼 그들이 어떻게 감당할 수 없는 재앙이었다.

결국 쿠람의 남은 구역은 곧 달려오는 부족원들에 의해 쉽게 점령되었다.

곳곳에서 김빠져 죽겠다는 말이 나올 정도였다.

그리고.

털썩—

샤논은 바닥에 주저앉고 말았다. 다리에는 더 이상 힘이 실리지 않았다. 눈가도 파르르 떨렸다.

버락과 함께 11층을 상징하던 쿠람의 궤멸.

머릿속은 공포로 새하얘질 뿐이었다.

바로 그때.

타악!

"으음. 이딴 몰골이면 난감한데."

무왕이 샤논이 있는 곳을 발견하고, 멀리서 허공을 박차 단숨에 날아왔다.

하늘을 나는 게 아닐까 싶을 정도로 빠르고 날렵한 움직임.

그는 쿠람 내에서 가장 강한 기세를 갖고 있던 샤논을 위아래로 훑었다.

옷차림으로 봐서는 레드 드래곤 내에서도 제법 직급이 있는 것으로 보였는데.

이런 꼬락서니라니 성에 차지 않았다. 녀석에게 시킬 일이 있었으니까.

무왕은 자세를 쭈그리고 앉아 샤논과 눈높이를 맞췄다.

"야."

그냥 동네 친구를 부르는 것 같은 가벼운 부름.

하지만 샤논은 갑자기 정신을 퍼뜩 차리고 말았다. 새하얗던 머릿속이 갑자기 개운해지면서 정신이 말짱하게 돌아왔다.

마치 누군가가 머릿속에다 손을 집어넣고 강제로 열어버린 것 같은 기분.

"예? 으, 으아악!"

샤논은 눈앞에 뭔가가 있어서 얼결에 대답을 했다가, 곧 그게 뭔지를 깨닫고 소스라치게 놀라고 말았다.

그럴 수밖에 없었다.

저 말도 안 되는 사고를 저지르고 만 작자가 씩 웃으면서 바로 눈앞에 있었으니까!

샤논은 어떻게 도망쳐야겠다는 생각도 하지 못했다.

장난꾸러기 같이 웃고 있는 무왕의 눈을 보고 있노라니, 마치 전신이 보이지 않는 사슬로 칭칭 감긴 것만 같았다.

간담이 서늘했다. 목 아래가 떨렸다.

마치 저 멀리에 있는 그들의 리더인 여름여왕을 보는 듯한 기분이었다.

아니, 패기만 따진다면 그 이상이었다.

"살고 싶지?"

처음에는 온통 겁에 질려 무슨 말인지 알 수 없었지만, 곧 뒤늦게 말뜻을 깨달을 수 있었다.

"사, 살고 싶습니다……!"

샤논은 도무지 더 이상 아무 생각도 할 수가 없었다.

패배를 했다는 절망감 따윈 없었다. 수하들을 어떻게 구해야겠다는 생각도 들지 않았다. 추후에 상부에서 책임을 물을 거란 걱정도 지금은 문제가 아니었다.

그저 어떻게든 여기서 빠져나가고 싶다는 생각뿐. 눈앞에 있는 괴물로부터 달아나고 싶다는 생각뿐이었다.

그것도 '살아서' 나가고 싶었다.

무왕은 그럴 줄 알았다는 듯 입꼬리를 씩 말아 올렸다.

능글맞은 웃음이었지만, 샤논의 눈에는 뱀이 쥐를 앞에 두고 혓바닥을 날름거리면서 어떻게 잡아먹을까 궁리하는 것으로만 비쳤다.

"그럼 기회를 주지."

무왕의 미소 사이로 송곳니가 훤히 드러났다.

* * *

"……미쳤군."

폐허가 된 쿠람을 보고 난 뒤에 연우가 내뱉은 감상평이었다.

그만큼 이번에 외뿔부족이 보인 실력은 너무 압도적이었다.

단 20분이었다.

11층의 최대 도시라는 쿠람이 정복되는 데에는.

아니, 무너지는 데에는.

그마저도 쿠람을 부수는 데 걸린 시간은 단 5분이었다.

남은 15분은 잔당들을 잡아다 한쪽에 차곡차곡 모아두는 데 소요된 시간이었다.

외뿔부족의 전쟁은 아주 단순했다.

힘으로 찍어 누르고, 부쉈다.

가로막는 사람이 있으면 해치우면 그만이었다. 다른 뭔가가 있으면 부수고 지나가면 끝이었다.

그런 걸 두고 대체 뭐가 막을 수 있단 말인가.

무엇보다.

'태양을 가를 때부터 봤지만, 그 일격은…… 도무지 어떻게 따라 할 수 있는 게 아니었어.'

무왕이 날렸던 일격(一擊)은 여전히 연우의 머릿속에 잔상처럼 남아 있었다.

단 일격으로 도시의 절반을 휩쓸어 버린 힘.

그건 분명히 연우더러 보라고 보여 준 힘이었다.

태양을 갈랐던 단천과 함께 팔극권의 8대 비기 중 하나. 또한, 팔괘의 힘 중 '손'의 힘이 극한에 다다랐을 때에 나타난다는 힘.

'파공(破空).'

무왕은 이렇게 말하고 싶었을 것이다.

여기까지 따라오려면 부단히도 노력해야 할 것이라고.

그리고 이것을 따라올 수 없을 것 같다면 아예 뜻을 접으라고 말하려는 것이다.

물론, 연우는 그럴 생각이 전혀 없었다.

오히려 팔극권을 극성까지 단련하고 싶다는 생각밖에 들지 않았다. 부단히 노력하고 노력하다 보면, 언젠가 저곳까지 다다를 수 있을 테니까.

그리고 천익기공도 그만큼 걸맞게 발전을 시켜야 할 터였다.

그렇게 의욕을 다지는 연우와 다르게.

"하아! 저 아버지가 또…… 기만을……."

"하루 이틀 겪어? 어차피 아버지가 여기에 나타나신 이상, 뭘 기회가 없을 거라고 예상하고 있었어야지."

판트는 머리를 짚으면서 고개를 절레절레 흔들었다. 에도라는 뚱한 표정으로 혀를 찼다.

그러다 에도라는 살짝 미간을 찌푸리면서 중얼거렸다.

"그런데 오라버니의 실전은 어떻게 하실 생각이시지? 저렇게 압도적으로 찍어 누르면 어떻게 싸워 볼 기회도 없을 텐데."

에도라는 무왕이 연우에게 관심이 아주 많다는 사실을 알고 있었다.

자식에게도 무공을 잘 가르쳐 주지 않는 양반이 연우를 제자로 들였다는 것이 바로 그 증거였다.

그리고 무공의 빠른 습득 방법은 실전을 경험케 하는 것.

분명히 무왕은 말했었다. 직접 싸움에 참전하고 싶다는 연우에게 아주 물릴 때까지 실컷 실전을 겪게 해 주겠노라고.

그런데 이런 상황에서 어떻게 그 약속을 지키려는 걸까?

그때.

쐐애액—

연우와 판트, 에도라가 있는 성곽 위로 뭔가가 빠르게 날아오고 있었다.

무왕이었다. 그런데 양손에 뭔가를 바리바리 싸 들고 있었다.

"아버지지?"

"어. 맞아."

"여기는 또 왜 오시는 거야? 아니, 그런데 대체 손에 뭐를 들고 있는 거지?"

"사람…… 인 것 같은데."

"저 양반, 또 뭘 꾸미려고……?"

판트와 에도라의 표정이 묘하게 변했다.

연우도 영문을 몰라 살짝 눈을 크게 떴다.

그때, 무왕이 그들 앞에 착지했다. 마치 가볍게 동네 산보라도 다녀온 것 같은 모습이었다.

무왕은 손에 들려 있던 것들을 바닥에 아무렇게나 던져뒀다.

샤논을 비롯한 플레이어 다섯 명.

무왕이 쿠람을 샅샅이 뒤지면서 수집해(?) 온 레드 드래곤 측의 최고 실력자들이었다.

물론, 그래 봤자 그들 전부 무왕 앞에서는 꼬리를 잔뜩 만 생쥐 꼴이 되고 말았지만.

그들은 모두 얼이 빠진 채로 무왕을 올려다봤다. 살려 주겠다는 말을 듣고 끌려왔는데, 도통 뭘 시킬 건지 용건은 말해 주지 않았다.

무왕은 씩 웃으면서 팔짱을 꼈다.

그리고 연우를 턱짓으로 가리키면서 말했다.

"싸워."

"……예?"

"무, 무, 무슨?"

그들의 시선이 일제히 연우 쪽으로 쏠렸다.

가면 아래, 연우의 얼굴이 어이없어하는 표정이 되고 말았다.

그러거나 말거나.

무왕은 재미나다는 듯 히죽 웃으면서 말했다.

"저놈과 싸우라고. 저 녀석을 이기는 놈은 살려 보내 주지. 어때?"

"……!"

"……!"

모두가 충격을 먹은 가운데.

판트는 또 말도 안 되는 일을 저지르려는 아버지를 보면서 고개를 절레절레 흔들었다.

"……하여간. 저 불어 터진 인성, 진짜."

연우는 가볍게 혀를 찼다.

실컷 싸울 기회를 만들어 주겠다더니. 이런 방법을 쓸 줄은 미처 생각도 하지 못했다.

하지만.

'그렇다고 해서 거절할 이유는 없지.'

무왕이 주워 온 자들은 딱 봐도 괜찮은 실력자들이었다.

무왕의 기세에 짓눌려서 그렇지, 당장 연우로서도 상대할 수 있을까 싶을 정도로 뛰어난 실력을 가진 자들.

레드 드래곤 내에서도 '조장'급 인사, 혹은 3랭크 이상 클랜의 장일 게 분명했다.

이런 전쟁 기간이 아니라면 11층계에서는 절대 맞닥뜨릴 일이 없을 자들.

저들이 한꺼번에 덤빈다면 모를까, 그런 게 아니라면 충분히 팔극권과 천익기공을 실험해 보는 데 제격일 것 같았다.

"하겠습니다."

그래서 연우는 무왕에게 부탁했다. 무왕은 그럴 줄 알았다는 듯이 흔쾌히 고개를 끄덕였다.

판트는 뒤에서 혀를 차면서 이죽거렸다.

"그래. 잠시 깜빡하고 있었지. 형님도 아버지 못지않은 인성이었……! 쿠엑!"

퍽!

판트는 말을 잇다 말고 갑자기 날아온 무왕의 딱밤을 얻어맞고 저만치 땅바닥을 굴렀다.

"사랑하는 아들아. 주둥이를 멋대로 놀리는 건 좋다만, 뒤는 생각하고 떠벌리려무나."

무왕은 히죽 웃으면서 판트에게 가볍게 경고를 날리고, 물끄러미 샤논 등을 바라봤다.

그들은 잔뜩 얼어 어안이 벙벙했다.

그러다 가장 먼저 정신을 차린 것은 샤논이었다. 샤논은 무왕이 가리킨 사람이 독식자라는 사실을 곧장 알아챘다.

무왕과 연우가 무슨 관계인지는 알 수 없었지만, 당장 살 수 있는 기회를 놓치고 싶지 않았다.

그는 천천히 자리에서 일어나면서 무왕에게 물었다.

"독…… 식자를 이기지 못한다면 어떻게 되는 겁…… 니까?"

무왕은 어깨를 으쓱거렸다.

"모르지. 나야."

"무슨……?"

"싸우는 데 있어서 죽을지 살지를 어떻게 장담해? 실력이 좋으면 살 거고, 아니라면 죽겠지."

순간, 샤논의 눈에 이채가 어렸다.

무왕의 말뜻이 무엇인지 알아차린 것이다.

"그 말은 곧 제가 독식자를 죽여도 괜찮다는 말씀이십니까?"

"당연한 거 아냐?"

무왕이 콧방귀를 뀌며 대답했다.

그러자 에도라가 기겁을 하고 소리쳤다.

"아버지!"

"네 아버지 아직 귀먹었을 정도로 나이 많지 않다."

"대체 그게 무슨 말씀이세요! 생사대련이라니……!"

생사대련.

두 사람이 죽음을 무릅쓰고 서로의 최대 기량을 가늠하는 대련.

"그럼? 애들 동네 싸움처럼 씨름이라도 할까? 그래 갖고 뭔 도움이 된다고?"

"하지만!"

"에도라."

에도라는 더 이상 따지지 못했다.

나지막하게 깔린 무왕의 목소리가. 착 가라앉은 눈빛이. 그녀의 말문을 턱 하고 막히게 했다.

"잊지 마라. 여긴 전쟁터다. 한순간 방심하면 바로 머리통이 날아가는 그런 전쟁터. 너는 그런 곳에서 팔자 좋게 있을 생각이냐? 만약 그딴 썩어 빠진 생각을 갖고 있다면, 그냥 돌아가."

에도라는 주먹을 꽉 쥐었다. 아랫입술을 질끈 깨물었다.

여기서는 무왕의 말이 맞았다.

고집을 피우는 건 자신이었다.

이곳은 전쟁터.

누가 죽어도 이상하지 않는 곳이었다. 자신도, 판트도, 연우도. 심지어 절대 죽지 않을 것 같은 인간인 무왕까지도.

무왕은 에도라가 더 이상 떼를 쓰지 않는 걸 확인하고 고개를 절레절레 흔들었다.

"하여간 평소에는 냉정하고 머리도 영민한 아이가 카인의 일에서만 꼭 저런다니까. 판트, 넌 할 말 없고?"

판트는 심드렁한 표정이었다. 말릴 생각도 없었고, 말린다고 해도 말을 들을 아버지가 아니란 걸 알았다.

"이번에는 아버지 말씀이 맞다고 생각하니까."

"역시. 너는 나한테 인성 운운할 자격이 없다니까. 왠지 아냐?"

판트는 별반 알고 싶지 않다는 듯 입술을 삐죽 내밀었다.

그러거나 말거나. 무왕은 피식 웃으면서 연우 쪽으로 시선을 돌렸다.

"원래 우리 일족은 죄다 이 모양이거든."

판트와 에도라는 입을 꾹 다물었다. 하고 싶은 말이 너무 많은 눈치였다.

"하여간. 카인. 네 생각은? 여기서 꽁무니를 빼거나 하지는 않겠지? 설마?"

그럼 아주 실망할 것 같다는 눈빛에.

"오히려 부탁드리고 싶었던 바였습니다."

연우는 당연하다는 듯이 고개를 끄덕였다.

무왕의 미소가 짙어졌다.

"거봐. 내 이럴 줄 알았다니까. 하여간 불어 터진 인성들만 모여서는. 하하핫!"

무왕은 연우가 자신을 모방하려 한다는 사실을 알았을 때부터, 이미 그에게서 자신과 같은 냄새가 난다는 것을 알고 있었다.

그렇게 기분 좋게 웃으면서 샤논 등을 다시 돌아봤다.

할 거냐는 눈빛.

샤논 등은 살짝 인상을 굳히다가 곧 고개를 끄덕이면서 하나둘씩 자리에서 일어났다.

이미 그들에게 정해진 선택권은 없었다.

있다면 딱 하나.

어떻게든 연우를 꺾을 것.

지더라도 실력이 비등하다면 살 수 있을지 모르지만, 저 포악하기 짝이 없는 무왕이 그런 걸 용납하지 않을 테지.

"방식은, 어떻게 하면 되겠습니까?"

그래서 샤논은 이를 악물면서 물었다. 공포가 가시면서 투기가 조금씩 올라왔다. 두 눈은 핏대가 잔뜩 서서 빨갛게 충혈되었다.

"방식은 아주 간단하다. 오로지 1:1로 싸워서 승패를 가를 것. 단, 너희들은 차례대로 승부에 나서면 된다. 차례는, 너희들이 알아서 정하고."

샤논을 비롯한 다섯 플레이어들은 서로 눈치를 보기 시작했다.

이건 누가 딱 봐도 마지막 순서가 될수록 유리한 싸움이었다. 그만큼 연우도 많이 지칠 테니까.

그리고 순서는 큰 다툼 없이 곧바로 정해졌다.

이미 그들 사이에는 확실한 위계질서가 잡혀 있었다. 누가 뭐라 하건 간에 레드 드래곤이 우위를 점할 수밖에 없었고, 샤논도 자연스레 마지막 다섯 번째 순서를 맡게 되었다.

연우가 앞으로 나섰다.

첫 번째 순번을 맡게 된 플레이어를 제외한 다른 사람들은 일제히 자리에서 물러나 넓은 공터를 만들었다.

"씨팔. 저딴 애송이 새끼와 이딴 드잡이질을 해야 하다니."

플레이어는 바닥에다 침을 칵 하고 내뱉었다. 최근에 독식자의 악명이 11층에서 유명해졌다지만, 그래도 갓 노비스를 벗어난 녀석.

조만간에 랭커를 바라보고 있는 그의 입장에서는 화가 날 수밖에 없는 상태였다.

그는 조금이라도 빨리 연우를 제거할 생각으로 검을 뽑았다. 스산한 살기가 감돌면서 사방으로 뻗어 나갔다.

연우는 그런 녀석을 보면서 천천히 허리춤에서 마장대검과 크라슈나의 단검을 뽑아 각각 상수와 역수로 쥐었다.

팔극권은 다양한 형태로 풀어낼 수 있다. 초식만 완전히 숙지한다면 쌍검술을 사용하더라도 숙련도에 전혀 문제가 없었다.

아니, 오히려 익숙지 않은 무기로 싸운다면, 더 시험해 보기 좋지 않을까?

그런 생각과 함께 천천히 천익기공을 끌어 올렸다. 정해진 크고 작은 여러 회로를 따라 마력이 움직이기 시작하고, 신체 곳곳에 설치된 코어가 맹렬하게 회전하면서 마력에 힘을 불어 넣었다.

그 순간.

화아악—

연우를 따라 붉은색 파문이 허공을 따라 잔뜩 퍼져 나가다가, 곧 아지랑이가 되어 그를 칭칭 감았다.

불꽃으로 이뤄진 날개. 화익(火翼)을 펼친 순간, 플레이어의 표정이 딱딱하게 굳었다.

후끈한 열기가 대기를 끓어오르게 만들고 막대한 패기가 그의 어깨를 강하게 짓눌렀다.

그제야 뭔가 심상치 않게 돌아간다는 사실을 눈치챌 수 있었다.

그리고 뒤늦게 깨달았다.

무왕이 그들을 '실험 상대'로 뒀다는 게 무슨 뜻인지를……!

쾅!

그때, 연우가 지면을 으스러져라 밟으면서 단숨에 플레이어가 있는 곳으로 달려들었다.

쐐애액—

"흡!"

뭔가가 번쩍인다 싶더니, 어느새 연우가 그의 눈앞까지 다가와 있었다.

'무, 무슨 속도가!'

플레이어가 화들짝 놀라 눈을 크게 떴다.

본능적으로 몸을 뒤로 내빼면서 간격을 벌리고자 했지만, 그보다 먼저 연우가 몸을 홱 하고 돌리면서 돌려차기를 날렸다.

콰앙!

플레이어는 마치 둔탁한 망치로 세게 후려 맞은 것 같은 충격과 함께 뒤로 크게 튕겨 났다.

연우는 재차 녀석을 따라붙으면서 위에서부터 아래로, 마장대검을 세게 내리쳤다.

플레이어는 이대로는 머리통이 쪼개지겠다 싶어졌는지 자세를 바로잡았다. 그리고 몸을 크게 돌리면서 아래에서 위로, 검을 세게 쳐올렸다.

칼날을 따라 샛노란 빛깔의 오러가 번뜩였다.

완전한 형태를 갖추지는 못했지만, 어렴풋하게나마 예리한 날을 드러내고 있는 오러 블레이드였다.

휘리릭—

여기에 회전력까지 가미되면서 폭발적으로 허공을 갈랐다.

콰쾅!

하지만 위에서 아래로 세게 내리친 마장대검의 위력도 결코 작지 않았다.

아카샤의 뱀을 삼키면서 완성된 연우의 마력은 이미 랭

커를 제외하면 누구도 따라잡을 수 없을 정도로 방대했고, 여기에 천익기공으로 출력이 기존의 세 배 이상 늘어나면서 너무나 강력해져 버렸다.

더구나 여기에 막대한 화력과 짙은 패기까지 실리고 말았으니.

플레이어는 마장대검과 맞부딪친 순간, 이대로 팔이 떨어져 나가는 게 아닌가 하는 끔찍한 고통을 맛봐야만 했다.

거기다 화력이 그를 스쳐 지나가면서 입고 있던 갑주가 열로 시뻘겋게 달아올라 버렸으니.

팔뚝에는 이미 짙은 화상 자국이 남아 버렸다.

'무슨 힘이……!'

충격에 열기까지. 플레이어는 도무지 정신을 차릴 수가 없었다. 세상이 빙글빙글 도는 것만 같은 착각을 받아야 했다.

연우는 녀석이 주춤거리는 틈을 놓치지 않고 재빨리 휘몰아치기 시작했다.

쾅! 쾅!

콰앙—

상수로 쥔 마장대검을 사선으로 그어 녀석의 검을 위로 쳐 내고, 안쪽으로 깊게 파고들면서 역수로 쥔 크라슈나의 단검으로 가슴팍을 찍어 간다.

플레이어가 스킬을 발동해 공격을 겨우 피해 냈다 싶으면, 역시나 악착같이 따라붙어 맹공을 퍼부었다.

무왕이 그에게 가르쳐 줬던 팔극권의 32초식들이 순서대로 풀려 나왔다.

건곤진진, 태간서영, 이감쌍벽, 진손태각, 손건유동…….

팔을 휘두를 때마다 강렬한 위세가 휘몰아친다.

칼끝에서 시작된 바람은 돌풍이 되고, 돌풍은 점차 세기를 더해 가다가 회오리바람처럼 위로 솟구쳤다.

여기에 불꽃까지 실리면서 여러 번의 폭발이 그 뒤를 따랐다.

콰콰콰―

팔극권과 천익기공.

두 기예는 처음에 만났을 때만 하더라도 잘 맞지 않은 것처럼 어색한 구석이 많았다.

동작과 마력이 섞이지 않았고, 초식에 제대로 힘이 실리지 않았다.

하지만 그런 상황에서도 연우는 단 한 가지에만 집중했다.

'결.'

용마안을 활짝 열어 뒀다. 어느새 숙련도가 30%에 육박

한 용마안은 세상에 어지럽게 늘어진 결을 고스란히 노출했고, 연우는 거기에 따라 몸을 맡겼다.

그러자 처음에는 이질감으로 맞지 않던 팔극권과 천익기공이 조금씩 합을 맞춰 나갔다.

물론, 그 뒤에는 전투 의지를 발동, 한없이 빨라진 정신세계에서 두 무공을 하나로 엮어 보려고 쉴 새 없이 연산을 거듭한 각고의 노력도 뒤를 따랐다.

심 · 기 · 체의 합일.

그리고 결에 따른 움직임.

이것에만 집중하면서 칼을 휘두르다 보니 어느새 연우의 동작에서는 점차 군더더기가 사라져 갔다.

보다 깔끔해지고, 보다 깊어졌다.

마력에서 초식으로 이어지는 유동도 더 이상 막히는 부분이 없었다. 무엇보다 육체가 움직임을 너무나 잘 받아들였다.

마치 원래 이게 연우에게 가장 알맞은 움직임이라는 듯. 최적화된 움직임이라고 말해 주는 것 같았다.

덕분에 시간이 갈수록.

플레이어는 가까스로 공격을 막아 내는 게 고작이었다.

하지만 힘에서 너무 차이가 나기 때문에 정신없이 계속 뒤로 떠밀렸고, 연우의 샌드백이 되어 줘야만 했다.

그러다 체력이 다했을 즈음, 쥐고 있던 검이 부서져 파편들이 허공으로 튀었다.

사이사이로 불똥과 매연이 어지럽게 넘실거리다, 그 사이로 크라슈냐의 단검이 비집고 들어와 왼쪽 가슴팍에 깊숙하게 박혔다.

퍼어억!

입고 있던 갑주가 너무 쉽게 터져 나갔다.

이미 계속된 타격 누적과 열기로 손상이 극한에 이르렀다가 부서지고 만 것이다. 40층에서나 겨우 구할 수 있다는 재료로 만들어진 갑옷도 별다른 힘을 쓰지 못했다.

덕분에 단검은 그대로 심장을 관통했다.

플레이어는 입술 사이로 울컥 핏물을 주르륵 토해 냈다. 그는 떨리는 눈빛으로 연우의 가면을 바라보다가, 그대로 주저앉았다.

연우는 시체에서 크라슈나의 단검을 뽑아 다른 플레이어들이 있는 곳을 돌아봤다.

네 플레이어들의 인상이 딱딱하게 굳었다.

방금 전에 죽은 자는 레드 드래곤의 산하 조직 중에서도 제법 강하다고 알려진 클랜 '붉은 늑대'의 부클랜장, 토리슨이었다.

비록 이 안에서는 가장 약할지 몰라도, 절대 약한 플레이어가 아니었다.

이제 몇 개의 층계만 더 오르면 랭커에 도전해 볼 만한 자격이 생길지도 모른다는 말까지 나돌던 녀석이었는데.

이렇게 너무 압도적으로 당해 버렸다고?

그들은 어느새 진짜 다시 위기감을 느끼고 말았다. 무왕이 문제가 아니었다.

독식자. 생각보다 훨씬 강한 상대였다. 이곳을 절대 쉽게 빠져 나갈 수 없을 것 같았다.

"자, 다음."

무왕의 지시에 따라, 두 번째 순번인 루더가 딱딱한 표정으로 앞에 나섰다.

'철권' 이라는 별칭으로 유명한 그였지만, 꽉 쥔 주먹에서는 식은땀이 잔뜩 배어 나왔다.

* * *

"……다음."

촤아악. 피가 바닥에 뿌려졌다. 쓰러진 네 번째 시체를 보면서 샤논은 인상을 찡그렸다.

설마 자신까지 차례가 올까 싶었는데. 결국 연우는 앞의 네 명을 차례대로 무찌르면서 어느새 그와 맞닥뜨리고 있었다.

물론, 연우도 그렇게 상태가 좋은 편이 아니었다.

토리슨을 압도적으로 찍어 눌렀다고 해서 차례로 이어지는 다른 싸움까지 그럴 수는 없는 법이었으니까.

싸움에 임한 자들은 저마다 죽기 살기로 연우와 싸웠고, 연우도 거기에 따라 계속 피해가 누적되었다.

게다가 후발 타선은 앞서 벌어진 전투들을 복기하면서 연우의 허점을 파악해 그 점을 교묘하게 노리기도 했다.

하아.

하아.

연우의 입가를 따라 뜨거운 단내가 퍼져 나왔다. 입고 있던 갑주도 곳곳이 망가지고, 어느새 핏물을 크게 뒤집어쓰고 있었다.

금방이라도 쓰러지는 게 이상하지 않을 만큼 체력이 바닥난 게 분명하건만, 그는 여전히 고요한 눈빛으로 서 있었다.

샤논은 어쩔 수 없다는 듯 앞으로 나섰다.

그 역시 여기서 얌전히 죽을 수는 없는 노릇.

그리고 연우의 허점도 얼추 다 파악을 해 뒀으니 빠르게 휘몰아칠 생각이었다.

여태까지 벌어진 싸움들을 되돌아보면 언제나 처음에는 승기를 잡다 가도, 시간이 끌리다가 어느새 역전을 당했으니까.

자신을 파악할 새가 없이, 바로 목을 날릴 참이었다.

연우도 샤논이 여태껏 상대했던 자들과 '격'을 달리한다는 사실을 알아차렸다.

입고 있는 갑주부터가 달랐다.

레드 드래곤. '진짜' 소속원이 나타난 것이다. 그것도 전투 부대의 조장이었다.

어중이떠중이는 받지 않는 8대 클랜의 오만한 성격을 염두에 둔다면?

어쩌면 현재 쿠람 전선의 책임자였을지도 몰랐다.

『그놈은 꽤 조심하는 게 좋을 거다. 네가 가진 걸 전부 보여도, 아니, 네가 원래 최적의 컨디션이었다고 해도 힘들지 모르는 놈이니까 말이지.』

그리고 그런 연우의 긴장감을 읽은 듯, 여태껏 잠자코 그를 지켜보고만 있던 무왕의 웃음소리가 귓가에 울렸다.

연우가 그쪽으로 시선을 돌렸다.

무왕이 한쪽 입꼬리를 말아 올리고 있었다. 이제부터가 진짜일 거라는 듯이.

『세미—랭커(Semi Ranker)거든. 그놈.』

세미 랭커.

랭커에 도전하는 실력자들.

랭커(Ranker)란, 쉽게 말하면 탑을 오르는 플레이어들 중 강한 순서대로 순번을 매겨 고른 이들을 뜻하는 것이었고.

넓은 의미에서 보자면 50층대를 오르기 시작한 자들을 의미했다.

하지만 50층은 결코 쉽게 넘볼 수 있는 층계가 아니었다.

이전 49개의 층계와는 비교도 할 수 없을 정도로 높아진 난이도를 자랑했다.

강하다고 알려진 숱한 플레이어들조차도 고배를 마셔야 하거나 쓰러지고 마는 자리.

통칭, 마(魔)의 지대.

그렇기에 랭커는 대단하다고 할 수밖에 없는 자들이었다.

그리고.

그런 마의 지대를 넘보고자 하는 49층의 플레이어들을 일컬어 보통 이렇게 불렀다.

도전자, 혹은 세미 랭커.

현재까지 개척된 층계는 모두 77개.

이 중에서 가장 많은 거주민과 공략자들을 보유한 곳을 꼽으라고 한다면, 딱 두 곳을 말할 수 있었다.

1층과 49층.

이유는 간단했다.

갓 튜토리얼을 통과했지만 탑의 높은 장벽에 부딪치는 첫 번째 관문이 1층이었고.

그전까지 승승장구했지만, 그보다 더한 고난을 요구하는 마의 장벽 때문에 번번이 가로막히고 마는 곳이 49층이었기 때문이었다.

49층의 거류자들은 어떻게든 시련을 성공하기 위해 발버둥 친다. 단 1개의 층계 차이밖에 나지 않지만, 그것이 주는 의미는 천지 차이기 때문이었다.

하지만 그들 중 대다수가 번번이 공략에 실패를 했고, 아주 운이 좋은 자들만 위로 올라갈 수 있었다.

그래서 50층 이후부터 걷기 시작한 랭커들은 49층의 플레이어들을 비웃으면서 이렇게 불렀다.

낙오자, 라고.

결국 마지막 하나를 넘지 못해 가로막힌 멍청이들이었으니까.

그리고 49층의 거주민들은 그 말을 들으면서도 묵묵히 다음 차례를 노렸다.

하지만 이건 어디까지나 상위 층계에서나 통용되는 이야기.

하위 층계와 중간 층계에서 봤을 때는 49층만 해도 대단해 보일 수밖에 없었다.

마의 지대를 통과하기 위해서는 그만큼 강해지고자 부단히 노력을 했을 테니까.

그래서 아래 층계의 플레이어들은 49층의 거주민들을 경외하는 뜻에서 전혀 다르게 불렀다.

세미 랭커.

랭커가 되고자 꿈을 꾸는 실력자들이라고 말이다.

그리고 실제로 세미 랭커들은 하나같이 대단한 힘을 품고 있었다. 몇몇은 진짜 랭커를 능가하는 게 아니냐는 말까지 나올 정도였으니까.

그런데 그런 세미 랭커가 바로 눈앞에 있다고 한다.

연우는 헛웃음이 나왔다.

만반의 준비를 한다고 해도 과연 이길 수 있을까 싶을 정도인데. 체력적으로도 정신적으로도 지친 이런 상황에서 부딪치라니.

죽으라고 등을 떠미는 것이라 봐도 무방했다.

하지만.

'재미있어.'

연우는 이상하게 더 큰 전의(戰意)를 느꼈다.

웃음이 나왔다. 헛웃음이 아니었다. 즐거움에서 저절로

나오는 웃음이었다.

연우는 혼자서 8대 클랜을 꺾고자 한다. 그렇다면 더 큰 힘을 얻어야 하고, 언젠가 랭커들도 발아래에 둬야만 한다.

아니, 그 이상을 넘어 하이 랭커(High Ranker)며 아홉 왕까지도 따라잡아야만 한다.

무왕 급은. 최소한 그만큼은 따라잡아야 본격적으로 복수를 제대로 시작할 수가 있었다.

그런 뜻에서 세미 랭커와의 싸움은.

'보다 빠르게 한계를 돌파할 수 있는 가장 좋은 방법이야.'

연우는 이미 앞선 네 번의 생사대련을 통해 많은 것을 얻을 수가 있었다.

군더더기는 모두 버렸다.

천익신공과 팔극권의 연결 고리를 확실하게 채웠다. 결의 사용법을 터득했고, 코어의 강약을 조절할 수 있게 되었다. 화력의 세기나 범위 조절도 가능해졌다.

극한까지 내몰리면서, 스스로의 한계를 느끼고, 미처 보지 못했던 약점들을 발견할 수 있게 되었기 때문이다.

무왕도 바로 이런 점을 노린 것이겠지.

계속 연우를 한계까지 몰아가 부족한 것을 스스로 깨닫게 하고, 그것을 고칠 수 있게 하기 위해서.

물론, 조금이라도 어긋난다면 목숨이 위험해지겠지만.

'내 목숨이야 이곳에 들어올 때부터 버려두고 왔으니까. 염두에 둘 건 전혀 없지.'

무왕도 비슷한 생각이었을 것이다. 여태 연우가 본 무왕은 어느 구석에서는 아주 차가웠으니까.

연우는 허공에다 손을 가볍게 흔들었다. 검은 팔찌가 살짝 울리면서 먼저 죽은 네 플레이어의 영혼을 컬렉션에 귀속시켰다.

'일단 챙길 건 챙기고.'

이만한 플레이어의 영혼은 쉽게 구하기 힘들다. 사귀로 만든다면 괜찮을 터였다.

'다시 싸운다.'

우우웅—

연우는 다시 한번 마력회로를 최대로 출력시켰다. 효율성이 좋아진 덕분에 체력은 방전될지언정, 마력이 마를 걱정은 거의 없었다.

풍부한 마력이 전신을 지배했다. 피로를 억지로 쫓아내면서 육체에 강한 힘을 실었다.

그리고 용마안과 전투 의지를 동시에 발동시키면서 자세를 갖췄다.

이제는 몸에 익숙하다시피 한 동작.

팔극권(上)은 15.2%, 천익기공은 31.2%까지 숙련도가 올랐다. 초식은 이제 본능에 단단히 각인이 되었기 때문에 자세가 흐트러질 걱정은 하지 않아도 되었다.

샤논도 연우가 마지막 남은 기력을 쥐어짠다는 것을 알고 칼을 세게 움켜쥐었다.

사람이건 짐승이건 간에, 죽을힘을 다해 덤비는 것만큼 위험한 건 없었으니까.

그리고.

여태껏 샤논이 봤던 연우는 그런 자였다.

피에 젖은 짐승.

지쳐 있어도 절대 쓰러지지 않는. 그러면서도 이빨을 잔뜩 드러내면서 으르렁거리는 맹수였다.

샤논은 칼을 곧게 세웠다. 그의 애병은 날이 톱니처럼 우둘투둘한 소드 브레이커. 상어 이빨처럼 나 있는 톱니 사이로 오러가 잔뜩 응집되었다.

대련에 들어가기 전에.

샤논은 연우를 보면서 고요한 눈빛으로 입을 열었다.

"한 가지만 부탁해도 되나?"

"뭐지?"

"승패가 어떻게 되든지 간에. 수하들은 살려 줬으면 좋겠어."

"뭐?"

연우는 뜻밖의 부탁에 살짝 놀란 눈이 되었다. 여태껏 많은 플레이어나 클랜들과 부딪쳐 봤지만, 이런 부탁을 하는 녀석은 처음이었으니까.

모두가 자기 목숨만 귀중한 줄 알 뿐, 동료를 챙기는 사람은 극히 드물었다.

하지만 샤논은 쓰게 웃으면서 말했다.

"사실 무왕에게 끌려오는 내내 미처 수하들을 챙길 생각을 하지 못했거든. 방금 전에 생각나서 말이야. 아무리 적으로 만났다지만, 그래도 투항을 한 자들까지 전부 죽일 만큼 아량이 없는 건 아니겠지?"

연우는 샤논의 속내를 읽었다.

'죽기를, 작정했어.'

이상한 일이었다.

누가 봐도 지금의 상황은 샤논이 훨씬 유리할 텐데도 불구하고. 왜 저런 생각을 하는 걸까.

분명 방금 전까지만 해도 샤논은 살고자 하는 의지를 잔뜩 드러내고 있었다.

연우의 일거수일투족을 살피면서, 그를 분석하고, 해석하면서 공격을 파훼할 방법을 찾고 있는 게 보였으니까.

하지만 지금은 달랐다.

절반은 놓았고, 절반은 호승심에 걸었다.

대체 그 짧은 사이 심리에 무슨 변화가 생겼는지는 알 수 없었지만, 연우는 오히려 더 무거워진 분위기를 느꼈다.

마치 단단한 벽을 만난 느낌이었다.

'단번에 부순다.'

연우는 화력을 잔뜩 키웠다. 체력은 바닥이 났으니 최대한 빨리 승부를 볼 생각이었다.

화아악—

불꽃으로 이뤄진 날개가 더 크고 높이 타올랐다. 연우는 날개를 접어 몸을 칭칭 감으면서 땅을 거세게 박찼다.

콰콰콰—

들끓는 열기가 휘몰아치면서 불로 이뤄진 해일처럼 샤논을 덮쳤다.

샤논은 소드 브레이커를 옆으로 크게 홱 하고 젖혔다. 그러자 일어난 광풍이 불꽃을 옆으로 크게 떠밀어 냈다.

연우는 마력을 발바닥에 있는 코어 쪽으로 몰아넣으면서 허공에서 균형을 잡았다.

그리고 옆으로 틀면서 역수로 쥔 크라슈나의 단검으로 샤논의 목덜미를 후려쳤다.

여기에 샤논은 오러를 흩뿌리는 것으로 응대했다.

콰르릉!

오러가 폭죽처럼 잇달아 터지면서 공세를 막아 냈다. 오히려 쓰나미처럼 덮쳐 연우를 찢어 놓으려 했고, 연우는 여기에 다시 불길을 키우는 것으로 응대하면서 밀려오는 오러를 도중에 가로막았다.

콰아앙—

연우는 허공에서 크게 튕겨 났다. 하지만 제비 돌기를 하면서 다시 접근을 시도, 팔극권의 연계 초식을 잇달아 풀어냈다.

샤논은 동작을 크게 하면서 소드 브레이커를 휘둘렀다. 그럴 때마다 가시처럼 잘게 돋은 오러 파편이 퍼져 나가면서 거듭 충돌이 일어났다.

연우와 샤논. 둘은 절대 서로 밀리지 않기 위한 팽팽한 접전을 계속 이어 나갔다.

연우는 거칠었다. 마치 몸집이 작은 맹수가 덩치 큰 코끼리를 잡기 위해서 쉴 새 없이 달려들 듯, 끊임없이 발톱을 휘두르고 이빨로 내리찍었다.

자신이 이리저리 채이면서 피투성이가 되는 건 전혀 신경 쓰지 않는 투였다.

반면에 샤논은 단단했다. 크고 강하게 오러를 뿌려 대면서 연우를 힘으로 압박하고자 했다.

연우가 샤논을 부수기 위해, 허점을 찾기 위해, 이리저리 움직여도 그때마다 단단한 장벽을 만날 수밖에 없었다.

순간, 연우는 왜 상대가 '세미 랭커' 라고 불리는지를 알 수 있었다.

자신과는 정말이지 '격', 그 자체가 달랐다.

아무리 약점을 찾아내려고 탐색을 해 봐도, 녀석은 절대 허점을 드러내는 일이 없었다.

그래도.

연우는 포기하지 않았다.

오히려 밀려나면 밀려날수록, 36개의 코어를 쉼 없이 회전시켜 마력회로의 최대 출력을 끌어냈다.

덕분에 마력회로가 과부하되어 위험하다고 경고를 해 댔지만, 그냥 무시해 버렸다.

비그리드나 검은 팔찌, 아이기스 같은 아티팩트는 일절 사용하지 않았다.

지금은 오로지 자신의 기량을 끌어올리기 위한 싸움.

다른 변수를 넣고 싶지 않았다.

설사 목숨이 위험해진다고 하더라도.

쾅—

쾅—

칼을 휘두를 때마다 폭발이 일어나면서 불똥이 튀었다. 강한 힘으로 튕겨 난 반발력 때문에 입가에서 핏물이 번져 나왔지만, 도로 삼켰다.

눈가에 핏대가 잔뜩 선 채로 다시 달려들었다.

그러다 언제부턴가 용마안 사이로 결이 하나둘씩 나타났다. 결은 실타래처럼 복잡하게 엉키다가 한쪽 지점에 응어리졌다.

'왼쪽 팔뚝 위!'

처음으로 드러난 약점.

연우는 혹시 응어리가 사라질까 싶어, 가차 없이 그곳에다 마장대검을 쑤셔 넣었다.

마력을 잔뜩 실은 덕분인지, 36개의 코어가 맹렬하게 회전하는 소리가 귓가를 왱왱 울리는 것 같았다.

그런데.

쉭!

'뭐지?'

마장대검이 작렬한 순간. 당연히 그 자리에 있어야 할 왼쪽 팔뚝이 사라졌다.

마치 허깨비처럼.

'허깨비?'

순간 든 생각에 아차 싶어 몸을 옆으로 틀었다. 하지만 이미 샤논의 소드 브레이커가 뒤쪽에서부터 그의 목덜미로 내려쳐지고 있었다.

콰르르릉!

벼락처럼 내려친 일격. 오러가 잔뜩 실린 채로 폭발해 연우는 단번에 튕겨 나고 말았다.

가까스로 불의 날개를 키워 치명타는 어떻게 피할 수 있었지만, 반발력만큼은 어쩔 수가 없었다. 몸이 실 끊어진 연처럼 튕겨 났다.

연우는 허공에서 몸을 뒤틀어 가까스로 균형을 잡아 착지했다. 그러고도 반탄력을 모두 소화하지 못해 한없이 뒤로 떠밀리고 말았다.

그가 지나간 자리로 짙은 고랑이 남았다. 연우는 이를 악물었다. 핏대가 선 두 눈이 위아래로 요동쳤다.

'뭐지? 어떻게 된 거지?'

분명히 결을 찔렀을 텐데?

어떻게 갑자기 사라질 수가 있는 거지?

잠깐 의문이 들었지만 머리 뒤쪽으로 던져뒀다.

자신이 잘못 판단했겠거니, 뭔가 놓친 게 있겠거니, 하고 여기면서 용마안에 비치는 결을 따라 다시 빠르게 움직였다. 남은 체력이 얼마 없었다.

다시 부딪쳤고, 결이 보였다. 이번에는 두 개. 다시 전력을 다해 찔렀다.

하지만 이번에도.

콰콰쾅!

결의 응어리는 감쪽같이 사라졌고, 대신에 그 위로 오러 파편이 폭우처럼 쏟아졌다.

"큽!"

예민하게 달아오른 감각은 연우를 위험으로부터 피하게 해 주었다.

하지만 완전히 피할 수는 없었다. 등이 죄다 갈려 나갔다.

상대의 허점을 노리려다가 도리어 자신의 허점만 만들어 준 꼴. 이가 악물렸다.

'뭐지? 뭐가 어떻게 된 거지?'

연우는 이제 더 이상 섣불리 샤논에게 덤비지 않고 멀찍이 간격을 벌렸다. 썩은 단내가 입가와 코끝을 괴롭혔지만, 그런 건 전혀 신경 쓰이지도 않았다.

저 바로 앞. 샤논은 여전히 우뚝 서 있었다. 장벽처럼. 꼿꼿하게.

그리고 용마안에 비치는 샤논은 좀 전과 달리 수십 개의 결 응어리에 노출되어 있었다.

하지만 본능이 경종을 울렸다.

저기에 현혹되지 말라고.

넘어가는 순간 너는 끝장난다고.

이번에 녀석에게 휘말린다면 절대 빠져나올 수 없을 거란 위기감이 들었다.

'대체 뭐지? 이건?'

여태껏 결을 노려서 실패해 본 적이 없었기에. 연우는 얼굴을 일그러뜨렸다. 가슴 위에 돌이 내려앉은 것처럼 갑갑했다. 이유를 알 수가 없어서.

그런데.

"그렇군."

샤논은 뭔가를 알아차렸다는 듯, 피식 웃음을 흘렸다.

"넌, 허초를 모르는구나."

허초?

처음 듣는 단어에 연우는 살짝 눈살을 좁혔다. 여전히 칼을 세우고 있지만, 머릿속은 여러 계산으로 복잡하게 엉켰다.

"하지만 어떻게 허초를 모를 수가 있지? 보통 이런 건 무예에 갓 입문한 초짜들이나 겪는 실수일 텐데?"

샤논은 살짝 의문을 드러냈다.

그가 봤을 때 연우가 여태껏 보였던 공격과 투로들은 각고의 노력으로 무술을 단련한 자들이나 가질 수 있는 솜씨였으니까.

이제 무술에 입문한 지 닷새밖에 되지 않은 초짜라고는 절대 생각도 할 수 없었던 것이다.

"뭐. 아무래도 상관없겠지. 허초를 간파할 수 없다면. 결국 살아남는 건 나일 테니까."

하지만 샤논은 의문을 바로 던져 버렸다.

이유가 어찌 되었건 간에 그는 연우의 약점을 찾았다. 그렇다면 그것을 고집스럽게 물고 늘어져 목을 날려 버리면 그만이었다.

"이번에는 내가 가지."

쐐애액—

샤논이 빠르게 움직였다. 여태껏 보였던 묵직하고 탄탄한 것과는 전혀 다른 움직임.

날렵했다.

그리고 매서웠다.

연우는 알 수 있었다.

여태껏 샤논이 보여 준 행동들은. 사실 그의 약점을 간파하기 위해서 탐색하던 것에 지나지 않았다는 것을.

눈 깜짝할 새 칼날이 나타나 목으로 치닫고 있었다. 피하기는 늦었다. 몸을 옆으로 틀면서 화력을 최대로 키워 투로를 가로막았다.

채앵!

다행히 칼날이 폭발과 함께 튕겨 났다. 하지만 칼날은 도중에 방향을 꺾으며 허리를 쓸어 왔고, 이번에는 마장대검을 아래로 내리쳤다. 그런데 녀석의 칼날이 달려오던 중에 갑자기 사라졌다. 마장대검이 아무것도 없는 허공을 아무렇게나 갈랐다.

연우의 눈이 커졌다. 위기감이 들었다. 허초. 방금 전과 똑같은 현상이었다.

찌릿.

뒤통수가 따끔해졌다. 재빨리 용마안을 그쪽으로 돌리니 칼날이 바로 미간 앞까지 닿아 있었다.

단 한 가지 생각만 머릿속을 가득 메웠다.

'죽는다.'

이대로는.

[전투 의지]

과부하가 걸린 마력회로가 더 뜨겁게 달아올랐다. 그리고 사고 속도는 그것보다 더 빠르게 돌아갔다.

뇌가 타 버리는 게 아닐까 싶은 끔찍한 두통이 뒤따랐다.

그렇게.

한없이 느려진 세상 속에서. 칼날이 바로 눈앞에 있는 상황에서. 연우는 사고 속도를 극한까지 쥐어짰다.

어떻게든 지금의 위기 상황을 타개할 방법을 찾고자 했다. 고민은 어려우니, 질문과 응답을 빠르게 오고 가야만 했다.

피할 방법은?

없다.

막을 방법은?

없다.

최소한의 피해로 끝낼 방법은?

역시…… 없다.

어떤 방법이 있을까 질문을 던져도 돌아오는 대답은 단 하나였다.

없다.

해결책 따위는 없었다. 길이 도무지 보이질 않았다.

수많은 상황을 가정하고 판단을 내려도, 결국 그 끝에 보이는 결과는 단 하나.

미간을 가르고 지나가는 칼날. 부서지는 머리와 꺼지는 의식이었다.

운이 좋게 어떻게 막아 낸다고 해도, 그 뒤를 따를 연계 공격에 몸이 수십 갈래로 찢길 게 분명했다.

그래서 연우는 다시 한번 절실히 체감할 수 있었다.

마력회로를 변화시키고, 무공을 단련하며 더 큰 힘을 손에 넣었어도 아직 부족하다고.

자신은 약했다.

한없이.

세미 랭커와 자신의 격차는 아직도 컸고, 그 틈새를 빠져나갈 방법은 없었다. 샤논이 친 덫은 그를 꽁꽁 에워싸서 옴짝달싹하지 못하게 만들었다.

얼마 남지 않은 이 사고 끝에 있을 결과는. 죽음. 패배뿐.

그래서.

연우는 생각을 뒤집었다.

여기서 길이 보이지 않는다면. 그보다 더 근원으로 올라가 다른 방향으로 길을 찾아야만 했다.

무왕. 그는 자신에게 세미 랭커와 부딪치라는 새로운 시험을 냈다. 심법을 만들어 보라는 것보다 훨씬 어렵고 힘겨운 시험이다.

그렇다면. 이것을 내어 준 이유는 무엇일까?

단순히 죽으라고?

아니. 그런 것은 아닐 터였다. 무왕이 하는 행동에는 이해가 가지 않는 점은 있어도, 일리가 없는 행동은 없었다.

그렇다는 건, 이 시험에도 자신이 빠져나갈 방법이 있을 거란 뜻이었다.

그렇다면. 그 방법이란 대체 무엇일까.

그러다 연우는 떠올렸다.

무왕은 분명히 그에게 말했다. 자신이 가진 모든 것을 갖고 덤비라고. 그리고 한계를 뛰어넘으라고.

그리고 연우 또한 생각했다. 무공은 결국 자신이 가지고, 가져야만 하는 여러 힘 중 하나. 수단에 불과했다.

그렇다면.

다른 방법에서 찾으면 될 일이었다.

거기까지 생각이 미치자, 연우는 한 곳에 생각이 닿았다. 용마안, 감각 강화, 전투 의지 등 수많은 스킬들을 사용했지만, 아직까지 꺼내지 않았던 것.

그리고 그 순간, 사고 가속이 거짓말처럼 끝났다. 칼날이 연우의 미간을 가르고 지나갔다. 의식이 아래로 푹 꺼졌다.

하지만.

그보다 먼저 남은 스킬이 발동된 뒤였다.

[시간 예지]

남은 마력을 모두 쥐어짜야 하기 때문에 마지막 일격을 먹일 수 있는 게 아니라면, 웬만해서는 되도록 사용하지 않으려 했던 스킬이었지만.

지금은 어쩔 수가 없었다.

퍼어억—

연우가 다시 눈을 떴을 때. 소드 브레이커의 거친 톱니는 연우의 오른쪽 가슴을 깊숙하게 관통하고 있었다.

머리가 부서질 것 같은 두통과 함께. 육체가 잘려 나가는 고통이 뒤따랐다. 텅 비어 버린 마력회로는 너무 과열되어 찢어질 것만 같았다.

연우가 되돌린 시간은 불과 2초.

하지만 덕분에 의식은 무사히 돌아올 수 있었다.

그거면 충분했다.

살 수만 있다면 반격은 얼마든지 가능했으니까.

샤논은 연우의 가슴에 칼날을 박은 상태에서 인상을 딱딱하게 굳혔다.

"뭐지, 이건? 분명히 넌 죽었을 텐데?"

"몰라도 돼."

연우는 그런 싸늘한 한 마디를 내뱉으면서 몸을 억지로 뒤틀었다.

콰드득.

소드 브레이커도 같이 딸려 오면서 샤논이 살짝 주춤거렸고, 그 기회를 놓치지 않고 크라슈나의 단검을 녀석의 목에다 박았다.

쾅!

쿨럭!

샤논의 입가를 따라 핏물이 잔뜩 배어 나왔다.

아무리 뛰어난 플레이어라고 해도, 언데드가 아닌 이상에는 목이 찢어지고 살아날 수 있는 방법은 없었다.

그리고 누구나 죽음을 두려워하고 무서워할 수밖에 없었다.

그런데.

'웃어?'

샤논은 웃고 있었다.

힘이 쭉 빠져 입꼬리가 파르르 떨렸지만, 녀석은 분명히 연우를 보면서 웃고 있었다.

"그래도…… 다행히 수…… 하들은 살았……!"

눈가로 안도감이 스친다.

연우는 그런 샤논을 보면서 원인을 알 수 없는 거북함을 느꼈다.

그래서 자기도 모르게 물었다.

"죽는 게 두렵지 않은 건가?"

"그럴…… 리가. 여기 오기 전…… 에 살고 싶어서 발버둥을 쳤었…… 는데."

"그런데 왜?"

"갑자기…… 그런 생각…… 이 들더라고. 너…… 를 챙기는 무왕을 보니…… 버려두고…… 온 녀석들…… 이 눈…… 에 밟혀서. 부…… 끄러워지더라고. 그래도 명색이…… 리더인데.”

연우의 눈이 살짝 커졌다.

그제야 알 수 있었다.

거북함이 들었던 이유.

샤논은 얼마나 남아 있을지 모르지만, 그래도 남은 수하들이라도 살리고 싶어 했다.

이긴다면 자신이 살아남아 수하들을 이끌면 된다. 죽더라도 했던 약속이 있으니 수하들은 살릴 수 있다.

애초 자신의 목숨에는 크게 애착을 두지 않았다는 뜻이다.

아니, 그의 말이 맞는다면 처음에는 미련을 가졌지만, 뒤늦게 남아 있을 수하들에게 생각이 미쳐 생각을 바꿨다는 뜻이었다.

아마 자신만 살아남으려 발버둥 치는 게 스스로에게 부끄러워진 건지도 모른다.

그리고 그 모습은 동생이 겪었던 것과는 전혀 다른 모습이었다.

동생은 애초 서로 살겠다면서 배신했던 자들 때문에 그런 고초를 겪어야만 했으니까.

만약 동생에게도 샤논 같은 사람이 있었더라면.

그런 생각이 머릿속으로 스쳐 지나갔다.

샤논은 그렇게 웃는 낯을 하면서 쓰러졌다. 살짝 무릎을 꿇은 채 고개를 떨어뜨린다.

바닥에 쏟아진 핏물이 웅덩이를 만들면서 잔뜩 퍼져 나갔다.

연우는 피 웅덩이에 비친 자신의 모습을 보다가 천천히 샤논에게서 떨어졌다.

긴장이 탁 하고 풀리면서 피로가 잔뜩 몰려왔다. 하지만 그보다 먼저 찢어질 것 같은 고통이 육체 전체로 퍼져 나갔다.

과열된 코어와 텅 비어 버린 마력회로. 딱딱해지다 못해 비틀어진 근육까지.

평범한 마력 통로였다면 일찌감치 망가졌을지도 모른다. 용종이 남긴 마력회로였기 때문에 이 정도 선에서 그친 거였다.

"오라버니."

에도라가 다급하게 달려와 연우를 부축했다. 그녀는 노심초사한 얼굴로 연우의 싸움을 내내 지켜보다가, 이제야 겨우 한숨을 돌릴 수 있었다.

뒤따라온 판트는 고개를 절레절레 젓고 있었다. '또 괴물이 더 큰 괴물이 되었어' 라는 말을 중얼거리면서.

그럴 만도 했다.

세미 랭커를 이겼다는 건, 그만큼 대단한 일이었으니까.

게다가 판트는 알고 있었다.

사실 연우가 정작 가장 중요한 패는 숨겨 두고 있었다는 것을.

튜토리얼의 G구획과 1층에서 선보였던 검은 보이지 않았으니까. 게다가 초심자 구획을 통과하면서 얻었을 아티팩트는 꺼내지도 않았다.

그러고도 세미 랭커와 대등한 싸움을 보인 것이다.

"수고했다. 제법 볼 만했어. 보기보다 제법 싸울 줄도 알고?"

연우는 무왕이 던진 병을 받아 입 안에 털어 넣었다.

식도를 따라 시큰한 느낌이 들었다. 그러다 곧 몸이 따뜻해지면서 고통이 빠르게 가셨다. 마력회로에도 아주 조금씩이지만 마력이 차올랐다. 포션인 것 같았다.

연우는 조금 움직일 만해지자 무왕을 돌아봤다. 묻고 싶은 게 많았다.

"허초가 무엇입니까?"

연우는 분명히 결을 찔렀다. 느낌도 있었다. 하지만 찔렀던 지점은 거짓말처럼 사라졌고, 대신에 다른 곳에서 실물이 나타났다.

때문에 샤논을 상대하는 데 많은 고생을 해야만 했다. 어떤 게 진짜고 거짓인지, 도무지 분간할 방법이 없었으니까.

"페이크(Fake)."

연우는 고개를 가로저었다.

"아뇨. 페이크 모션과는 많이 달랐습니다."

"아니. 본질적으로는 같다. 다만, 그게 '실' 이 되느냐, '허' 가 되느냐의 차이일 뿐이지."

"……?"

연우의 눈빛에 의문이 담겼다.

무왕은 뭐라고 설명을 해 줘야 할까 고민하다가, 가볍게 손가락을 튕겼다.

"이렇게 설명하는 게 훨씬 편하겠군. 죽은 이 녀석의 칼이 너에게 닿으려 할 때. 그때, 칼은 여러 가지 '가능성' 을 품고 있지. 바로 공격용으로 쓸 건지, 아니면 반격용으로 쓸 건지, 방어용도 될 수 있을 테고. 그중에서도 다른 연계기로도 이어질 수 있고, 칼을 완전히 거둘 수도 있어. 그렇지?"

연우는 고개를 끄덕였다.

"그럼 이때의 여러 '가능성' 중에서. 너는 어떤 것을 선택하지? 기준이 따로 있나?"

"그거야 상황에 맞는……."

"그렇지. 상황에 맞게. 본능, 혹은, 빠른 판단을 통해 수많은 가능성 중에 하나를 택하지. 그런데 허초는 여기에다

한 가지 내지 두 가지의 가능성을 더 추가한다."

연우는 어느 정도 이해를 할 수 있었다.

"……덫."

"그렇게 봐도 무방해. 걸린다면 취소하고 다른 가능성을 선택해서 공격하면 되고. 걸리지 않았다면 그대로 직행하면 되지. 허초란 가능성을 선택할 수 있는 힘이다."

"……가능성."

연우는 작게 중얼거렸다.

시간 예지와 비슷한 것 같지만 다르다.

시간 예지는 빠른 연산 능력을 통해 상대가 어떤 행동을 보일지 미리 예측을 한다.

하지만 허초는 한꺼번에 여러 개의 패를 꺼내 놓고서 상황에 맞게 원하는 것을 꺼내는 방식이다.

"그런 게…… 가능한 겁니까?"

"가능하니 하겠지?"

"……."

"뭐, 웃자고 한 소리고. 사실 쉬운 일은 아니지. 칼 한 번 휘두를 때에도 여러 투로를 사전에 그렸다가 버리고, 또 다른 공격으로 이어질 때에도 여러 투로를 그렸다가 버리기를 반복해야 하니까. 잘못하면 뇌가 엉켜 버릴걸? 그래서 쉽게 할 수 있는 짓은 못 돼."

무왕은 입꼬리를 씩 말아 올렸다.

“하지만 성공한다면 이보다 더 확실한 공격 방법도 없지. 하지만 이건 기(技)를 극한까지 단련한 자들만 해낼 수 있는 것. 이제 팔극권에 갓 입문한 너는 힘들어. 그리고 사실 허초가 완벽한 것도 아니야. 어느 정도 경지에 이르러 ‘육감’이 발달한다면 어느 정도 간파도 쉬워지고.”

연우는 샤논이 했던 말이 떠올랐다. 어째서 허초를 모르는지 모르겠다던 투.

그건 연우가 보였던 숙련도에 비해 무술에 대한 이해도가 너무 떨어졌기 때문인 것 같았다.

하지만.

이번 대련 덕분에 연우는 자신에게 부족한 점을 두 가지 찾을 수가 있었다.

허초와 육감.

‘허초는 가능성을 여럿 품는 힘이다. 기를 극한까지 단련해서 나도 손에 넣어야 해. 그리고 반대로…… 육감도 터득해야만 한다. 그래야 다음에 비슷한 상황에 맞닥뜨리더라도 바로 간파해서 대처할 수가 있어.’

보아하니 두 가지 모두 단순히 스킬로 얻을 수 있는 게 아닌 것 같았다.

극한까지 육체적 기량을 단련하여야만 겨우 얻을 수 있

는 것들. 용마안과 감각 강화로도 소화할 수 없는 영역의 것들이었다.

'결국 단련에 단련을 거듭할 수밖에 없다는 거군.'

연우는 주먹을 꽉 쥐었다. 샤논이 보였던 예리한 감각을 닮고 싶다는 생각이 강하게 들었다.

아무리 좋은 아티팩트를 가지고 있다고 해도, 육체적 기량이 뒷받침해 주지 못한다면 말짱 도루묵에 불과하다.

최대한 육체를 극한까지 내몰아 한계를 몇 번이고 뛰어넘어야만 했다.

그리고 그 뒤에는.

'얼마 남지 않은 계승 작업도 끝내야 한다.'

해야 할 일이 너무 많았다.

버거울 만도 했지만 당장 눈앞에 주어진 이정표가 확실하고, 더 강해질 수 있는 방법이 많다는 사실이 기분을 흡족케 했다.

'재능이 없다면. 노력이라도 열심히 하는 수밖엔 없겠지.'

연우는 무거운 몸을 억지로 일으켰다.

손을 살짝 뻗어 흩어지려던 샤논의 영혼을 컬렉션에 집어넣었다. 나중에 따로 확인하고 싶은 게 있었다.

"저, 그리고 스승님."

연우는 에도라의 부축을 받으면서 무왕을 돌아봤다.

무왕은 안다는 듯이 손사래를 쳤다.

"나도 얼빠진 놈들 때릴 정도로 악랄한 놈은 아니거든? 걱정 마라."

죽는 샤논의 수하들은 내버려 두겠다는 의미였다.

연우는 고개를 끄덕였다. 간만에 힘을 너무 많이 빼서 그런지 빨리 쉬고 싶었다.

그렇게.

쿠람에서의 공방전, 레드 드래곤과 청화도의 첫 전투가 끝났다.

* * *

도시 쿠람에서의 소식은 탑 전체로 퍼져 나가 수많은 사람들을 기겁하게 만들었다.

생각지 못한 외뿔부족의 참전.

특히 무왕이 주먹 한 번이 도시의 절반을 쓸어버렸다는 소식은 듣는 이로 하여금 기함을 할 수밖에 없는 이야기였다.

그리고.

이 소문이 퍼지는 것에 맞춰 청화도가 본격적으로 칼을 빼 들었다.

레드 드래곤이 아직 제대로 자리를 잡기 전에 11층을 석권하겠다는 듯, 전투 부대를 아낌없이 밀어 넣어 단번에 여러 도시들을 빠르게 함락시켰다.

물론, 그 과정에서 레드 드래곤이 파견했거나, 산하에 있던 클랜들은 연신 패퇴를 겪으면서 구석까지 내몰리고 말았으니.

이에 레드 드래곤도 더 이상 이렇게 둘 수 없다고 생각했던지, 본격적으로 움직이기 시작했다.

11층 따위야 버리려면 얼마든지 버릴 수 있는 곳이었지만. 그래도 이렇게 너무 허망하게 물러나는 건 그들의 자존심상 절대 있을 수 없는 일이었다.

그러면서 한편에서는.

다른 소식도 퍼져 나갔다.

세미 랭커였던 샤논을 비롯해 조장급 인사 5명이 독식자와 칼을 겨루다 목이 떨어졌다는 소식.

상층부에서는 별반 관심을 가지지 않았지만, 일반 플레이어들에게는 엄청난 무게로 다가왔다.

소문만 무성하던 독식자가 사실은 너무 말도 안 되는 무력을 지니고 있다는 뜻이었으니까

게다가 그가 외뿔부족의 식객으로 있다는 것도 촉각을 곤두세우기 충분한 소식이었다.

그렇게.

11층에서 시작된 전화는 빠르게 퍼져 나갔다.

* * *

"청화도 녀석들. 지금쯤 아주 좋아 죽으려 할 것 같은데."

바할은 플레임 비스트의 단장이 건넨 보고서를 보고 쓰게 웃었다.

외뿔부족을 등에 업고 단 하루 사이에 청화도가 차지한 11층의 구획은 전체의 80%.

이만하면 11층이 통째로 청화도의 수중에 떨어진 것이나 마찬가지였으니. 상층부에서는 그런 꼴을 보지 못했다.

드래곤은 포악하다. 욕심이 많으며, 절대 패배를 모른다.

그런 이름을 가진 레드 드래곤으로서는 한낱 청화도에게 조금이라도 밀리는 게 자존심이 상해 미칠 지경인 것이다.

특히 클랜장인 여름여왕이 가장 크게 화를 냈으니.

이해득실을 따져서 이익이 되는 쪽만을 추구해야 한다는 생각을 가진 바할로서는, 도저히 납득할 수 없는 결정이었지만.

'그래도 어쩌겠나. 여왕이 까라면 그냥 까야겠지.'

바할은 쓰게 웃었다. 리언트를 사냥하려던 것에 이어 이번에는 11층에서의 총책임자를 맡게 되었다.

리언트를 놓친 것에 대해 책임을 지고 마무리를 지으라는 이유에서였다.

그에게 떨어진 임무는 아주 당연하고, 간단했다.

11층의 '완벽한' 탈환.

그냥 탈환하는 걸로는 부족했다. 압승을 거두어서 청화도와 외뿔부족이 11층에 두 번 다시는 발도 못 붙이게 하라는 명령이었다.

저곳에 무왕이 있다는 것을 알면서도 그딴 미친 명령을 내린 것이다.

그래도.

바할은 군말하지 않고 움직였다.

플레임 비스트가 그림자처럼 따랐다. 그리고 그 뒤로 '브레이즈'가, 또 그 뒤로 '코로나 아나콘다'가, '적랑단'과 '이리 부대' 등 레드 드래곤이 자랑한다는 여러 전투 부대가 줄지어 붙었다.

그렇게 숫자는 눈덩이처럼 불어났다.

어느새 군(軍)의 규모가 된 그들은 11층에 올라서서 발아래를 내려다보았다.

저 드넓은 지상 위로 청화도가 차지했다는 도시가 보였다.

목표는 단 하나.

도시 내에 있는 모든 생명체의 말살.

파앗—

그렇게 도시 위로 레드 드래곤이 강림했다.

*　*　*

도무신은 길을 걸었다.

지금쯤이면 본격적인 전쟁이 시작되었을 것이다.

모두가 예상했던 것보다 훨씬 일찍 발발했지만, 레드 드래곤에게 더 이상 질질 끌려다니는 건 용납할 수 없는 일이었다.

허를 찔린 데다가 외뿔부족까지 참전했으니. 아마 레드 드래곤은 한동안 정신을 차릴 수 없을 것이다.

도무신은 바로 이때를 틈타 자신에게 주어진 명령을 빠르게 마무리할 생각이었다.

신수는 오랫동안 탑을 상징해 왔던 존재들. 그들이 모두 죽어 버린다면?

어떻게든 파란이 일어날 수밖에 없다.

그리고 그런 파란은 가뜩이나 우세를 점하기 시작한 청화도에 확실한 승기를 가져다줄 것이다.

"움직여라."

도무신의 명령에 따라, 그림자가 갑자기 사방으로 넓게 퍼져 나가기 시작했다.

그리고 그 위로 백여 개가 넘는 새로운 그림자들이 촉수처럼 튀어나왔다.

그들은 숲길을 빠르게 가로지르면서 숲 속 곳곳에 숨어 있던 환수들을 차례대로 사냥해 댔다.

방해꾼을 없애기 위한 작업. 또한, 훨씬 더 많은 내단을 확보하기 위한 사전 정지 작업이었다.

도무신은 피비린내가 자욱하게 퍼지는 숲길을 천천히 지났다.

나무가 잔뜩 우거진 밀림의 영역 저 너머로. 피닉스의 기운이 감지되었다.

도무신의 입술이 비틀렸다.

* * *

『……뭔가 왔군.』

피닉스는 영역에서 벌어지는 소란을 듣고 살짝 눈살을 좁혔다.

인간들이 다니는 구획에 최근에 시끄러운 소란이 벌어지더니. 결국 여기까지 닿은 모양이었다.

그리고.

어쩌면 쉽지 않을지도 모르겠다는 불안감이 들었다. 살면서 처음으로.

피닉스는 얇아진 황금색 눈동자를 아래로 돌렸다. 어미의 마음도 모른 채 아이들이 열심히 뛰어놀고 있었다.

째액?

그때, 시선을 받은 짹짹이가 고개를 갸웃거렸다.

Stage 17.
신수의 계승자

연우는 밤새 부족원들에게 내내 시달려야만 했다.

세미 랭커를 꺾었다는 소문이 퍼지면서 호승심을 드러낸 사람들이 많아진 덕분이었다.

그럴 때마다 아직 몸이 다 낫질 않았다는 핑계를 대면서 거절을 하거나, 에도라가 나서서 도중에 끊어 내기는 했지만.

"안 되면 나라도! 나하고만이라도 한판 붙어 보면 안 되겠수?"

이번에는 판트가 나서서 폴짝폴짝 뛰어다녔다.

같은 부족원들이 열심히 활개를 치고 연우도 대련하는 모습을 보고 몸이 잔뜩 달아오른 듯한 모습이었다.

"판트."

"왜 그러우?"

"뒤집혀서 나무에 내걸리기 싫으면, 닥쳐."

"……그것참, 야박한 형님이란 말이지."

연우는 더 이상 상대하기 싫다는 듯이 인상을 팍 찡그렸다.

사실 그는 부족원들이며 판트가 옆에서 떠들어 댈 때마다 골이 자꾸 울리는 느낌이었다.

무왕이 건네준 포션을 마시고 어느 정도 회복은 했다지만, 그래도 여전히 몸에 누적된 데미지는 완전히 사라진 게 아니었다.

하지만 부상을 입은 게 나쁜 것만은 아니었다.

빠른 회복을 위해서는 마력이 필수적이다. 찢어진 근육과 골격, 마력회로에 성장 세포를 촉진시키기 위해서는 마력을 불어 넣어야만 했으니.

때문에 연우는 마력을 쉴 새 없이 돌렸다.

천익기공을 운용하면서 체내 구석구석까지 마력을 밀어 넣었고, 여태껏 파악하지 못했던 세밀한 부분까지 감지할 수 있었다.

노폐물이 배출되고, 새로운 회로가 열렸다. 기존 회로는 더더욱 탄탄해지고 굵어졌다.

새롭게 추가된 코어는 마력의 흐름에 좀 더 힘을 실어 주기까지 했으니.

연우는 빠르게 회복하는 몸을 느끼면서, 한편으로는 샤논과 벌였던 싸움을 복기했다.

시간 예지를 사용해서 겨우 승리를 거머쥘 수 있었다지만, 사실상 대련은 연우의 패배였다.

연우는 자신의 실력으로 샤논을 이겨 보고 싶었다.

허초.

그리고 육감.

무왕이 던져 준 두 가지 숙제를 되짚었다.

그리고 어떻게 해야 팔극권과 천익기공을 완전히 숙달할 수 있을지 궁리했다.

그사이.

판트와 에도라는 연우가 깊은 고찰에 잠겼다는 것을 알고, 조용히 그의 방을 나섰다.

무인에게 있어 지금의 시간이 얼마나 중요한지를 잘 알고 있었으니까.

그리고 저 궁리를 잘 극복해 낸다면 이전보다 훨씬 더 성장해 있을 것이다.

"진짜. 나도 독종이라는 말을 듣고 살았다지만, 저 양반은 어떻게 따라잡을 엄두도 못 내겠다니까."

판트는 복도를 가로지르면서 고개를 절레절레 흔들었다.

연우를 볼 때마다 느끼는 거지만, 그가 저렇게 빠른 성장을 할 수 있는 건 그만한 끈기가 있기 때문이었다.

때로는 그런 모습이 조금 위험하다고 여겨질 정도였다. 자신의 안위 따윈 돌보지 않고, 계속 극한까지 몸을 던져가면서 한계를 뛰어넘으려고 했으니까.

저렇게 하는데도 몸이 망가지지 않는 게 이상할 정도였다.

마치 뭔가에 쫓기고 있는 것처럼. 아니다. 뭔가를 다급하게 쫓는 것처럼 보였다.

대체 연우가 보고 있는 곳은 어디인 걸까?

"아. 그러고 보니 오늘 플랑 숙부님이 오신 댔었나?"

"어. 오늘 아침에 사람을 보냈었어. 곧 사람들을 이끌고 합류하겠다고 하시더라."

에도라가 고개를 끄덕이면서 대답했다.

판트는 가볍게 혀를 찼다.

"그것참. 오셔 봤자 좋은 소리 못 들으실 텐데. 쩝."

플랑은 무왕의 동생이었다.

단순히 수십 명도 넘는 선대왕의 자식 중 한 명이 아니라, 같은 어머니의 배에서 태어난 친동생.

그리고 세간에는 다른 이름으로 유명했다.

창무신.

청화도를 다스린다는 무신 중 한 명이었던 것이다.

또한, 은거에 들었던 외뿔부족으로 하여금 다시 세상에 나오게 부추긴 장본인이기도 했다.

그런 창무신이 날이 밝자마자 사람을 보내어, 오늘 중에 부족을 방문하겠다고 통보를 해 왔다.

외뿔부족은 현재 점령한 도시 쿠람에 머물고 있는 상태.

무왕의 악의적인 활약 덕분에 절반가량이 날아갔다지만, 워낙에 도시가 크기 때문에 부족원들이 쉬는 데는 전혀 지장이 없었다.

밤새 거주민들이 모두 달아났다는 이유도 한 몫 단단히 했지만.

그리고.

당연한 말이지만, 쿠람에 시비를 거는 곳은 없었다.

바깥은 한창 청화도와 레드 드래곤의 본격적인 전쟁이 시작되어 소란스럽다지만, 쿠람만은 예외로 비껴 난 것이다.

레드 드래곤으로서는 괜히 쉬고 있는 외뿔부족을 다시 끌어들여 전선을 복잡하게 만들 필요가 없었으니까.

또한, 외뿔부족이 무슨 생각을 하고 있는지를 확인하고자 하려는 속셈도 있었다.

이번 한 번만 돕는 것인지.

아니면 청화도의 우군으로서 계속 전쟁 기간 내내 참전을 할 것인지.

외뿔부족의 의도를 완전히 파악하고 난 뒤에 대처 방안을 마련하려는 것이다.

자존심이 강한 레드 드래곤이니 평소라면, 원래 뒤도 안 돌아보고 나서서 짓밟아야 했겠지만.

그러지 않을 정도로, 외뿔부족은 예외로 통했다.

그것이 외뿔부족이 가진 힘이었다.

그리고.

무왕이 가진 무게였다.

창무신 플랑도 바로 이 점을 이용하고자 했다.

외뿔부족이 점령한 쿠람을 방문하여 대외적으로 청화도와 외뿔부족의 관계를 과시한다. 그리고 레드 드래곤에게도 경고하면서 자신의 존재감도 입증한다.

여러 정치적인 계산이 깔려 있는 행보인 것이다.

무왕은 대놓고 그런 창무신의 생각을 비웃었지만, 그래도 혈육의 '마지막' 부탁이었기 때문에 차마 거절하지 못했다.

창무신과 좋은 추억만 있던 판트와 에도라로서는 어떻게 반응할 수가 없었지만.

"아무튼 넌 여기서 형님 병 수발이나 잘 해 줘라. 청화도에서도 형님 보고 싶어 하는 눈치였으니까. 오시겠다면 같이 오고."

"알았어. 오라버니 성격상 그런 곳에 가시지는 않을 것 같지만."

"아니면 이 기회에 확 자빠뜨리든가. 모른 척해 줄게."

에도라가 도끼눈을 떴다.

"뒈질래?"

"흐흐. 그럼 난 간다."

에도라는 능글맞게 웃으면서 떠나는 판트를 보며 인상을 팍 찡그렸다.

정말이지. 저런 면만 보면 아버지와 똑같았다.

에휴!

에도라는 땅이 꺼져라 한숨을 내쉬었다. 그리고 연우가 있는 방을 고요한 눈빛으로 바라봤다.

그때.

쾅!

갑자기 방문이 세게 열리더니 연우가 뛰쳐나왔다. 그런데 어딘지 모르게 다급해 보이는 모습이었다.

에도라가 무슨 일이 있냐고 물으려 했지만.

쉭!

연우는 그녀가 뭐라 질문을 할 새도 없이 복도에 있던 창문을 타고 반대쪽으로 넘어가 사라졌다.

에도라는 뭔가 큰일이 닥쳤다는 생각이 들었다.

순간, 아버지와 판트에게 이 사실을 알려야 하나 싶었지만, 곧 이를 악물며 연우가 사라진 방향으로 같이 뛰어갔다.

*　　*　　*

쐐애액—

연우는 무너진 도시를 지나, 11층의 스테이지를 크게 가로질렀다.

최대한 있는 힘껏 순보를 펼쳤다. 마력회로가 다시 뜨겁게 달아올랐다. 코어가 과열되었다.

이제 겨우 진정되다가 다시 삐걱대기 시작한 몸이 왜 쉬지 않느냐며 거칠게 항의를 해 댔다.

하지만 연우는 그런 걸 신경 쓸 새가 없었다.

정신은 온통 남쪽을 향해 있었으니까.

'대체 무슨 일이 벌어진 거지?'

연우에게는 보이지는 않지만, 느낄 수는 있는 몇 개의 연결 고리가 있었다.

하나는 지금쯤 외뿔부족의 마을에 있을 환수의 알.

그리고 다른 하나는 자신이 이름을 지어 주면서 계약을 맺었던 짹짹이였다.

연우는 연결 고리를 통해 환수의 알과 짹짹이가 무슨 생각을 하고 있는지 어느 정도 읽을 수가 있었다.

그리고 거리가 가까워질수록 연결 고리도 더 강해졌다.

11층에 올라온 지금은 환수 알과의 연결이 옅어지고, 짹짹이와의 연결이 짙어진 상태였다.

다만, 지금은 전쟁에 집중해야 하기 때문에 미처 연락을 하지 못하고 있을 뿐.

나중에 짬을 내서 따로 찾아가야겠다고 막연하게 생각은 해 두고 있었다.

그런데.

바로 방금 전에 연결 고리를 통해 짹짹이의 강렬한 사념이 전해졌다.

어떻게 말로 표현하기 힘든 생각들.

공포.

두려움.

언제나 해맑게 웃던 짹짹이의 사념과는 상반된 사념이었다.

연우는 그 순간 짹짹이에게 무슨 일이 생겼다는 것을 깨달았다.

'피닉스에게 무슨 일이 생긴 게 틀림없어.'

대체 누가 피닉스에게?

신수는 저층 구간에 있는 모든 존재들 중에서도 가장 강한 존재다. 하이 랭커조차도 함부로 할 수 없는 이들이기에, 아무도 그들을 쉽게 건드리지 못한다.

아니, 건드릴 생각조차 하지 못한다.

그렇기에 의문이 들었지만.

한편으로는 그런 생각도 들었다.

지금 11층에는 본격적으로 전쟁이 발발하면서 밤새 수많은 랭커와 전투 부대가 들어왔다고 했다.

쿠람만 조용할 뿐. 이미 곳곳에서 두 세력 간의 유혈 충돌이 벌어지는 중이라고. 특히 레드 드래곤은 아예 '군'의 규모로 움직이면서 청화도의 영역을 천천히 쑥대밭으로 만드는 중이었다.

그렇다면.

그 수많은 무력 부대와 랭커들 중에 일부가 나와서 피닉스에게 움직인다고 해도 이상하지는 않았다.

신수가 위험한 존재라지만, 오히려 위험하기 때문에 매력적인 존재이기도 했다.

그들이 품은 내단은 아주 값진 보물이 될 테니까.

'왜 이걸 미처 생각하지 못했지?'

연우는 생각이 짧았던 스스로를 탓했다.

전쟁이 크게 벌어질 거란 걸 이미 알고 있었다.

그렇다면.

조금만 더 판세를 깊게 들여다봤다면. 아니, 조금만 더 생각을 해 봤었다면. 얼마든지 여기에 생각이 미칠 수도 있었다.

하지만 그동안 스테이지를 클리어하는 데에만 몰두하고, 무공을 단련하는 데에만 정신이 팔린 나머지 피닉스와 짹짹이에 대해서 까맣게 잊고 있었다.

모두 자신의 불찰이었던 것이다.

하지만 아무리 뒤늦게 후회를 해 본다고 한들, 시간이 되돌아가지는 않는다. 절대자인 올포원도 그런 건 불가능했다.

시간 예지 스킬도 마찬가지. 그것은 미래를 계산하는 것일 뿐이지, 정말 시간을 되돌리는 스킬은 아니었다.

'부디. 아무 일도 없기를.'

연우는 그렇게 무왕과 판트 등에게 말을 남길 새도 없이, 스테이지를 한없이 가로질렀다.

이동하는 내내 여러 광경이 눈에 밟혔다.

곳곳에서 전투 부대며 여러 클랜들이 바쁘게 움직이는 게 보이고, 전쟁을 피해 도망치는 플레이어들도 보였다.

개중에 몇 곳은 도로를 점거하여 통행자들의 신분을 점

검하는 곳도 있었지만, 연우는 그냥 무시하고 힘으로 뚫고 지나갔다.

그렇게 남쪽으로 가까워질수록, 짹짹이와의 연결도 점점 강해졌다.

연결 고리 너머로 두려움에 젖어 덜덜 떨고 있는 불안한 심리 상태가 고스란히 전해졌다.

'피닉스의 기척도, 없다.'

연우는 아랫입술을 질끈 깨물었다. 불안감은 점점 커져 머릿속을 가득 메웠다.

['피닉스의 영역'에 입장했습니다.]

곧 연우 앞으로 익숙한 메시지가 떴다.

하지만 영역에 들어왔으면 당장 따라와야 할 피닉스의 기척이나 시선은 느껴지지 않았다. 머릿속으로 파고들던 목소리도 들리지 않았다.

그리고.

피닉스의 영역은 폐허가 되어 있었다.

이미 한 차례 광풍이 불고 지나간 듯, 빽빽한 밀림을 이루고 있던 나무들은 줄줄이 쓰러졌고, 곳곳에 죽은 환수들의 사체가 아무렇게나 널브러져 있었다.

연우는 아랫입술을 질끈 깨물었다.

이제 불안감은 확신이 되었다.

누군가가 나타났다.

그것도 아주 강한 누군가가. 하이 랭커 급 이상의. 당장 연우로서는 어떻게 상대하기 힘들 실력자가 분명했다.

'최소 바할 급의…….'

연우는 생각을 도중에 멈췄다. 피닉스의 둥지가 있는 절벽이 나타났다.

저 위쪽에서 짹짹이의 사념이 전해지고 있었다. 그는 지체하지 않고 둥지 쪽으로 몸을 날렸다.

팟—

그리고 들어선 피닉스의 둥지는 이미 완전히 망가진 상태였다.

입구는 낙석으로 완전히 가려졌고 곳곳에 커다란 칼자국이며 불에 그을린 자국이 가득했다. 피닉스와 하이 랭커 간에 거친 격전이 있었던 게 분명했다.

연우는 등에서 비그리드를 뽑았다.

더 이상 인정사정 볼 것이 없었다. 짹짹이와의 연결 고리가 희미해지고 있었다.

빨리 서둘러야만 했다.

콰앙!

마력을 최대로 출력시켜 광풍을 잇달아 쏟아 냈다. 비그리드를 몇 번 내긋자 바위들이 부서져 나갔다. 그렇게 한참을 파고들었다.

그러다 연우는 무너진 낙석 사이로 교묘하게 만들어진 공간을 발견할 수 있었다.

불그스름한 광채가 감도는 방어막이 바위를 겨우겨우 막아 내고 있었다.

하지만 언제 무너져도 이상하지 않을 만큼 위태로웠다.

그리고 그 안쪽에.

짹짹이가 피투성이가 된 채로 쓰러져 있었다.

쌔액. 쌔액.

금방이라도 끊어질 것처럼 얕은 숨결이 연우의 손끝에 느껴졌다.

연우는 재빨리 손을 뻗어 짹짹이를 조심스레 받쳐 꺼냈다. 그러자 공간을 떠받치고 있던 보호막이 조용히 사라졌다.

쌔액. 쌔액.

짹짹이는 정말 위험해 보였다. 숨결은 가늘고, 오르락내리락하는 가슴 부위도 약해 보였다. 눈가가 파리했다.

연우는 짹짹이를 바닥에다 내려놓고 재빨리 마력을 불어넣었다.

동시에 열화 스킬을 작게 발동, 온기도 함께 흘려 넣었다.

불의 속성을 가진 녀석이니 같은 불이면 조금이라도 도움이 되지 않을까 하는 생각에서였다.

다행히 시간이 지나자, 짹짹이의 숨결이 조금씩 편해졌다. 서늘했던 몸도 서서히 따스해지기 시작했다.

연우는 꾸준히 화기를 흡수할 수 있도록 열화 스킬을 옆에 발동시켜 두고, 주변을 살폈다.

'얼마나 큰 싸움이 벌어진 거지? 피닉스는 어디로 간 거고?'

누군가의 기습이 있었던 건 확실한 것 같았다. 곳곳에 전투 흔적이 남아 있었으니까.

하지만 냉정하게 생각해 보면 이상한 점이 한두 가지가 아니었다.

분명 전투는 끝났다. 그렇지 않다면 이렇게 조용할 수가 없었다.

짹짹이 때문에 자리를 옮긴 것일 수도 있지만, 그렇다고 해도 너무 조용했다.

흔적도 남아 있어야 하는데, 이 정도로는 부족했다.

그렇다고 해서 습격자들이 이겼다고 단언할 수도 없었다.

피닉스는 어마어마한 크기를 자랑한다. 이겨서 해치웠다고 해도 전부 옮길 수가 없었다. 끌고 간 흔적도 없었다.

결국 의문만 잔뜩 남은 것이다.

연우는 짹짹이가 깨어나야 정확한 사정을 알 수 있을 것 같았다.

그리고 다행히 10분가량이 지났을 때, 짹짹이가 파르르 눈가를 떨면서 천천히 눈을 떴다.

"짹짹아."

째액…….

짹짹이는 연우를 보자마자 부리를 크게 벌리면서 힘겨운 소리를 냈다. 눈가에 그렁그렁 맺힌 눈물이 주르륵 흘러내렸다.

아직 성장 속도가 늦어 심어를 사용하지 못하지만, 하고 싶은 말이 많은 눈빛이었다.

연우는 짹짹이를 꼭 끌어안으면서 조용히 머리를 쓰다듬었다.

이제 괜찮다고.

걱정하지 말라고.

짹짹이는 파르르 몸을 떨었다. 그러다 강해진 연결 고리를 통해 녀석의 생각이 천천히 전해졌다.

불과 몇 시간 전에 있었던 일들이 눈앞에 파노라마처럼 퍼져 나갔다.

화아악—

* * *

“그대가 피닉스인가? 듣던 대로 크군. 아주.”

연우는 갑자기 머리 위로 울리는 목소리에 고개를 돌렸다. 하지만 이상하게 고개가 돌아가지 않았다.

아주 좁은 구멍을 통해 뭔가를 엿볼 수 있는 게 전부였다.

연우는 뒤늦게 자기가 보고 있는 게 무엇인지 알 수 있었다.

‘이거. 짹짹이의 시야야.’

아무래도 짹짹이는 아까 보호막으로 가려져 있던 장소에 갇혀 있는 상태인 것 같았다.

짹짹이가 어떻게든 밖으로 빠져나가려고 발버둥을 쳤지만, 단단한 뭔가에 가로막혀 옴짝달싹할 수가 없었다.

녀석을 붙잡는 힘에서는 피닉스의 기운이 물씬 풍겼다. 짹짹이가 빠져나올 수 없도록 염력으로 단단히 묶어 둔 것이리라.

다치지 않도록. 침입자들에게 들키지 않도록.

『나는 인간들의 침입을 허락한 적이 없다. 또한, 내가 인간들의 영역에 침범한 적도 없다.』

“그것이 중요한가?”

『중요하지. 그것이 본디 악의와 선의를 가르는 기준이니까. 최소한 나는 악의는 저지르지 않았다는 뜻이니.』

"그렇다면 미안하군. 이쪽은 명백한 악의를 가지고 온 것이라. 우리는 그대의 내단을 필요로 한다."

『……참으로 오만한 자로다. 오랫동안 살아왔지만. 그딴 망발을 일삼는 자들은 하나같이 같은 결과를 맞이했다는 것을, 아는가?』

"모른다. 하지만 이것은 알 것 같군."

피식 웃는 소리와 함께 누군가가 앞으로 나섰다. 어둠 속에 묻힌 피닉스의 황금색 눈동자가 짜증으로 물들었다.

"이번에는 결과가 조금 다를 것 같다는 것."

그리고 드러나는 거대한 칼. 시야가 좁아 침입자가 누군지는 알 수 없었지만, 연우는 순간 드러난 칼의 무늬를 놓치지 않았다.

저런 칼을 쓰는 자는 탑에서도 딱 한 명이었으니까.

'도무신!'

청화도는 오로지 모든 삶을 무(武)에 바친 존재들이 살아가는 '섬'이었다.

그들은 오로지 극기(克己)와 자강(自强)만을 추구하며, 그것을 이루기 위한 수단으로 무를 고집하고 무의 끝을 이루고자 했다.

그래서 청화도에서는 마법이나 잡다한 아티팩트는 잡기로 분류되어 무시당하는 경향이 잦았고, 오로지 몸을 움직여서 땀을 흘리고 깨달음을 얻어 더 높은 경지에 오르는 것을 중요시했다.

개인의 수련이 중요한 탓에 그들은 대부분 자기중심적 사고와 개인적인 성향이 뚜렷한 편이었다.

하지만 또 그만큼 서열 관계가 확실하고, 강자에 대한 존경과 추종이 강해서 다른 면으로 보자면 집단주의적 특성도 강했다……

……도무신은 그런 청화도 내에서 가장 '무인'에 가깝다고 할 수 있는 자였다.

자기 관리에 철저하고, 수십 년째 술과 여자를 멀리하는 금욕적인 삶을 살았다.

그의 모든 것은 오로지 그가 쥔 칼에만 집중되어 있다고 해도 과언이 아니었으니.

그가 가진 아홉 자루의 검이 모두 뽑힐 때면 우리로서도 몸을 사려야 할 때가 한두 번이 아니었다.

청화도는 조직이 가진 특성상 많은 숫자의 조직원을 보유할 수가 없었다.

그래서 8대 클랜 중에서도 가장 머릿수가 적었고, 세력도 여러모로 뒤처지는 편이었다.

그런데도 청화도가 강하다고 평가되는 이유는 딱 하나였다.

소수 정예.

그리고 다섯 명의 무신.

무신들은 아주 강했다.

개개인이 모두 랭커들 중에서도 최상위에 해당한다는 하이 랭커에 속했다.

'이 작자가 왔었단 말이지…….'

연우는 곧 현실로 돌아와야 했다.

짹짹이의 기억은 거기서 끝이었다. 그 뒤에 벌어진 일의 충격파로 기절을 해 버렸기 때문이었다.

하지만 무슨 일이 있었는지는 알 수 있었다.

도무신의 갑작스러운 등장.

그리고.

'피닉스가, 죽었다.'

확실했다.

피닉스는 죽었다.

짹짹이는 그것을 느낄 수가 있었고, 탈진할 때까지 눈물을 쏟았다. 아직 태어난 지 한 달밖에 되지 않은 아이에게 어미의 죽음은 너무 충격적이었을 테니까.

연우는 짹짹이를 꼭 끌어안았다. 녀석이 진정할 수 있을 때까지.

병아리 눈물처럼 아주 적은 양이었지만, 짹짹이는 옷깃이 축축해질 만큼 울었다.

'피닉스는 처음부터 자신의 운명을 직감하고 있었어. 그래서 내가 찾아오리라 생각하고 짹짹이를 미리 보호해 둔 거였어.'

연우는 이를 악물었다.

'청화도에서 피닉스를 노린 건, 역시 내단 때문일까?'

그게 아니라면 짚이는 이유가 없다.

청화도에서 굳이 상대하기 까다로운 신수를 잡으려고 나설 이유가 그 외엔 생각나지 않으니까.

딱히 피닉스와 청화도 간에 어떤 관계가 있는 것도 아니었다.

연우는 이를 악물었다.

지금 자신이 있는 외뿔부족은 청화도와 손을 잡은 상태. 그런데 짹짹이는 그런 청화도와 원수가 되어 버렸다.

이제 짹짹이가 기댈 곳이라고는 자신밖에 없을 텐데.

피닉스도 그걸 알고 자신이 언젠가 찾아오리라 생각해 짹짹이를 맡겼는데.

그런 녀석을 데리고 청화도로 갈 수는 없는 노릇이었다.

물론, 짹짹이의 상황을 무시하고 내버려 둔다는 선택지도 있었지만.

연우는 그런 선택지 따위 애초 염두에 두지도 않았다.

한 달 넘게 피닉스의 둥지에 머물면서 피닉스와 짹짹이는 이미 그의 가족이나 마찬가지였다.

짹짹이가 부탁하지 않더라도, 피닉스의 원한은 자신이 갚아 주려 했을 것이다.

'하지만 당장 반대편 진영으로 넘어가는 것도 문제야.'

자신이야 양측 모두 원한 관계가 있어 언젠가 쓰러뜨려야 할 곳들이었지만, 사실 이제 와서 레드 드래곤 쪽으로 넘어가는 것도 문제는 있었다.

이미 레드 드래곤에서는 자신을 인지하고 있을 테니까.

특히 샤논은 세미 랭커였던 만큼 레드 드래곤에서도 아끼던 전력이었을 터. 그런 자를 죽였으니 원한이 생기지 않는다면 이상했다.

'일단은 돌아가서 생각하자.'

여기에 계속 남아 있어 봤자 해결책은 나오지 않는다.

일단 숙소로 돌아갔다가, 생각을 정리하고 난 뒤에 움직여야 할 것 같았다.

외뿔부족을 통해 청화도의 움직임과 꿍꿍이, 그리고 노

림수도 알아봐야 했다.

'피닉스가 죽었다면, 다른 신수들을 노릴 가능성도 커. 여기에 대해서도 알아봐야겠지.'

이곳은 짹짹이의 심리 상태에도 좋지 않을 테고.

커다란 피닉스의 사체가 없다는 게 마음에 걸리긴 했지만. 이 역시 상황이 정리되는 대로 찾아볼 생각이었다.

그렇게 짹짹이를 끌어안으면서 일어났다.

그리고 자리를 떠나려는데.

화르륵!

갑자기 연우 앞으로 허공에서 불꽃이 타올랐다.

다채로운 색을 뿌려 대는 불꽃. 생명의 불꽃, 성화였다. 그리고 이건 환수의 알에 나눠 주던 단순한 성화가 아니었다.

근본.

불씨였다.

『……그래도 무사히 그대가 막내 아이를 발견했나 보군. 다행이야. 참으로 다행이야.』

"피닉스?"

연우는 머릿속을 비집고 들어오는 익숙한 목소리에 눈을 크게 떴다.

혹시 어디서 살아 있는 걸까? 하지만 곧 그 목소리가 잔류 사념이라는 사실을 깨달았다. 대화가 이어지지 않았다.

『도무신이라는 자. 아주 강하더군. 어떻게 손을 쓸 수가 없었어. 막내 아이라도 구해 보자는 생각이었는데……. 정말 다행이야. 그대가 우리 모자를 잊지 않아 줬다는 사실이. 어쩌면 그것이. 그대와의 인연이 막내 아이가 받은 운명이고, 축복인지도 모르지.』

피닉스는 말을 이어 나갔다. 짹짹이라도 살릴 수 있어서 천만다행이라는 안도감이 말투에 잔뜩 묻어났다.

『그리고. 혹시 내가 죽었다고 해서 너무 화를 가지지는 말아다오. 기억할지 모르겠지만, 나는 불꽃에서 스러졌다가 다시 태어나는 존재. 지금은 이렇게 사라진다지만, 언젠가 다시 눈을 뜰 거야. 그대가 너무 원한에 사무칠 필요가 없다는 뜻이지.』

아니다.

피닉스는 걱정 말라는 투로, 별 것 아니라는 투로 말하고 있었지만, 연우는 그게 아니라는 것을 잘 알고 있었다.

분명 피닉스는 되살아난다. 그는 재생과 부활을 상징하니까. 그리고 그렇기에 신수로 통했다.

하지만 그 시기는 아무도 몰랐다. 재가 되어 흩어진 조각들이 다시 모여야 할 수도 있고, 다른 계기가 필요할 수도 있다.

게다가 재생한다고 해도 문제였다.

다시 눈을 뜬다고 한들. 전생의 기억을 물려받는다고 한들. 결국에는 다른 존재일 수밖에 없었다.

새로운 생을 살게 되는 것이니까. 다른 곳으로 옮겨진 불꽃은, 원래의 불꽃이 있다고 해도 결국 다른 불꽃이었다.

어떤 사고와 가치관을 가지고 있을지는 절대 장담할 수 없었다. 짹짹이에게는 전혀 다른 존재로 와 닿을 것이다.

결국 죽음은 죽음일 뿐. 그것으로 끝이었다.

그런데도 피닉스가 이렇게 말하는 이유는 간단했다.

연우를 달래기 위해서. 그가 허튼 선택을 하지 않게 만들기 위해서였다. 고아가 된 짹짹이가 의지해야 할 곳도 필요할 테니.

『그러니 너무 분개하지 말고. 내가 다시 돌아올 때까지, 막내 아이를 잘 부탁하지. 그리 오래 걸리지는 않을 거야. 만약 시간이 좀 걸린다면…… 자기 앞가림을 할 수 있을 때까지는 돌봐 줬으면 해. 내 부탁이야.』

연우는 이를 악물었다.

결국 피닉스는 마지막에 눈을 감을 때까지 자식 걱정밖에 없었던 것이다.

『물론, 그냥 돌봐 달라는 말은 하지 않겠어. 아니, 오히려 앞으로 막내 아이를 돌보려면, 손 갈 일이 한두 가지가 아닐 테니…….』

그 순간, 성화가 갑자기 확 하고 높이 타올랐다. 그리고 수십 갈래로 나뉘면서 연우를 크게 감싸기 시작했다.

『……아주 작은 힘이지만. 그대와 막내 아이가 앞으로 걸어야 할 길에 조금이라도 도움이 되길.』

수십 갈래의 불꽃은 연우의 주변을 뱅글뱅글 맴돌더니 곧 피부 속으로 스며들기 시작했다.

[피닉스가 당신을 상속인으로 지정하였습니다. 유산으로 '생명의 불꽃(근본)'이 배정되어 상속을 시작합니다.]

[기존에 맺었던 신수와의 계약이 강화됩니다.]

['천익기공'의 화 속성이 반응을 합니다. '열화' 스킬이 생명의 불꽃에 반응합니다.]

[마력회로가 생명의 불꽃을 받아들일 준비를 시작합니다.]

[육체가 열렸습니다.]

……

[계승 작업을 시작합니다.]

연우는 순간 마력회로를 비롯해서 육체를 구성하는 모든

세포가 활짝 열리는 듯한 느낌을 받았다. 영혼으로 통하는 문도 열린 것 같았다.

연우는 그것을 막지 않았다.

이것이 피닉스가 그에게 남긴 선물이라는 것을 알았으니까. 자신의 근본이라 할 수 있는 성화의 불씨를 남긴 거였다.

불의 기운이 활짝 열린 모공을 따라 들어왔다.

살갗을 지나고, 근육을 통과해, 혈관을 타고 움직이면서 마력회로와 코어에 스며들었다. 그것으로도 모자라 뼈마디 구석구석까지 닿았다.

끊임없이 쏟아지는 불의 기운에 연우는 어떻게 말로 표현할 수 없는 느낌을 받았다.

처음에는 따뜻했다. 마치 돌아가신 어머니의 품에 안긴 것처럼 너무 편하고 고요해서 이대로 잠에 들고 싶은 기분이었다.

하지만 곧 끔찍한 고통이 찾아왔다.

살갗이 부르텄다. 열기 때문에 근육이 뜨겁게 달아올랐다. 피부 안쪽에 불을 지핀 느낌이라 고통은 어떻게 말로 표현할 수 있는 수준이 아니었다.

그런데도 연우는 이를 악물었다. 새된 비명 소리조차 내지 않았다.

심법을 공부했기 때문에 알고 있었다.

이럴 때 입을 연다면 그만큼 기운이 빠져나간다는 것을. 아니면 흐름에 방해가 생겨 경로가 꼬일 수도 있었다.

아니, 그런 건 아무래도 좋았다.

연우는 피닉스가 남긴 기운을 단 한 톨이라도 낭비할 생각이 없었다.

전부 흡수해서, 자신의 것으로 삼킬 생각이었다.

그래서 정신이 어지러워도 억지로 붙잡았다.

쉴 새 없이 구결을 외우면서 천익기공의 경로를 따라 마력을 회전시켰다.

['천익기공'의 스킬 숙련도가 상승합니다. 27, 28, 29…… 33%……]

['열화'의 스킬 숙련도가 대폭 상승하기 시작합니다. 57, 58…… 71, 72…… 91%……]

고통은 조금씩 안쪽으로 번져 나갔다.

그러다 마력회로로 스며들었고, 회전하는 마력에 실리면서 신체 곳곳으로 퍼졌다.

쾅.

쾅.

여태껏 감지만 하고 아직 열지 못했던 마력회로로 불의 기운이 번져 나갔다. 불길은 가로막는 장애물 따윈 모조리 부수고, 짓밟으며, 태워 버렸다.

체내 안쪽에서 폭발 소리가 울릴 때마다 몸이 크게 들썩였다.

그런데도 억지로 버티면서 세세한 회로로까지 불의 기운을 끌어냈다.

[남은 중요 회로 중 3번과 5번이 열리기 시작합니다.]

[남은 대회로 중…….]

……

눈앞에 남은 마력회로들이 줄줄이 열린다는 상태 메시지가 떠올랐다.

신기한 점은 거칠게 회로를 연 탓에 경로가 일부 망가질 수도 있었지만, 상처는 또 금세 아물었다는 것이었다. 이것은 생명의 불꽃. 신성력을 일부 포함하고 있었기 때문에 회복 속도도 그만큼 빨랐던 것이다.

덕분에.

오히려 닫혔던 회로가 크게 열리면서 단단하게 다져지기

까지 하는 효과를 맛볼 수 있었다.

그렇게 크게 한 바퀴를 돈 불의 기운은 척추를 따라 올라오다가 드디어 마지막 지점인 두개골에 다다랐다.

콰앙!

그리고 그 순간, 연우는 예상했던 끔찍한 고통 대신에 다른 감각을 맛볼 수 있었다.

그것은 희열이었다.

'격'이 상승한다는 희열.

영혼과 육체가 가지고 있던 한계. 단단하게 닫혀 있던 빗장이 활짝 열리면서 더 넓고 큰 세상이 내려오는 듯한 느낌이었다.

[모든 마력회로가 열렸습니다.]

[모든 계승 작업이 끝냈습니다.]

[칭호 '피닉스의 상속자'를 획득했습니다.]

[힘이 5만큼 올랐습니다.]

[민첩이 5만큼 올랐습니다.]

……

[화 속성의 친밀도가 30만큼 상승했습니다. 계승

작업의 효과로 화 속성에 대한 권한 중 일부를 획득했습니다.]

……

[축하합니다! '열화' 스킬의 숙련도가 100%를 달성, 상위 스킬인 '열풍'이 열렸습니다.]

['열풍'에 칭호의 효과가 적용, 다른 고유 스킬로 대체됩니다. 화 속성의 권한이 적용되어 상위 스킬로 진화합니다.]

[스킬 '성화(넘버링 050)'가 생성되었습니다.]

[육체의 성장이 확인되었습니다. 영격(靈格)이 한 단계 상승하며 중단되었든 계승 작업이 진행됩니다.]

[현재 작업량: 99.8%]

연우는 몸을 어루만지던 희열이 점점 사라지는 것을 느끼면서 눈을 떴다.

그 순간, 바로 느낀 감정은 희열의 잔재나 뿌듯함이 아니었다.

공허함.

몸속이 텅 빈 것 같은 느낌.

허기가 졌다.

'그릇이 커졌다.'

그것은 마력이 완전히 빠져나갔거나 했기 때문이 아니었다.

도리어 총량은 피닉스가 남긴 마력을 받아 부쩍 늘어난 상태였다.

하지만 전체적 총량이 늘어나도 공허함을 느낄 만큼, 그릇이 아주 크게 확장되었다.

모든 마력회로의 개방.

아직 엄두도 내지 못했던 여러 주요 회로들뿐만 아니라, 아주 세세한 부분까지 닿아 있는 작은 회로들까지.

피닉스의 불길이 한바탕 크게 휘젓고 지나가면서 회로를 가로막고 있던 노폐물과 탁기를 모두 태워 버렸던 것이다. 거기다 신성력이 작용되어 상처까지 봉합되었으니.

마력회로는 이미 이전보다 훨씬 넓어지고, 탄탄해졌다.

원래대로라면 꽤 오랜 시간을 들여 진행했을 작업이 한 번에 이뤄진 것이다.

그리고.

연우는 마력회로 한가운데에 성화의 불씨가 남아 있는 것을 감지할 수 있었다.

심장 바로 옆 부위. '돌' 이 위치한 장소였다.

'왜 여기로 흘러 들어간 거지?'

연우는 왼쪽 가슴을 손으로 어루만졌다.

리언트가 만들려다가 실패했던 정체를 알 수 없는 돌. 여태껏 아무리 건드려 봐도 단 한 번도 반응을 하지 않아 그냥 무시를 했던 것이었는데. 어째서 피닉스의 불씨가 이쪽으로 흘러 들어간 걸까?

의지를 그쪽에다 투영시켜 봤지만 돌은 여전히 꿈쩍도 않았다.

대신에 돌에 스며들었던 불씨가 밖으로 나와 마력회로를 따라 손끝에 맺혔다.

화르륵!

연우의 손 위로 푸른색 불길이 높게 치솟았다.

불길은 가지각색으로 변했다. 붉은색으로도, 황금색으로도, 보라색으로도 변하면서 다양한 빛깔을 드러냈다.

피닉스를 유지하던 불꽃. 재생과 부활을 일으킨다는 신성한 불길이었다. 연우가 매번 받던 생명의 불꽃을 일으키던 근본, 불씨이기도 했다.

피닉스는 생명 중 일부를 떼어다가, 연우를 위한 유산으로 남긴 것이다.

그리고 그런 것이니만큼, 가지고 있는 내력은 아주 대단했다.

[성화(聖火)]

넘버링 050

숙련도: 0.0%

설명: 부활과 재생을 상징한다는 새, 피닉스를 상징하는 불길. 태초에 하늘로부터 처음으로 지상에 떨어진 불꽃이라는 말도 있다. 수많은 신들이 원할 만큼 순도 높은 불꽃이기도 하다.

* 정화(淨化)

저주와 마기를 강제로 태운다. 악 속성에 대해 강한 면역력과 저항력을 자랑한다. 이때의 힘은 스킬 숙련도에 비례해 강해지며, 상실된 체력을 일부 회복시키기도 한다.

* 불의 은총

성화는 태초에 처음으로 지상에 떨어졌다고 알려진 불씨이다. 모든 화 속성에 대해 우선권을 가지며 높은 저항력을 갖게 된다. 때에 따라서는 불에 대한 제어권을 행사할 수도 있다.

넘버링 50!

바토리의 흡혈검을 얻고 난 뒤에 처음으로 얻게 된 넘버링 스킬이었다.

성화는 어둠 계통의 속성들에 있어 절대적인 천적이라 할 수 있었다.

어둠을 물리치고, 마기와 사기를 강제로 정화시키니까. 예전에 피닉스가 말했던 대로, 성화는 죽음과는 대척점에 놓여 있었다.

'원래대로라면 검은 팔찌와는 최악의 상성이겠지만. 그래도 특성이 생겨서 다행이야.'

연우는 이럴 때 미리 기인 특성을 얻어 놓은 게 다행이라고 생각했다.

성화와 검은 팔찌, 둘 모두 양극단에 치우쳐져 있으니 혼용이 불가능하기 때문이었다.

하지만 기인 특성이 적용된다면 이야기는 달라진다.

상성 차에서 생기는 모든 약점이 말끔하게 사라지니까.

이런 것을 본다면, 연우는 자신이 얻은 특성과 칭호이 얼마나 대단한 것인지를 실감할 수 있었다.

['아이기스'가 크게 반응합니다.]

['비그리드'의 정화 작업이 보다 빨라집니다.]

등에 매달아 뒀던 아이기스와 비그리드가 잘게 떨리는 게 느껴졌다. 자신들과 상성이 잘 맞는 스킬이 도착했으니

기쁜 것이겠지.

다만, 불에 대한 제어권을 획득했다는 말은 조금 이해가 가질 않았다.

말 그대로 불을 마음대로 다룰 수 있다는 뜻일까? 하지만 속성 제어권은 본래 권능의 영역.

단순한 스킬에서는 얻을 수 없는 것으로 알고 있다. 게다가 '불'에 대한 범위를 한정 짓는 것도 조금 어려웠다.

여기에 대해서는 따로 알아보거나 몇 차례 실험을 해 봐야 할 것 같았다.

여하튼.

연우는 피닉스에게 다시 한번 더 감사하다는 말을 속으로 되뇌었다.

그가 남긴 유산은 연우가 오랫동안 진척해야 할 성장을 몇 년 이상 앞당겨 줬다.

마력회로의 개방만 하더라도 그에게는 너무 큰 성장이었으니까.

특히 성화는 피닉스의 고유 스킬이기 때문에 어떻게 구할 수 있는 것이 아니었다. 리자드킹 하르간의 열풍과는 비교도 할 수가 없었다.

짹짹이를 끌어안은 손길에 힘이 바짝 들어갔다.

하지만 사실 이건 연우의 생각처럼 단순한 피닉스의 배

려가 아니었다.

피닉스가 남긴 유산은 사실 일정 조건이 충족되어야만 발동되는 것이었기 때문이다.

만약 연우가 짹짹이의 위험을 감지하고도 뒤로 미뤄 뒀거나, 상황을 알고도 짹짹이를 모른 척했다면.

돌봐줄 생각을 하지 않았더라면 상속은 절대 진행되지 않았을 것이다.

짹짹이를 걱정하는 마음과 피닉스에 대한 연민, 그리고 도무신에 대한 분개가 있었기에 유산을 상속받을 수 있었다.

그리고 그건, 유일하게 남은 자식을 잘 돌봐 주었으면 하는 어미의 간절한 바람이기도 했다.

그때.

짹!

짹짹이가 조용히 눈을 떴다.

"몸은? 좀 괜찮으냐?"

짹…….

짹짹이는 고개를 끄덕였다. 연우가 계속 화기를 불어 넣어 몸이 많이 나아진 것 같았다. 거기다 연우가 성화까지 얻으면서 기력이 돌아온 모양이었다.

"그래도 일단은 조금 쉬어. 이곳은 혼잡스러우니 자리부터 옮기자."

짹짹!

그런데 갑자기 짹짹이가 벌떡 일어나더니 고개를 절레절레 흔들었다.

그래서는 안 된다는 단호한 눈빛. 여전히 지쳐 있었지만, 뭔가를 말하고 싶은 눈치였다.

연우는 강화된 연결 고리를 통해 짹짹이가 뭘 말하고 싶은지 어렴풋이 읽을 수 있었다.

"다른 신수들을 구해야 한다고?"

짹!

"하지만, 너……."

짹짹!

짹짹이는 제자리에서 팔딱팔딱 뛰어다녔다. 어떻게든 연우의 생각을 바꿔 보려 했다.

연우는 작게 침음을 흘렸다.

도무신은 피닉스에 이어 남은 신수들도 마저 정리하기 위해서 움직일 예정이었다.

연우로서는 피닉스가 아니라면 다른 신수들이 어떻게 되든 상관이 없었다.

이제 적으로 돌릴 청화도가 그만큼 힘을 비축한다는 건 마음에 들지 않았지만, 당장 그에게는 도무신을 막을 방법이 없었으니까. 다른 신수들과의 직접적인 이해가 없다는 점도 있었다.

하지만 짹짹이는 그러지 말라고 말하는 중이었다.

자신과 같은 처지에 놓이는 녀석이 생기면 안 된다고. 다른 신수들도 도와 달라고 말했다.

연우는 쓰게 웃으면서 짹짹이의 머리를 쓰다듬었다.

그런 일을 겪고 나면 자기 한 몸 추스르기도 힘들 텐데. 다른 존재의 걱정부터 먼저 한다.

참 따뜻하고 기특한 녀석이었다.

째액?

결국 짹짹이의 계속된 부탁에, 연우는 고개를 끄덕일 수밖에 없었다.

"알았다."

짹!

"하지만 도와주는 데는 한계가 있을 수밖에 없다. 당장 내가 가진 것으로는 도무신의 발끝도 잡지 못해."

모든 마력회로가 열리고 성화를 얻었다지만, 여전히 연우는 랭커에 비하면 턱없이 부족했다.

그리고 상대가 하이 랭커인 도무신이라면 더더욱.

그것이 현실이었다.

그리고 연우는 복수를 생각하더라도 절대 현실을 망각하지 않았다. 두 눈이 머는 순간, 도리어 복수와는 거리가 더 멀어지고 마니까.

오히려 더 냉정해지고, 차분하게 상황을 직시해야만 했다.

짹짹이도 그런 건 알고 있다면서 고개를 크게 끄덕였다. 위험하다 싶으면 바로 빠져나오자는 말도 함께.

연우는 의논이 끝나자 짹짹이를 챙기고 자리에서 일어났다.

여기에서 가장 가까운 신수는 스테이지 동쪽에 위치한 허무룡. 그곳의 영역부터 먼저 들를 생각이었다.

그렇게 움직이려는데.

갑자기 피닉스의 영역으로 익숙한 얼굴이 나타났다.

연우는 살짝 긴장하는 짹짹이를 어루만지면서 자신의 동료라고 달랜 뒤에, 에도라에게로 다가갔다.

"여기는 어떻게 찾아왔지?"

"급하게 뛰어가시는 것을 봤어요. 그래서 걱정이 되어서."

에도라는 안도에 찬 한숨을 내쉬었다. 연우를 따라가다가 도중에 저만치 사라져서 흔적을 찾느라 고생하며 방금 막 도착한 터였다.

"그런데 여기는……?"

"원래 내가 있던 곳. 아무래도 청화도에서 신수들을 사냥 중인 것 같아."

에도라는 연우의 사정을 듣고 눈을 크게 떴다.

그러다 연우의 품에 안긴 짹짹이를 발견했다.

영민한 그녀는 연우의 생각을 바로 알아차릴 수 있었다. 청화도와 완전히 갈라지려 한다는 것을.

"도와 달라고 하지는 않아. 외뿔부족에서도 나를 따라나와 달라는 억지도 부릴 생각 없고. 하지만 방해는 하지 않았으면 한다."

"그런……."

애초 연우가 이런 시궁창 같은 전쟁에 참여하는 것을 반대하기는 했지만. 그렇다고 해도 이렇게 적으로 만나게 되는 건 생각해 본 적도 없는 일이었다.

에도라는 아랫입술을 질끈 깨물었다. 갖가지 생각이 머릿속으로 스쳐 지나갔다.

그러다 결론을 내리고 품에 안은 신마도를 더 세게 끌어안았다.

"……그럼 저도 같이 가겠어요."

연우는 고개를 가로저었다.

"이 상황에 죄책감을 느끼는 거라면, 굳이 무리하게 그럴 필요가……."

"아뇨. 제가 돕고 싶어서 그런 거예요. 사실 개인적으로도 저희 부족을 끌어들인 청화도가 탐탁지 않기도 했고요."

"스승님이 싫어할 텐데?"

"저, 아버지 말은 듣지 않은 지 꽤 오래되었어요. 그리고 갓 제자가 되신 오라버니가 하실 말씀은 아니지 않아요?"

"그런가?"

연우는 피식 가볍게 웃음을 흘렸다.

그러다 왠지 그런 생각이 들었다.

무왕이라면. 이 사실을 알게 되면 화를 내기보다는 오히려 재미있다며 크게 웃을 것 같다는 생각이.

'물론, 전쟁터에서 만난다면 제자나 자식이라고 봐줄 양반은 아니지만.'

무왕은 그런 사람이었다.

"길은 내가 알고 있으니 먼저 앞장서지."

"예."

결정을 내린 연우와 에도라는 지체하지 않고 몸을 날렸다.

허무룡이 있을, 동쪽으로.

*　　*　　*

피닉스가 끊임없이 재생을 반복하는 존재라면, 허무룡은 끝없이 어둠 속으로 밀고 들어가 자신을 숨기는 존재였다.

외부에 모습을 드러내기를 꺼려 하고, 자신의 거처에 똬리를 튼 채 깊은 잠에만 들었다. 그리고 잠을 방해받는 걸 싫어하기 때문에 이따금 찾아오는 사람이 있으면 '허무' 속에 묻어 버리기 일쑤였다.

허무룡은 신수지만 마수에 가깝다고 할 수 있는 존재였다.

자기 영역에 대한 고집이 강하고 포악한 성격을 자랑했으니까. 그리고 깊은 잠에 들 때마다 '허무'를 뿌려 환계를 계속 침식해 나가는 특이한 존재였다.

그런 허무룡이 내리는 시험은 4대 신수의 시험 중에서 가장 어려운 편이었다.

'지금은 별 필요 없게 되었지만.'

그리고 허무룡의 영역에 들어섰을 때, 연우는 피닉스의 영역에 처음 발을 들였을 때와 똑같은 광경을 보고 말았다.

숲을 따라 결계처럼 둘러싸고 있어야 할 허무와 번개의 기운이 흩어져 보이지 않았다.

안쪽도 마찬가지였다.

곳곳에 수많은 마수들이 죽은 채로 쓰러져 있었다.

허무룡의 권속들. 그를 따라 허무를 먹으며 살아간다는 존재들이 하나같이 목덜미가 갈려 내단과 심장이 강제로 뽑혀 있었다.

‘시선도 없다. 그렇다는 건…….’

불안은 어김없이 현실이 되는 법이다.

“오라버니.”

“그래.”

에도라가 불러 바라본 곳에는 집채만 한 덩치와 끝없는 길이를 자랑하는 검은 용이 축 늘어져 있었다.

칠흑색 비늘을 따라, 허무가 작은 안개처럼 뭉쳐 둥둥 떠다니고 있었다.

하지만 허무는 색이 많이 바랜 상태였다. 금방이라도 사라질 것처럼 보였다.

허무룡.

일기장 속에서 봤던 모습 그대로였다.

당연한 말이지만.

생기는 느껴지지 않았다.

연우는 조금 더 허무룡의 상태를 자세히 파악하기 위해서 사체로 다가갔다.

그때.

『크크큭.』

갑자기 어디선가 들리는 탁한 웃음소리.

“뭐지?”

연우는 혹시 도무신이라도 근방에 있나 싶어 소리가 들

린 쪽으로 시선을 홱 하고 돌렸다.

그런 그의 눈앞에.

메시지가 하나 떠올랐다.

[허무룡의 영혼이 당신을 지켜봅니다.]

"……뭐?"

허무룡은 죽지 않았었나?

눈을 동그랗게 떴다.

그 순간, 방금 전과 똑같은 목소리가 머릿속에 울렸다. 피닉스와 똑같은 방식의 의사 전달.

허무룡이 분명했다.

『크하핫! 피닉스의 가호를 받고 있어서 뭐 하는 놈인가 싶었지만. 여길 왔다는 건, 무슨 일이 있었는지 알면서도 찾아왔다는 것이고. 그렇다는 건 제법 의기가 있는 놈인 것 같군그래?』

연우는 정신이 번쩍 드는 기분이 들었다.

"정말 허무룡이 맞으십니까?"

『날 깨운 놈이 그딴 말을 하니 좀 이상한데? 키키킥.』

"무슨……?"

연우는 그게 무슨 말이냐고 물으려다가 짚이는 게 있어

말꼬리를 흘렸다.

그에게는 자신이 죽이지 않은 영혼을 소환하거나 수집할 자격은 없다. 아니, 있다고 해도 허무룡의 격이 너무 높아 과연 가능할까도 싶었다.

그렇다면 이건 정확하게 영혼은 아닌 것 같았다.

잔재.

잔류 사념이라면?

짹액!

그때, 짹짹이가 날개를 크게 펼치면서 소리를 냈다. 짹짹이는 당당하게 허무룡의 눈을 마주치고 있었다.

『그렇군. 네가 이번에 그 도도한 척하는 년을 대신해서 남방을 맡게 된 녀석이냐? 자식인 것 같군. 재미있어. 신수를 품은 플레이어라. 여태껏 그런 전적은 거의 없었는데 말이야. 하긴. 이러니 내가 깨어난 것이겠지만.』

허무룡은 연우를 보면서 키득거리기 바빴다. 어느새 자신에게 맺힌 피닉스의 기운도 읽은 걸까.

그러나 연우는 헛웃음이 나왔다.

단순한 사념이 이만한 의지를 가질 정도라니.

역시 신수는 다르다는 걸까.

영혼과 사념은 개념이 많이 다르다. 영혼은 육체와 함께 존재를 이루는 구성 요소이고, 사념은 존재가 남긴 잔재였다.

쉽게 말하자면, 태양과 그림자의 차이랄까.

그만큼 큰 격차가 있었지만.

『나 같은 위대한 존재쯤 되면 그런 구분도 크게 필요 없는 법이지.』

"……."

연우는 잘난 척 으스대는 허무룡을 보면서 입을 꾹 다물었다.

'원래 이렇게 말이 많은 성격이었나? 일기장에는 분명히 말이 없고 귀찮은 걸 질색하는 성격이라고 했었는데.'

어쩌면 곤히 잘 자고 있다가 도무신의 공격을 받아서 생긴 변화일지도 몰랐다.

하지만 무엇이 되었건 간에, 연우로서는 절호의 기회였다.

허무룡은 도무신과 직접 싸우기까지 했으니 많은 정보를 얻을 수 있을 것 같았다.

그러나.

연우보다 허무룡의 말이 더 빨랐다.

『여하튼 난 네가 날 깨웠을 때부터 계속 널 지켜봤다. 죽음을 다루는 놈이 피닉스의 사랑을 받는 것도 신기한데, 뭔가 다급해 보이는 것 같아서. 구경하는 게 아주 재미있었지.』

연우가 앞으로 어떻게 할지에 대해서 고민하던 걸 말하는 것 같았다.

신수는 꿈을 먹고 사는 환수의 정점에 다다른 존재. 당연히 플레이어가 하는 생각을 어느 정도 읽을 수 있었다.

『보아하니 내 잠을 더럽게 깨운 놈과 싸울까 말까 고민하는 것 같던데. 맞지?』

숨길 필요가 딱히 없었다. 연우는 고개를 끄덕였다.

"가능하다면. 그렇습니다."

『잘못하면 네놈이 비명횡사할지도 모르는데? 나야 죽었어도 허무 속에서 다시 피어날 수 있으니 괜찮지만. 너는 목숨이 하나밖에 없을 텐데?』

"친구의 부탁이니까요."

연우는 짹짹이의 머리를 쓰다듬었다.

째액!

짹짹이도 으스대면서 다시 지저귀었다. 마치 자신의 친구가 이 정도라는 듯.

에도라는 가만히 뒤로 물러서서 그들의 대화를 지켜보기만 했다.

『그거 만용인데?』

허무룡이 살짝 비꼬듯이 말을 던졌지만.

"그래도 일단 해 봐야 하지 않겠습니까? 어디에나 변수는 있는 법이니까요."

허무룡이 웃음을 흘렸다. 어이가 없다는 듯이.

『그래서? 너에겐 그 길이 있나?』

"예."

하지만 연우는 이번에도 단호하게 고개를 끄덕였고.

"지금, 제 앞에 허무룡이 계시지 않습니까?"

연우는 어느새 활짝 열린 용마안을 통해 자신의 눈앞에서 어린 남자아이의 모습으로 앉아 있는 존재를 바라봤다.

겉보기에는 7세 전후의 어린아이로 보였지만, 녀석을 따라 짙고 까만 허무가 아지랑이처럼 떠돌아다니고 있었다.

허무룡의 사념이 뭉치면서 만들어진 허상이었다.

허무룡의 사념이 팔짱을 끼면서 한쪽 입술 끝을 비틀었다.

그 순간.

화아악—

허무가 갑자기 촉수처럼 사방으로 길게 뻗어 나오더니 주변의 모든 공간을 새카맣게 물들였다.

연우는 어느새 칠흑색으로 가득한 어둠에 갇혀 있었다.

모든 것을 빨아들일 것만 같은 어둠.

삶도, 죽음도, 영혼도 모두 덧없이 사라져 버릴 것만 같은 곳이었다.

연우는 순간 오싹한 느낌이 들었다.

이곳은 자신이 있어야 할 곳이 아니었다. 영혼을 가진 존재라면 절대 있어서는 안 될, 아니, 존재 자체를 지울 수 있는 무(無)의 영역이었다.

허무.

혹은 심연.

그 까마득한 공간에서 연우는 정신이 빙글빙글 도는 것 같았다.

그러면서도 한편으로는.

'뭐지? 이 기분은……?'

연우는 두려움을 느끼면서도 한편으로는 어렴풋하게나마 아늑함을 느낄 수 있었다.

이유는 알 수 없었지만.

그러나 확실한 건, 이 허무는 당장이라도 자신을 지울 수 있다는 점이었다.

아무리 당장은 죽었어도, 허무 속에서 다시 피어나는 존재만이 가질 수 있는 힘이었다.

『그 말은. 네가 날 이용하겠다는 뜻으로 봐도 무방하렷다?』

연우가 말한 길. 혹은 변수. 그걸 허무룡이라고 한 데에 그는 포악하게 웃었다.

신수는 고고한 존재.

가뜩이나 살해를 당한 것도 자존심이 상하는데, 대놓고

면전에서 자신을 이용하겠다고 하고 있으니.

말을 잘못하면 바로 죽여 버리겠다는 의지까지 드러냈지만.

연우는 고개를 끄덕였다.

“그렇지 않다면 제게 먼저 말을 걸지 않으셨겠지요. 허무룡은 허무를 먹고 사는 존재. 모든 걸 허망하다고 생각하는 당신이 저 같은 인간에게 관심을 먼저 가질 이유가 없잖습니까?”

귀찮은 걸 질색해 하는 허무룡이 이렇게까지 말이 많아진 이유.

연우는 그가 자신을 시험하는 것이라고 생각했다. 그의 협박에서도 버틸 수 있는 강인함을 지녔는지.

주르륵.

연우의 뺨을 타고 식은땀이 흘러내렸다. 공포심이 스멀스멀 기어 올라오면서 육체가 미칠 것 같다고 비명을 질러 댔다.

그리고.

식은땀이 똑 하고 떨어져 허무 속에 묻혀 사라졌을 때.

『푸하하핫! 이거, 생각했던 것보다 훨씬 괜찮은 물건인 것 같은데.』

허무룡은 크게 웃음을 터뜨렸다.

연우의 생각은 옳았던 것이다.

파앗!

연우를 둘러싸던 허무가 거짓말처럼 흩어져 사라졌다. 폐허가 된 숲이 다시 드러났다.

연우는 거칠게 숨을 몰아쉬었다. 폐부를 짓누르던 허무가 주는 압박감이 아직도 곳곳에 남아 있는 것 같았다.

짹짹!

짹짹이는 허무룡의 사념이 연우에게 무슨 짓을 했는지 눈치채고 크게 항의했다.

물론, 그런 걸 들을 허무룡이 아니었지만.

그는 콧방귀를 뀌면서 연우에게 말했다.

『그래. 좋다. 그 정도 배짱은 있어야 뭘 맡길 만하지. 나는 말만 번지르르하게 하고 도망치는 놈들을 아주 싫어하거든.』

허무룡의 사념은 입술 끝을 비틀면서 말을 이었다.

『난 잠에서 깨어나는 걸 극도로 싫어한다. 죽는 것보다도 더. 그런데 그 빌어먹을 놈은 날 강제로 깨웠을 뿐만 아니라, 내가 만든 내단과 심장을 가져가기까지 했다.』

억누른 목소리에서는 분노가 가득 묻어났다.

『하지만 당장 이 꼴로는 권역을 몇 발자국 벗어나지도 못할 테고, 허무에서 깨어나 다음을 준비하려고 해도 그때까지는 내 지랄 맞은 성격이 기다리질 못한다. 그런데 바로 네가 나타난 거다.』

그래서 허무룡은 연우를 시험해 보고 싶었다.

보통 인간이었다면 무시했을 테지만, 피닉스의 가호를 받는 놈이라면 뭔가 다를지도 모르니까.

하지만 말만 번지르르하게 하는 놈일 수도 있으니. 과연 제대로 된 놈인지 확인하려 했겠지.

그리고 그 결과는.

[허무룡의 인정을 받아, 히든 퀘스트 '허무룡의 시험'을 달성했습니다.]

[누구도 쉽게 이루지 못할 업적을 달성했습니다. 추가 공적치가 제공됩니다.]

[공적치를 5,000만큼 획득했습니다.]

[추가 공적치를 3,000만큼 획득했습니다.]

[보상으로 '허무룡의 환심'을 획득했습니다. 허무룡과의 친화도가 대폭 상승했습니다.]

[목(木) 속성에 대한 친화도가 50만큼 상승했습니다.]

[암(暗) 속성에 대한 친화도가 50만큼 상승했습니다.]

[뇌(雷) 속성에 대한…….]

……

『하지만 당장 네가 그놈과 싸운다고 해도 터무니없이 큰 차이가 존재하지. 그것을 조금이나마 줄여 주겠다.』

[허무룡이 두 번째 시험을 제안했습니다. 받아들이시겠습니까?]

연우는 눈이 번쩍 뜨이는 것 같았다.
두 번째 시험.
어차피 그는 처음부터 허무룡의 시험을 받고자 했다.
연우는 크게 고개를 끄덕였다.

[히든 퀘스트 / 허무룡의 두 번째 시험]
내용: 동쪽의 신수, 허무룡은 자신의 단잠을 깨운 원수에게 단죄를 내리고자 합니다. 하지만 그는 현재 허무 속에 스러져 나설 수가 없는 상태입니다.
허무룡은 당신에게 원수를 단죄할 임무를 내리고자 합니다. 허무룡이 내어 주는 힘을 받아 단죄를 마무리하십시오.

징벌의 정도가 커질수록 주어지는 보상도 커질 것
입니다.

보상:

1. 심연의 구슬

2. 허무룡의 역린

3. ???

『좋아. 그럼 이것으로 계약은 성사되었다.』

허무룡이 송곳니가 훤히 드러나도록 웃었다. 그리고 존재가 허무에 녹아 확 흩어지더니 수십 줄기로 나뉘어 연우에게로 스며들기 시작했다.

"흡!"

연우는 허리를 바짝 세웠다.

체내로 어마어마한 양의 마력이 물밀듯이 들어오기 시작했다.

나무와 어둠, 그리고 번개 속성으로 이뤄진 힘. 사념을 구성하고 있던 허무가 연우에게로 흡수되는 것이다.

『비록 알맹이는 죄다 강탈되어 쭉정이밖에는 남지 않았지만. 이것으로 조금은 도움이 되길 바라지…….』

도무신과의 격차를 조금이라도 메우라며 주는 선물이었다.

허무룡의 사념은 점차 흐려지다가 끝내 마력회로에 녹아 사라졌다.

['허무룡의 가호'를 받게 되었습니다.]

[마력을 대거 흡수했습니다.]

[힘이 15만큼 상승했습니다.]

[민첩이 10만큼 상승했습니다.]

……

[칭호 '허무룡의 계약자'를 획득했습니다.]

연우가 다시 눈을 뜬 것은 시간이 얼마 지나지 않아서였다.

허무룡의 사념은 쭉정이라는 표현을 썼지만, 그 정도로도 연우에게는 엄청나게 많은 양이었다.

아카샤의 뱀을 또 한 마리 더 먹은 게 아닐까 싶을 정도로.

덕분에 성화로 너무 넓어졌던 마력회로를 일부 채워 넣을 수 있었다.

여전히 많은 양이 턱없이 부족했지만.

그래도 총량만 따진다면 이전에 비해 1.5배 이상 불어나 있었다.

'피닉스와 달리 유산이 아닌 몇 단계 낮은 가호이긴 하지만. 그래도 이것만 해도 대단한 일이야.'

허무룡의 사념은 더 이상 자리에 없었다. 그에게 마지막 남은 힘을 넘겨주고 사라진 것 같았다.

연우는 에도라를 돌아봤다.

가만히 상황을 지켜보던 에도라는 신수를 삼킨 것 같은 연우를 멍하니 보다가, 곧 고개를 끄덕였다.

이동하는 도무신을 빨리 따라잡아야 했다.

다음 장소는 북쪽. 어비스 터틀이 있는 곳이었다.

* * *

쿠웅!

거대한 형체가 스러졌다. 연못이 범람하고, 지축이 위아래로 크게 요동쳤다.

거대한 뱀과 거북이가 엉켜 있는 이상한 모습을 한 신수, 어비스 터틀이었다.

"으음."

"괜찮으십니까, 도무신?"

청화도의 플레이어들은 도무신을 걱정스러운 얼굴로 바라봤다.

도무신은 아무 대답도 하지 않고 가만히 목과 어깨를 풀었다.

우드득.

두득.

그럴 때마다 뼈와 근육이 다시 잡히는 소리가 들렸지만, 그는 전혀 개의치 않았다.

"……피곤하군."

그러다 도무신은 도무지 안 되겠다 싶었는지 근처에 있던 바위에 엉덩이를 붙였다.

오늘 하루. 너무 큰 전투를 세 차례나 치러야 했다.

한 번만 치러도 몸이 축나 한 달을 쉬어야 할 판국인데. 그것을 연속으로 해냈으니.

그래서 도무신은 검무신의 허락에 따라 '여섯'을 개방한 뒤에야 어비스 터틀을 겨우 잡을 수 있었다.

지금은 거기에 대한 반동으로 극심한 피로를 느끼는 중이었다.

'뒤에 있는 '일곱'까지 개방하셨다면 좀 더 쉬우셨을 것을.'

도무신을 뒤에서 지켜보고 있던 수하, 마도단의 단장은 안타까움이 담긴 얼굴이 되었다.

하지만 도무신이 왜 그러는지 납득은 되었다.

'일곱' 까지 개방하는 것은 도무신에게 있어 자존심이 허락하지 않는 일이었을 테니까.

아무리 신수라고 해도 고작 11층의 존재.

그런 놈들을 상대하는 데 '전력' 의 시작이라 할 수 있는 일곱을 꺼내 버린다면, 여태껏 수양했던 것들은 대체 뭐가 된단 말인가?

"도무신, 차라리 조금 쉬고 가시는 것이……."

"아니. 되었다. 신수들도 이미 자신들에게 벌어지고 있는 일을 알아챘을 테고, 레드 드래곤에서도 곧 냄새를 맡고 찾아올 것이다. 그 전에 일을 끝내야 해."

도무신의 단호한 대답에 마도단의 단장은 한발 물러섰다.

다른 무신들이 도와줬다면 일 처리가 빨리 끝났을 테지만, 그들도 각자 맡은 임무를 처리하고 있는 지금.

도무신밖에는 이 일을 해낼 사람이 없을 테니까.

굳이 왜 쉽지도 않은 일인데, 4대 신수를 제거해 화근을 만드는 것인지 이해가 가질 않았지만.

검무신이 하는 일에는 언제나 나중에 가서야 숨어 있던 뜻을 깨닫는 경우가 많았기에 아무도 이상하다는 생각을 가지지 않았다.

미래를 내다보면서 수많은 안배를 설치하는 검무신의 말은 청화도에서도 절대적이었다.

그래도 다행인 건, 이제 한 마리만 남았다는 점이었다.

“그럼 다시 가지.”

도무신은 자리에서 일어나 바닥에 놓았던 철함을 들었다.

마도단이 조용히 그 뒤를 따랐다. 도무신의 성격만큼이나 조용한 움직임이었다.

덜그럭, 덜그럭.

도합 아홉 자루의 칼이 들어 있는 철합이 움직일 때마다 요란한 소리를 내는 게 전부였다.

* * *

연우는 이번에도 자신이 늦었다는 것에 입술만 질끈 물어야 했다.

이미 어비스 터틀의 권역도 망가져 있었던 것이다. 바다처럼 커다랬을 호수는 물이 모두 증발해 휑한 바닥이 드러나 있었다.

그리고.

다행인지 불행인지, 어비스 터틀은 심장과 내단이 모두 뽑힌 상태로도 아직 숨이 붙어 있었다.

『피닉스와, 허무룡의 가호를 받는 인간이라? 600년 전에 비슷한 놈을 보긴 했지만. 또 나타날 줄은 생각도 못 했는걸.』

『하지만 어쩌나. 인간이여. 이미 한발 늦은 것을.』

어비스 터틀은 집채만 한 덩치를 가진 거북이였다. 아니, 정확하게는 거북이와 뱀이 뒤섞인 자웅동체였다.

어비스 터틀은 원래 서로 다른 길을 걷던 환수와 마수가 하나로 뒤엉키면서 만들어진 신수였다.

그래서 그'들'은 둘이되 하나였고, 하나이되 둘이었다. 거북이 몸과 머리통, 그리고 꼬리 쪽에 나 있는 기다란 뱀의 머리.

하나는 신(神)을, 다른 하나는 마(魔)를 가리키며 수련자들을 시험했다.

어비스 터틀은 4대 신수 중에서 가장 성격이 온순하고, 인간을 아껴서 시험을 필요로 하는 플레이어가 있으면 아낌없이 시험을 내어 줬다.

하지만 두 마리가 동시에 내리는 시험답게, 난이도는 가장 어렵고 험난해서 죽는 경우가 태반이라고 알려져 있었다.

어비스 터틀은 꾸벅, 꾸벅, 감기는 눈을 하고서 두 쌍의 눈으로 연우를 바라봤다.

그들도 허무룡이 한 것처럼 뭘 해야 하는지를 알고 있었다.

아무리 성격이 온순해도 갑자기 공격을 받은 것에는 화

가 날 수밖에 없으니까.

아니, 오히려 허무룡보다도 더 큰 원한을 갖고 있었다.

꼬리 역할을 하고 있는 뱀은 한때 맨티코어도 한 입 거리로 즐기던 마수.

이런 일에 죽임을 당한다는 건 절대 있을 수 없는 일이었다.

『우리의 가호라도.』

『받겠나?』

결국 어비스 터틀의 부탁이 떨어지고.

"부탁드리겠습니다."

연우는 고개를 끄덕였다.

['어비스 터틀의 가호'를 받게 되었습니다.]

[누구도 쉽게 이루지 못할 업적을 달성했습니다. 추가 공적치가 제공됩니다.]

[공적치를 5,000만큼 획득했습니다.]

[추가 공적치를 3,000만큼 획득했습니다.]

……

[당신은 어비스 터틀의 부탁을 받아 반드시 시험을 치러야만 합니다.]

[강제 사항입니다. 거부하실 수 없습니다. 거부 시, 커다란 패널티를 받게 됩니다.]

[히든 퀘스트/어비스 터틀의 시험]

내용: 어비스 터틀은 피닉스와 허무룡의 시험을 진행하고 있는 당신을 흥미로운 눈빛으로 관찰하고 있습니다. 그리고 그들에 이어서 시험을 내리고자 합니다.

어비스 터틀은 복수보다 자신들을 대신해 북쪽을 도맡아 줄 후임자를 찾고자 합니다. 어비스 터틀의 후임이 될 만한 자격을 가진 환수를 찾아 신수로 각성시키세요.

보상:

1. 머리 거북이의 등껍질 조각

2. 꼬리 뱀의 허물

3. ???

'후임?'

허무룡과 마찬가지로 복수를 말할 줄 알았는데. 어비스 터틀은 전혀 달랐다.

『그깟 복수, 이뤄서 뭐 할까?』

『어차피 영원이라는 것은 없다. 오히려 우리는 둘이었기에 같은 생을 가졌기에 두 배는 더 충만한 삶을 살았지.』

『그러니 죽어서도 미련은 없다.』

『있다면 단 하나.』

『우리는 피닉스와 달리 자손을 남기지 못했다는 것.』

연우는 그제야 어비스 터틀의 두 시선이 줄곧 짹짹이에게 고정되어 있다는 사실을 깨달았다.

따스함.

그리고 부러움.

귀하긴 해도 어떻게 짝을 찾을 수 있는 피닉스와 다르게, 어비스 터틀은 서로 다른 존재가 얽힌 몸이니만큼 짝을 구할 수가 없었을 것이다.

후손은 어떤 존재가 세상을 살았다는 증거이기도 하다. 어비스 터틀은 그런 증거를 남기고 싶어 했다.

'하지만 짝짓기는 안 되니, 후임이라도 찾으려는 건가.'

어비스 터틀을 대체할 만한 존재라? 어쩌면 허무룡의 복수를 이뤄 주는 것보다 훨씬 힘든 숙제일지도 모르겠다는 생각이 들었다.

『그럼. 뒤를 부탁하지.』

『우리는 저 스틱스(Styx)에서 지켜 보고 있겠다.』

어비스 터틀은 큼지막한 눈을 끔뻑거리더니 곧 잘게 부

스러져 사라졌다.

스스스.

가루가 흩날리면서 크게 두 갈래로 나뉘었다. 거북이 부위와 뱀의 부위.

이 중 거북이 부위가 먼저 연우의 주변을 뱅글뱅글 맴돌다가 흡수되었다.

[마력회로가 개방됩니다.]

[호칭 '어비스 터틀의 대리자'를 획득했습니다.]

[힘이 10만큼 상승했습니다.]

[민첩이 15만큼 상승했습니다.]

……

[수(水) 속성에 대한 친화도가 50만큼 상승했습니다.]

[빙(氷) 속성에 대한 친화도가 50만큼 상승했습니다.]

……

허무룡 때와 마찬가지로 텅 빈 마력회로를 따라 마력의 양이 부쩍 차오르기 시작했다.

그런데 어비스 터틀이 연우에게 남긴 건 그것만이 아니었다. 이번에는 뱀 부위의 가루가 피부 위에 앉은 것이다.

[스킬 '푸른 정령의 가호(임시)'가 생성되었습니다.]

'스킬?'

연우는 눈을 크게 뜨면서 새로운 스킬을 확인했다.

[푸른 정령의 가호(임시)]

등급: ???

숙련도: 0.0%

설명: 어비스 터틀은 대리자가 오로지 시험에만 집중할 수 있도록 거느리고 있던 정령을 붙였다.

정령이 있는 한, 복잡하게 얽힌 신수들의 가호는 서로 충돌하지 않으며 제 기능을 다할 수 있다.

**이 스킬은 '고유'입니다. 어비스 터틀에게 인정을 받은 자만이 가질 수 있으며, 숙련도에 따른 성장이 가능합니다.

'패시브 스킬이구나.'

간략한 설명이었지만, 연우는 어비스 터틀이 자신에게 아주 필요한 것을 내어 줬다는 것을 깨달을 수 있었다.

이미 몸에서 뒤죽박죽으로 들끓고 있던 여러 기운들이 차분하게 가라앉는 게 느껴졌으니까.

신수들의 가호는 아주 강력한 축복에 해당한다.

버프에도 충돌이 있어 주의를 기울여야 하듯이, 신수들의 가호도 자칫 충돌을 일으킬 수 있었다.

한창 전투가 치러지는 중에 그런 일이 발생한다면 낭패가 될 수밖에 없다.

이 스킬은 그것을 잡아 주는 데 탁월했다.

전력을 최대로 끌어내는 데 좋은 것이다.

연우는 혹시 어비스 터틀이 붙였다는 '푸른 정령'의 존재를 찾을 수 있을까 싶었지만, 아무것도 느끼지 못했다.

아무래도 자신의 권속으로 할당된 녀석이 아니어서 그런 것 같았다.

연우는 가볍게 몸을 풀어 보고, 어느 정도 익숙해졌다 싶자 이번에는 다음 장소로 이동했다.

도무신의 다음 목적지는 서쪽. 샤벨 타이거가 있는 곳이었다.

*　　*　　*

전속력으로 달린 끝에, 연우는 다행히 도무신보다 먼저 샤벨 타이거의 권역에 도착할 수 있었다.

하지만.

『웃기는구나. 나더러 터전을 떠나라고? 이 내가? 탑이 솟은 이후로 줄곧 이곳에 터전을 잡은 내가? 왜?』

연우는 샤벨 타이거를 만난 자리에서 자신이 본 것들을 모두 말해 주었다.

레드 드래곤과 청화도의 충돌. 도무신의 행보. 죽은 세 마리의 신수들.

그리고 이곳도 곧 위험해질 테니 자리를 피하라고 경고했다.

그러나 샤벨 타이거는 콧방귀를 뀌었다. 자신이 왜 그래야 하느냐면서. 오히려 인간에게 죽은 다른 신수들을 비웃기까지 했다.

『허무룡과 어비스 터틀도 맛이 갔군. 멍청한 것들 같으니. 아니, 멍청하니 당한 것인가? 하하! 거기다 피닉스는 유산까지 상속했나? 미쳤군!』

샤벨 타이거는 연우의 설명을 듣더니 동굴이 떠나가라 크게 웃음을 터뜨렸다.

그리고 자기 머리통만큼이나 길게 삐죽 튀어나온 송곳니를 훤히 드러내며 으르렁거렸다.

『꺼져라, 인간. 난 너희들과 달라. 내 일은 내가 알아서 하겠다.』

"하지만."

『꺼지라 하였다.』

크르르릉—

낮은 하울링이 대기를 잔잔하게 떨게 만들었다. 이 이상 귀찮게 굴면 정말 죽이겠다는 뜻.

샤벨 타이거는 자존심이 강하기로는 최고를 달렸다.

그래서 시험을 얻기 위해서도 꽤 많은 공을 들여야 했으니, 이렇게 무작정 연우가 찾아온 데에 자존심이 상해 있었다.

짹짹이가 어떻게든 그를 설득하려 했지만, 샤벨 타이거는 도리어 코웃음만 칠 뿐이었다.

멍청하니 당했을 뿐이라며.

게다가 입에 담지 못할 말까지 해 댔다.

『아니면. 그대의 손에 있는 아이를 내게 넘겨라. 같은 신수는 영력을 증강시키는 데 아주 좋지.』

결국.

연우는 인상을 찡그리면서 샤벨 타이거의 권역을 떠나야

만 했다.

* * *

“이제 어떻게 하실 생각이세요?”

“글쎄.”

연우는 에도라의 질문에 얼마 떨어지지 않은 샤벨 타이거의 영역을 보면서 살짝 미간을 좁혔다.

“우선 노파심에 말씀드리자면. 우리끼리 도무신을 막을 수는 없어요. 절대.”

“그런 걱정은 하지 않아도 돼. 나도 용기와 만용을 구분 못 하는 건 아니니까.”

짹짹이도 고개를 끄덕였다.

사실 녀석이나 연우도 샤벨 타이거를 돕고 싶다는 마음이 조금 꺾인 상태였다.

그도 그럴 것이, 자식 앞에서 죽은 어미를 멍청하다고 면박을 준 상태였다. 거기다 도발하려고 꾸며 낸 말이라고 해도, 짹짹이를 제물로 내 달라는 말까지 했다.

화가 나지 않는다면 이상했다.

그래도.

짹짹이는 샤벨 타이거를 돕고 싶어 하는 마음이 남아 있었다.

그저 자리만 잠깐 피하면 되는 것일 텐데. 왜 고집을 피우는 걸까.

하지만 연우는 얼핏 샤벨 타이거의 심정이 이해도 갔다.

'위험하다는 것을 알아도 자존심이 용납하질 않는 거겠지.'

오랜 세월 동안 신수라는 고고한 존재로서 살아왔다. 터전을 떠난다는 건 그런 고고한 자존심에 상처를 내는 일일 테니.

그렇기에 연우로서는 어떻게 손을 쓸 방법이 없었다.

샤벨 타이거는 이미 두 귀를 닫았다. 자신의 설득 따윈 더 이상 통하지 않을 것이다.

그렇다고 여기서 대기하고 있다가, 도무신이 나타나는 것에 맞춰서 도와줄 수도 없었다.

그가 가세한다고 한들, 도무신이 항상 그림자처럼 끌고 다닌다는 마도단의 벽도 넘지 못할 것이다.

다른 방법이 필요했다.

"제 의견을 말씀드려도 될까요?"

그때, 여태 조용히 뒤를 따르던 에도라가 조심스레 입을 열었다.

연우가 고요한 눈길로 에도라를 바라봤다.

"무슨 좋은 생각이라도 있나?"

"우선은 계속 여기에 있을 게 아니라, 일단 이곳을 떠나야 한다고 봐요."

"이유는?"

"더 이상 이곳에 남아 있을 이유가 없으니까요."

"남을 이유?"

에도라는 무겁게 고개를 끄덕였다.

"네. 피닉스에 이어서 허무룡, 어비스 터틀은 오라버니에게 유산과 유훈을 남겼어요. 그렇다면 그것을 따라 줘야 하는 게 맞아요. 하지만 샤벨 타이거는 달라요."

그녀의 목소리는 단호했다.

"그는 우리의 경고를 무시했고, 도와주겠다는 의사를 거부했어요. 그것만으로도 우리가 할 일을 다 했다고 봐야 하지 않을까요?"

연우는 고개를 끄덕였다. 에도라의 말이 전적으로 옳았으니까.

사실 여기까지 온 것도 짹짹이의 부탁 때문이었지, 피닉스가 아닌 다른 신수들과 어떤 인연이 있어서는 아니었으니까.

"그러니 일단은 물러났다가, 천천히 앞으로의 계획에 대해서 정리하시는 게 좋을 것 같아요. 도무신과는 스쳐 지나가는 것이라도, 만나지 않는 게 좋을 것 같아요."

도무신은 잡는다. 그 생각은 여전히 그대로였다. 피닉스의 일이 아니더라도, 언젠가 연우가 해야 할 일이기도 했다.

하지만 최소한 지금은 아니었다.

이런 일은 천천히 진행해야만 했다. 보복을 부탁한 허무룡도 그 사실을 잘 알기 때문에 퀘스트에 제한 시간을 두지 않았다.

그래도 연우는 쉽게 발을 떼지 못했다.

떠날 때 떠나더라도, 한 가지만큼은 확인해 보고 싶은 게 있었다.

결국.

연우는 짧은 고민 끝에 결정을 내렸다.

"알았다. 여기에는 네 의견을 따르는 게 맞는 것 같으니까."

에도라가 조금 밝아진 안색으로 고개를 끄덕였다.

사실 그녀는 연우가 도무신을 당장 적으로 돌리려고 할 때부터 우려했었다. 도무신과 싸운다는 건 청화도와 전쟁을 벌인다는 뜻이었으니까.

도저히 불가능한 일로 비쳤던 것이다.

게다가 에도라 자신은 연우의 편을 들어 준다고 해도, 자칫 외뿔부족과 적이 될 수 있다는 사실이 내심 불안했었다.

그래도 다행히 설득이 통한 것 같았다.

평소 냉정한 성격답게, 연우는 절대 만용을 부리지 않았으니까. 청화도에 대한 적개심은 차후에 기회를 노려야 한다고 생각했다.

"예. 그러니까 일단 돌아가서 마저 생각하도록 해요. 어쩌면 청화도 내에서 새로운 기회를 잡을 수 있을지도 모르니까요."

하지만 에도라는 몰랐다.

연우가 냉정하다고 해도, 그는 절대 포기를 모른다는 사실을.

"아니. 이미 결정은 따로 내렸어. 짹짹이 때문이라도 청화도와는 함께할 수 없어. 부족에서는 알만 되찾고 바로 나올 거다."

에도라의 눈이 살짝 커졌다.

"그럼……?"

"알만 되찾고, 바로 레드 드래곤으로 넘어간다."

"……!"

"혼자 힘으로 안 된다면, 다른 힘이라도 빌려야지."

가면 아래, 연우의 두 눈이 깊게 가라앉았다. 마치 허무룡에게서 봤던 허무와 심연을 담은 것처럼.

새카맣게.

'레드 드래곤과 청화도의 공명을 유도할 수 있다면.'

이미 연우의 머릿속으로는 여러 계획이 스쳐 지나고 있었다.

하지만 그 전에.

'챙길 수 있을 건, 전부 챙겨야겠지.'

다른 신수들의 힘은 모았다. 하지만 아직 샤벨 타이거의 힘만 모으질 못했다.

과연 4대 신수의 모든 힘이 한곳에 모인다면.

어떻게 될까?

연우는 왼손을 쥐었다 폈다.

사각.

사각.

바토리의 흡혈검의 차가운 톱니 이빨이 저들끼리 부딪쳤다.

샤벨 타이거는 코웃음을 쳤다.

『멍청한 것들. 얼마나 못났기에 인간 따위에게 동정을 받는 거지? 신수로서의 자격도 끝나 버렸군.』

피닉스, 어비스 터틀, 허무룡. 모두 비웃음만 나올 뿐이었다.

같은 신수라고 엮였기에 그래도 인정을 했던 녀석들인데.

이렇게 손쉽게 죽어 버렸으니 그동안 잘못 봤다 싶었다.

그도 아니면, 너무 오랫동안 평화를 누리면서 자기 존재마저 망각하고 있었거나.

『무엇이 되었든 간에 멍청하다는 사실은 틀리지 않지.』

특히 가면을 쓴 인간에게 안겨 있던 피닉스의 새끼는 정말이지 꼴 보기 싫을 정도였다.

신수란 신의 영성을 깨우친 존재들이다. 언제 신이 되어도 이상하지 않을 위대한 존재란 뜻이었다.

그런 피를 타고난 주제에 인간에게 기대고 아양을 떨어?

샤벨 타이거는 더 이상 녀석들에 대해서 생각하고 싶지 않았다. 생각하면 할수록 속에서 천불이 날 것 같았으니까.

하지만 그것과는 반대로 신수들을 차례대로 죽인 녀석이 이곳으로 오고 있다 하니 준비는 해야 할 것 같았다.

『간만에 힘을 써야겠군.』

샤벨 타이거는 입을 벌리면서 얕게 울음소리를 냈다.

영역에 있는 모든 권속들을 부르는 울음소리였다. 녀석들은 각자 위치로 퍼져 나가면서 곧 영역을 침범할 적들을 맞을 준비를 갖추기 시작했다.

그리고 잠시 후.

찌릿한 감각이 뇌리 한편에서 느껴졌다.

제법 묵직한 기운이 다가오고 있었다.

백여 개의 그림자를 몰고 다니면서 천천히 걸음을 옮기는 인간. 등에 매단 거대한 철함이 유독 인상적이었다.

『오는군.』

샤벨 타이거는 입술을 비집고 나온 송곳니를 잔뜩 드러내면서 천천히 동굴을 나왔다.

감히 자신의 영역을 함부로 더럽히고자 들어온 녀석에게 본때를 보여 줄 생각이었다.

그리고 그렇게 도무신과 샤벨 타이거가 충돌하려는 영역의 상공에서는.

츠츠츠.

사귀, 부가 하늘을 유유히 날면서 아래를 관망하고 있었다.

*　　*　　*

콰아앙!

"시작했어요."

에도라는 다급히 연우를 돌아보며 소리쳤다.

분명 샤벨 타이거의 영역과 상당한 거리가 떨어져 있는데도 불구하고.

마치 수십 개의 천둥이라도 동시에 울린 것처럼 어마어

마한 충격음이 여기까지 들렸다. 빽빽한 밀림 위로 높은 먼지 기둥이 치솟고, 지반이 위아래로 요동쳤다.

떨림이 에도라에게도 느껴질 정도였다.

에도라는 혜안을 열고 있는 내내 입 안이 바짝 메마르는 것 같았다.

'강해……! 너무! 숙부님만큼이나.'

진리를 꿰뚫는다는 그녀의 눈에는 너무 선명하게 보였던 것이다.

숲을 따라 회오리치는 두 개의 회오리가. 그것도 칼처럼 날카롭고 매서운 회오리바람이 다른 회오리바람을 일방적으로 찢어발기고 있었다.

누가 누구 것인지는 쉽게 파악할 수 있었다.

무왕이 일격에 쿠람을 반파(半破)시켰다지만. 그것과는 또 다른 힘이었다.

인간으로서 정점에 다다른 자들만이 가질 수 있다는 힘.

칼바람이 휘몰아치고, 숲을 깡그리 밀어버리고, 나아가 11층이라는 스테이지 전체를 요동치게 만드는 힘이었다.

그리고 샤벨 타이거의 것으로 보이는 힘은 상대가 되지 못하고 있었다.

저런 사람을 잡겠다고?

무리였다.

머릿속에는 절대 불가능하다는 생각밖에 들지 않았다.

잡더라도 아주 나중에. 기나긴 수련 끝에, 꾸준히 층계를 오르고 올라 충분한 힘을 비축했을 때에나 도전해 볼 수 있을 것 같았다.

아니, 그때에도 과연 넘볼 수 있을까 싶을 정도로 아득한 격차를 느껴야만 했다.

에도라는 차라리 자신들을 내쫓아 준 샤벨 타이거가 고맙다는 생각까지 들었다.

만약 샤벨 타이거를 미처 도피시키지 못하고 같이 영역에서 도무신을 맞닥뜨렸다면?

볼 것도 없다.

죽었을 것이다.

거대한 쓰나미에는 아무리 큰 바위라 해도 던져 봤자 별 티도 나지 않는 것처럼.

금세 파묻히고, 쓸려나갔을 게 분명했다.

물론, 자신이야 청화도의 중요한 동맹군인 외뿔부족의 공주라 괜찮았을지 모르지만, 연우는 어떻게 손도 못 쓰고 당했을 가능성이 컸다.

하지만.

연우는 저런 압도적인 힘 앞에서도 절대 주눅 들지 않았다.

도리어 까만 가면 아래에 비치는 두 눈은 침착하게 가라앉아 있었다.

그 모습이 마치 호랑이 사냥에 나서기 전, 철두철미하게 작전을 짜는 사냥꾼 같이 느껴졌다.

'하이 랭커를 잡으려는 사냥꾼이라니…….'

말도 안 되는 소리라는 것을 알고 있지만. 그렇게 보이는 걸 어떻게 한단 말인가.

그때, 연우는 한 손으로 짹짹이의 머리를 쓰다듬으면서 녀석에게 말을 걸고 있었다.

"짹짹아."

짹?

"잘 봐라. 저게 앞으로 우리가 잡아야 할 녀석이니까."

째액!

짹짹이는 크게 고개를 끄덕이면서 연우가 연결 고리를 통해 전달하는 시야에 집중했다.

샤벨 타이거의 영역 위에서 지상을 굽어다 보고 있는 사귀 부가 전송하는 시야였다.

연우는 검은 팔찌의 숙련도를 높여 다루면서 이제 사귀와 어느 정도 감각을 공유하는 게 가능했다.

물론, 거리가 떨어질수록 감각도 무뎌질 수밖에 없어서 당장은 시각 공유가 전부였다.

하지만 그것만으로도 도무신과 샤벨 타이거의 싸움을 지켜보는 데는 전혀 무리가 없었다. 그리고 쨱쨱이는 영적으로 연결된 고리를 통해 엿볼 수 있었다.

부의 기척을 도무신에게 들킬 염려도 하지 않았다. 워낙에 높은 상공에 떠 있는 데다가, 기척도 최소한으로 줄였으니까.

'게다가 들킬 수 있다고 해도, 샤벨 타이거와의 싸움에 집중하는 한은 여기까지 생각이 미치지 못하겠지.'

연우는 부의 시야에 집중했다.

'일기장에도 도무신과의 전투 기록이 남아 있지만. 그래도 시간이 흐른 만큼 어떻게 변했는지 체크할 필요가 있어. 장단점도 구별해내야 하고. 이런 건 직접 보는 것만은 못해.'

도무신은 그야말로 일방적으로 샤벨 타이거를 휘몰아치고 있는 중이었다.

겉으로 보기에는 중후한 인상을 가졌지만, 그의 전투 방식은 아주 과격했다.

도무신은 먼저 가져온 철함을 허공에다 던졌다. 그러자 철함이 분리되면서 안에 배치되어 있던 칼들이 우수수 떨어져 지면에 꽂혔다.

크고 작은 아홉 개의 칼. 도무신이 그동안 층계 곳곳을 누비면서 모았다는 마도(魔刀)였다.

하나하나가 옛 군주의 유품이거나, 신의 이름이 붙었을 정도로 뛰어나다는 것들.

도무신은 그런 것들을 아무렇게나 꽂아 두고, 하나하나씩 뽑으면서 샤벨 타이거를 상대했다.

하나를 크게 뽑아 놈의 발톱을 잘랐다 싶으면 아무 곳에나 던져두고, 복부를 공격해야겠다 싶으면 가장 가까운 칼을 뽑아 크게 베고 또 던져뒀다가 자리를 옮겼다.

이렇다 할 정해진 수순은 없었다.

샤벨 타이거의 주변을 마음껏 돌아다니면서 근방에 있는 칼로 공격을 하고, 다시 자리를 옮겨 그 자리에 있는 칼로 또 공격을 하는 방식이었다.

그렇다 보니 샤벨 타이거는 도무지 도무신을 잡질 못했다. 시간이 지날수록 몸에 자잘한 상처가 늘어나면서 어느새 피투성이가 되었다.

『감히! 감히……!』

샤벨 타이거가 내뱉는 분노에 찬 소리가 얼핏 전해졌다.

도무신은 조금도 신경 쓰지 않고 악착같이 달라붙었다.

이동 속도는 점차 가속도가 붙어 빨라졌고, 휘두르는 칼에 실리는 힘도 계속 커지면서 마치 포탄이 작렬하는 게 아닐까 싶을 정도로 큰 치명타로 이어졌다.

샤벨 타이거의 살갗이 뭉개지고, 뼈가 훤히 드러났다. 이미 오른쪽 뒷다리는 크게 잘려 나가 자세가 기울어진 상태였다.

그럴수록.

도무신은 샤벨 타이거가 쏟은 피를 뒤집어쓴 채, 즐겁다는 듯이 건치를 훤히 드러내면서 웃었다.

소리는 들리지 않았지만, 광소를 터뜨리는 게 분명했다. 광기가 자욱하게 풍겨 부가 부르르 떨 정도였다.

그 모습이 마치 유희를 즐기러 나온 악귀처럼 느껴져 섬뜩하기까지 했다.

쾅! 콰쾅!

콰콰콰—

'아예 갖고 노는 수준이야. 도무신이, 이렇게 강했었나?'

연우는 일기장에서 엿봤던 도무신의 경지보다 훨씬 높아진 녀석의 무위를 보면서 미간을 좁혔다.

그리고 점차 과격해지는 싸움을 보면서 짹짹이와의 연결고리를 잠깐 끊으려 했다.

피닉스와의 싸움이 어떻게 진행되었을지 빤히 보였다. 괜한 트라우마를 심어 주고 싶지 않았다.

하지만 짹짹이는 그러지 말라는 듯 고개를 가로저었다.

마치 자신은 끝까지 지켜볼 필요가 있다는 듯.

짹짹이의 굳건한 의지가 느껴졌다.

"알았다. 그래도 힘들다 싶으면 바로 이야기해. 억지로 볼 필요는 없으니까."

짹!

연우는 대견한 듯 짹짹이의 머리를 다시 쓰다듬다가, 부의 시야를 보면서 깊이 생각에 잠겼다.

'도무신의 경지, 정상적으로 강해진 게 아닌 것 같은데. 광기가 너무 심해. 마성(魔性)이라도 낀 것 같은데. 다른 뭔가에 손이라도 댔나? 마공? 아니면 흑마법?'

연우의 눈이 스산한 빛을 발했다.

어쩌면 앞으로 도무신을 공략하는 데 있어 중요한 단서를 잡은 것인지도 모르겠다는 생각이 들었다.

그리고.

콰아앙!

도무신이 여태껏 잡지 않았던 마지막 아홉 번째 칼을 휘두른 순간, 세상이 이대로 단절되는 게 아닐까 싶을 정도로 큰 폭발과 함께 샤벨 타이거의 머리통 절반이 날아갔다.

쿵!

샤벨 타이거의 거구가 지면에 처박혔다. 대지가 움푹 파이면서 모래 안개가 자욱하게 퍼져 나갔다.

두 눈은 믿기지 않는다는 충격으로 가득했다.

연우는 바로 부를 검은 팔찌로 거둬들였다.

싸움을 끝낸 도무신이 부의 기척을 조금이라도 읽을 염려가 있기 때문에 숨기기 위해서였다.

그리고.

"지금이다."

째액!

연우는 벌떡 자리에서 일어났다. 그의 생각을 읽은 짹짹이도 어깨 위로 올라와 크게 지저귀었다.

팟—

연우는 전력을 다해 순보를 펼쳐 샤벨 타이거의 영역으로 향했다. 에도라에게는 잠시 자리를 지키고 있으라고 말해 둔 상태였다.

남들이 본다면 자살 행위로 보일지 몰랐지만.

'역시, 없다.'

연우가 영역에 도착했을 때에는 이미 도무신이 자리를 뜬 뒤였다.

혹시 있을지 모를 레드 드래곤의 추격으로부터 몸을 숨기기 위해서일 것이다.

'하지만 그게 나에게는 기회가 되었지.'

연우는 샤벨 타이거의 사체 옆에 착지했다. 이미 샤벨 타이거의 내단과 심장은 적출된 상태. 머리통은 절반이 잘려 나가 보기 끔찍했다.

연우는 그런 녀석을 보면서 가볍게 혀를 찼다.

자신은 분명 경고를 했고, 그것을 무시한 건 녀석이었다. 그래도 이렇게 된 신수의 꼴을 보니 속이 쓰렸다.

『나를 비웃기라도 하러 온 것이냐, 인간?』

그때, 샤벨 타이거의 사체 위로 백색 아지랑이가 모이더니 사람의 형상을 갖췄다.

백발을 길게 늘어뜨린 미남자가 연우를 잔뜩 노려봤다. 허무룡 때와 마찬가지로 사체에 남은 잔류 사념이었다.

"그럴 리가 있겠습니까? 전부 그쪽의 선택일 텐데."

『그럼? 여기는 뭣 하러 온 것이지? 만약 멍청한 다른 놈들처럼 뭔가 남겨 주는 게 있지 않을까 하고 기대하는 게 있다면. 꺼지는 게 좋을 것이다.』

샤벨 타이거의 잔류 사념은 한쪽 입술을 비틀었다. 두 눈은 분노로 가득했다.

『인간 따위에게 남겨 줄 유산 따윈 없으니까. 아니, 오히려 화풀이 상대가 생겼으니 좋을 일이지.』

잔류 사념을 따라 백색 기운이 회오리쳤다. 금방이라도 연우를 공격할 기세. 녀석은 사라질 때 사라지더라도 연우에게나마 화풀이를 할 생각이었다.

실제로 찌꺼기만 남은 잔류 사념이라고 해도 신수의 잔재. 연우쯤은 해치울 수 있었다.

하지만.

피식—

『웃어?』

샤벨 타이거의 잔류 사념은 가면 아래에서 들리는 웃음 소리에 미간을 찌푸렸다.

연우가 아예 대놓고 비웃음을 던지고 있었다.

"누가 당신의 유산을 받는다고 했지?"

『뭐?』

연우는 더 이상 존대도 하지 않았다. 자신에게 적개심을 보여 준 자를 굳이 더 이상 존중해줄 필요는 없으니까.

"그냥 갖고 가면 그만인데."

『무슨……!』

잔류 사념이 버럭 소리를 지르기 전에.

연우는 왼손을 활짝 펼치면서 샤벨 타이거의 사체 쪽으로 가져갔다.

"삼켜라."

샤벨 타이거의 잔류 사념은 뭔가 위험하다는 생각이 들었다.

저대로 두면 육체는 물론, 영혼이 사라져 버릴 것 같은 기분.

다른 신수들과 달리 부활은 꿈도 꾸지 못할 것 같다는 위기감이 본능적으로 들었다.

하지만 이미 바토리의 흡혈검은 톱니 이빨을 녀석의 사체에 들이밀고 있었다.

끼아아—

소름이 오소소 돋는 끔찍한 귀곡성.

마치 지옥불을 뒹구는 유령이 이리 오라면서 손짓을 하는 것 같은 소리와 함께 샤벨 타이거의 사체가 빠른 속도로 메마르기 시작했다.

['바토리의 흡혈검'을 사용했습니다. 생기와 정기를 갈취합니다.]

[힘이 2만큼 올랐습니다.]

[민첩이 1만큼 올랐습니다.]

……

『안 돼!』

잔류 사념은 연우에게 와락 달려들면서 크게 울부짖었다. 뒤늦게 연우가 뭘 하려는지를 깨달은 것이다.

에너지 드레인!

상대가 갖고 있던 에너지를 강제로 갈취해서 자신의 것으로 삼는 끔찍한 짓을 저지르려는 것이다.

문제는 연우가 발동시킨 바토리의 흡혈검이 에너지 드레인 류의 스킬들 중에서도 최상위에 해당한다는 점이었다.

사체에 남아 있을 마지막 골수까지 뽑아 먹을 뿐만 아니라, 자칫 영혼까지도 집어삼킬 수 있는 스킬!

연우는 애초 샤벨 타이거의 힘을 갈취하기 위해서 도무신과의 싸움이 끝나기를 기다렸고, 끝나자마자 곧바로 자리를 찾았다.

조금이라도 빨리 사체를 흡수하기 위해서. 마력이 흩어지기 전에 조금이라도 더 많이 갈취하기 위해서였다.

내단과 심장이 없어도, 신수의 육체는 그 자체로도 엄청난 양과 순도 높은 마력을 싣고 있는 보물 창고였으니까.

그리고.

'이왕이면 신수의 영혼을 수집할 수도 있을 테고.'

검은 팔찌는 소유자가 죽인 대상의 영혼만 수집할 수 있다는 조건이 있다.

하지만 여러 번의 실험 결과, 꼭 자신이 '완벽히' 죽인 대상일 필요는 없었다.

정확하게는 죽이는 데 조금이라도 도움이 된다면. 해를 입히는 정도만 되어도 영혼을 갈취할 수 있었다.

확률은 확 떨어졌지만.

연우는 바로 여기에 착안했다.

만약 바토리의 흡혈검이 사용된다면?

그때는 탑의 시스템이 어떻게 판별할 것인가?

샤벨 타이거는 분명 도무신에게 죽었다. 하지만 허무룡과 어비스 터틀이 그러했듯, 신수는 죽어도 죽는 게 아니다. 근원으로 돌아가 부활을 노릴 수 있다.

잔류 사념이 남는 것도 바로 그런 이유 때문이었다. 부활을 할 수 있으니 대체재를 남길 수 있는 것이다.

죽어도 죽는 게 아닌 것이다.

그리고 바로 여기서 맹점이 생긴다.

연우는 바토리의 흡혈검을 사용해 신수의 사체에다 새로운 해를 가했다. 그렇다면 이미 죽었어도 죽은 게 아닌 신수에게 이 행위는 어떻게 작용하게 될까?

'녀석을 한 번 더 죽이는 꼴이 되겠지. 바토리의 흡혈검은 영혼에도 상처를 입히니까.'

탑의 시스템이 가진 맹점을 노린 것이다.

물론, 통하지 않을 수도 있었다. 단순한 연우의 추론일 뿐이었고, 실험해 본 적은 없었으니까.

하지만.

『크아악!』

잔류 사념이 연우를 공격하기 위해서 기운을 흩뿌리다 말고, 갑자기 비명을 지르면서 바닥에 한쪽 무릎을 꿇는 순간.

연우는 직감적으로 깨달았다.

'통했다.'

자신의 도박이 성공했다는 사실을.

『빌어먹을! 빌어먹으을! 그 손, 놓지 못할까아!』

잔류 사념은 어서 연우더러 손을 놓으라며 비명을 질러댔다. 고통스러운지 상체를 부여잡은 손에는 힘이 바짝 실렸다. 두 눈에도 핏대가 잔뜩 섰다.

하지만 아무리 악을 질러 대도 사체는 빠른 속도로 메말라 갔다.

그리고 그러면 그럴수록.

연우는 몸에 부쩍 힘이 많이 실리는 것을 느꼈다. 텅 비었던 마력회로가 꽉 차올랐다. 육체가 조금씩 단단해졌다.

힘의 일부만 남겼던 허무룡이나 어비스 터틀 때와는 비교도 할 수 없었다.

샤벨 타이거의 근간을 빼앗는 일이었으니 효율이 훨씬 높았다.

내단과 심장이 없는 게 조금 아쉬웠지만, 이것만 해도 과연 수용이 전부 가능할까 싶을 정도로 그 양이 방대했다.

하지만 그런 걱정은 할 필요가 없었다.

[육체의 빠른 성장이 확인되었습니다. 중단되었던 계승 작업이 재기됩니다. 99.8%……]

용의 육체는 한 톨도 허투루 남기지 않겠다는 듯 죄다 빨아들이면서 에너지로 환원시켰다.

지금의 육체로 부족하다 싶을 때에는 그릇을 더더욱 넓히기까지 했다.

『으아아……! 내가! 내가 인간 따위에게!』

잔류 사념은 한낱 인간 따위에게 죽은 것으로도 모자라, 수천 년 동안 쌓았던 업을 송두리째 빼앗긴다는 사실에, 그리고 '정말 '죽을지도' 모른다는 위기감에 비명을 질렀다.

하지만 어느새 사체는 금세 메말라 찌꺼기만 남아 버렸다.

망가진 인형처럼 이리저리 뒤틀리던 잔류 사념도 가루가 되어 확 하고 흩어졌다.

[샤벨 타이거의 사체를 성공적으로 흡수했습니다. 정수를 갈취하는 데 성공했습니다. 영혼을 흡수하는 데 성공했습니다.]

['바토리의 흡혈검'의 스킬 숙련도가 대폭 상승했습니다. 30.1%]

[4대 신수의 유산을 모두 모으는 데 성공했습니다. 누구도 쉽게 이루지 못할 업적을 달성했습니다. 추가 공적치가 제공됩니다.]

[공적치를 5,000만큼 획득했습니다.]

[추가 공적치를 3,000만큼 획득했습니다.]

[체내에서 4대 신수들의 힘이 서로 반발하기 시작합니다. '푸른 정령의 가호(임시)'를 통해 신수들의 힘이 하나로 합쳐집니다.]

[융합된 힘이 마력회로에 동화됩니다. '마력회로'의 스킬 숙련도가 상승했습니다. 52.1%]

[힘이 15만큼 상승했습니다.]

[민첩이 12만큼 상승했습니다.]

……

[칭호 '샤벨 타이거의 약탈자'를 획득했습니다.]

[칭호 '피닉스의 상속자', '허무룡의 계약자', '어비스 터틀의 대리자', '샤벨 타이거의 약탈자'가 하나로 합쳐집니다.]

[새로운 칭호 '신수의 계승자'를 획득했습니다.]

[칭호: 신수의 계승자]

11층에 거주하는 모든 신수로부터 인정을 받은 플레이어에게 수여되는 칭호. 보유하고 있는 것만으로도 여러 신수들의 가호를 받는다고 한다.

효과: 모든 속성에 대한 저항력 +15%. 환수를 비롯한 모든 영적인 존재에 대한 지배력이 대폭 상승한다. 또한, 신수들의 가호를 받아 여러 방면에서의 잠재 능력이 크게 개화한다.

화아악—

연우는 자신의 몸 위로 떠오르는 서광을 안쪽으로 갈무리하면서 천천히 눈을 떴다.

입가에 미소가 잔뜩 번졌다.

언제나 느끼는 것이지만, 성장이 가져다주는 희열은 어떻게 말로 표현할 수 없을 정도로 짜릿했다.

'이렇게까지 했는데도 용체를 완성하지 못했다는 게 조금 아쉽긴 하지만.'

[계승 작업이 끝났습니다.]

[현재 작업량: 99.9%]

99%를 넘긴 다음부터는 성장 속도가 극적으로 낮아지더니, 이제는 마지막 0.1%가 큰 벽으로 작용하는 것 같았다.

하지만 아무래도 좋았다. 지금만 하더라도 이전과 비교도 할 수 없을 정도로 강한 힘을 보유하게 되었으니까.

마력회로가 쉴 새 없이 돌아가고 있었다. 천익기공은 하나로 합쳐진 4대 신수의 힘을 육체에 골고루 뿌리면서 다시 곳곳에 코어를 형성하기 시작했다.

연우는 여기에서 끝내지 않았다.

전리품으로 획득한 샤벨 타이거의 영혼이 있었다.

망령으로 떨어지고 나서도 '격'은 사라지지 않았는지 검은 팔찌가 부서질 듯이 잘게 떨리고 있었다.

째액!

그때, 짹짹이가 날개를 활짝 펼치면서 소리쳤다.

치사하게 혼자 먹지 말고 자신도 달라는 듯. 맛있는 밥을 달라고 아우성쳤다.

"알았다. 너무 재촉하지 마라."

연우는 피식 웃으면서 오른손으로 허공을 짚었다.

그러자 검은 팔찌가 검은빛에 잠기면서 컬렉션에 있던 망령들을 흑기로 치환시켰다.

다만, 그중에서 샤논의 망령은 쓸 데가 있어 따로 빼 뒀다.

까아아—

「인…… 간……! 인가안……!」

샤벨 타이거의 망령이 울부짖는 소리가 들렸지만, 검은 팔찌를 이겨 낼 정도는 아니었다. 결국 녀석의 영혼마저 갈리면서 망령의 구슬이 만들어졌다.

샤벨 타이거의 영혼이 들어간 망령의 구슬은 보통 것보다 훨씬 컸다.

게다가 이전엔 보지 못한 영롱한 빛깔을 자랑했다. 마치 보석처럼 보였다.

연우는 그것을 짹짹이에게 건넸다.

짹짹이는 자기 몸체만 한 구슬을 먹기 버거워했지만, 부리로 조금씩 쪼아 대면서 삼키기 위해 애를 썼다.

신수의 영혼이 내재된 구슬이다. 당장 경매장에 내놓으면 천문학적인 액수를 부를 귀한 보물.

내단이나 심장과는 비교도 할 수 없을 정도로 뛰어난 가치를 지녔을 게 분명했지만, 짹짹이에게 건네는 연우의 손길에는 일말의 망설임도 없었다.

짹짹이가 성장할수록, 영적으로 연결되어 있는 연우도 같이 성장할 수 있었으니까.

이윽고 짹짹이가 구슬을 모두 삼켰을 때.

화아악!

짹짹이를 따라 희뿌연 서광이 맺혔다.

서광은 점차 커지면서 푸른색 불꽃으로 변하더니, 곧 하늘로 날아오르면서 매 정도 되는 크기가 되었다.

그리고 불꽃이 가시면서 드러나는 모습.

단단한 부리. 매서운 눈빛.

윗면은 푸른 잿빛으로 빛나고, 아랫면은 황색을 띤다. 검은 무늬를 따라 타오르는 불길은 따스하지만 금방이라도 세상을 태울 것처럼 이글거렸다.

크기는 50센티미터 내외로 조금 작았지만, 날개를 활짝 펼치니 족히 1미터는 넘어 위압적이었다.

[새끼 피닉스(짹짹이)가 망령의 구슬을 토대로 성장하는 데 성공했습니다. '난조'의 형상을 띠기 시작합니다.]

[흑기의 영향으로 악의 성향을 일부 띱니다.]

그리고.

[모든 시련이 종료되었습니다.]

'뭐?'

갑자기 떠오른 메시지.

연우는 생각지도 못했던 문구에 눈을 크게 떴다.

이게 무슨 소리지?

시련이 끝났다니.

[누구도 쉽게 이루지 못할 업적을 이뤄냈습니다.
추가 공적치가 제공됩니다.]

[공적치를 5,000만큼 획득했습니다.]

[추가 공적치를 3,000만큼 획득했습니다.]

[체력과 마력이 회복됩니다.]

[모든 상태 이상이 회복됩니다.]

……

[모든 공적치를 합산합니다.]

[현재 공적치: 11,500Point]

그 뒤로도 메시지는 계속 떠오르면서 연우가 잘못 본 게 아니라는 것을 말해 줬다.

연우는 혹시 탑 외 지역에 있는 환수의 알이 깨어난 건가 싶어 연결 고리를 파악했지만, 녀석은 여전히 깊은 잠에 빠져 있는 상태였다.

그렇다면.

'짹짹이 때문에?'

당장 짚이는 건 이것밖에 없었다.

『고마워. 주인.』

단번에 몇 단계 이상으로 성장한 짹짹이는 심어로 의사를 전달할 수 있었다.

연우는 부리가 웃고 있는 것 같다는 생각이 들었다.

그리고 녀석과 연결된 고리를 통해 대강 어떻게 된 일인지 짐작할 수가 있었다.

'그런가? 짹짹이도 환수니까, 시스템이 내가 녀석을 부화시킨 걸로 인식하게 된 거야.'

연우는 메시지창의 내역을 뒤져 처음 11층에 들어섰을 때 봤던 문구를 다시 켰다.

[시련자여, 지금부터 당신만의 환수를 부화시키세요.]

'이것 때문이구나.'

자신만의 환수를 부화시키라는 문구.

여기에 함정이 있었던 것이다.

알을 내어 주긴 했지만, 무조건 그것을 부화시키라는 건 아니었다.

자신의 꿈을 먹고 자란 환수라면 충분했던 것이다.

짹짹이는 태어났을 때부터 연우와 영적으로 연결되어 있었고, 연우의 도움으로 성장을 이루면서 완전한 계약 관계가 되었다.

그 때문에 시스템도 연우의 권속으로 인정을 한 것 같았다.

'스테이지를 통과하려면 한참 걸릴 줄 알았는데. 이런 방식으로 통과하게 될 줄은.'

연우는 피식 웃음을 흘렸다.

전쟁이 벌어지는 한 당분간 11층을 떠날 생각이 없긴 했지만. 그래도 클리어를 하고 하지 않고의 차이는 아주 컸다.

움직일 수 있는 행동반경의 범위가 완전히 달라지니까.

연우는 빤히 자신을 쳐다보고 있는 짹짹이의 머리를 쓰다듬었다.

"아니. 고맙긴 내가 고맙지. 넌 내게 행운을 가져다주는 아일지도 모르니까."

짹짹이는 연우의 말이 기뻤는지 눈을 감으면서 손길을 만끽했다.

『아니. 그래도 고마운 건 고마운 거야.』

"그럼 그 말은 도무신을 잡고 나서 마저 하도록 하자."

『응응! 그럴게.』

짹짹이는 크게 고개를 끄덕였다. 이제 힘도 생겼으니 본격적으로 움직이고 싶다는 생각이 들었다.

그러다 녀석은 천천히 내려와 연우의 어깨에 올라탔다. 단단한 발톱이 어깨를 찔렀지만 이상하게 아프지가 않았다.

"그럼 이만 돌아가자. 앞으로 할 게 많아."

『그래.』

그렇게 연우가 돌아서려는데.

『그런데 주인.』

갑자기 짹짹이가 다시 그를 불렀다.

"왜?"

『그 전에 뭐 하나만 부탁해도 돼?』

연우는 고개를 갸웃거리며 녀석을 바라봤다.

짹짹이가 간절한 목소리로 말했다.

『이름 좀 바꿔 주면 안 될까?』

Stage 18.
용병

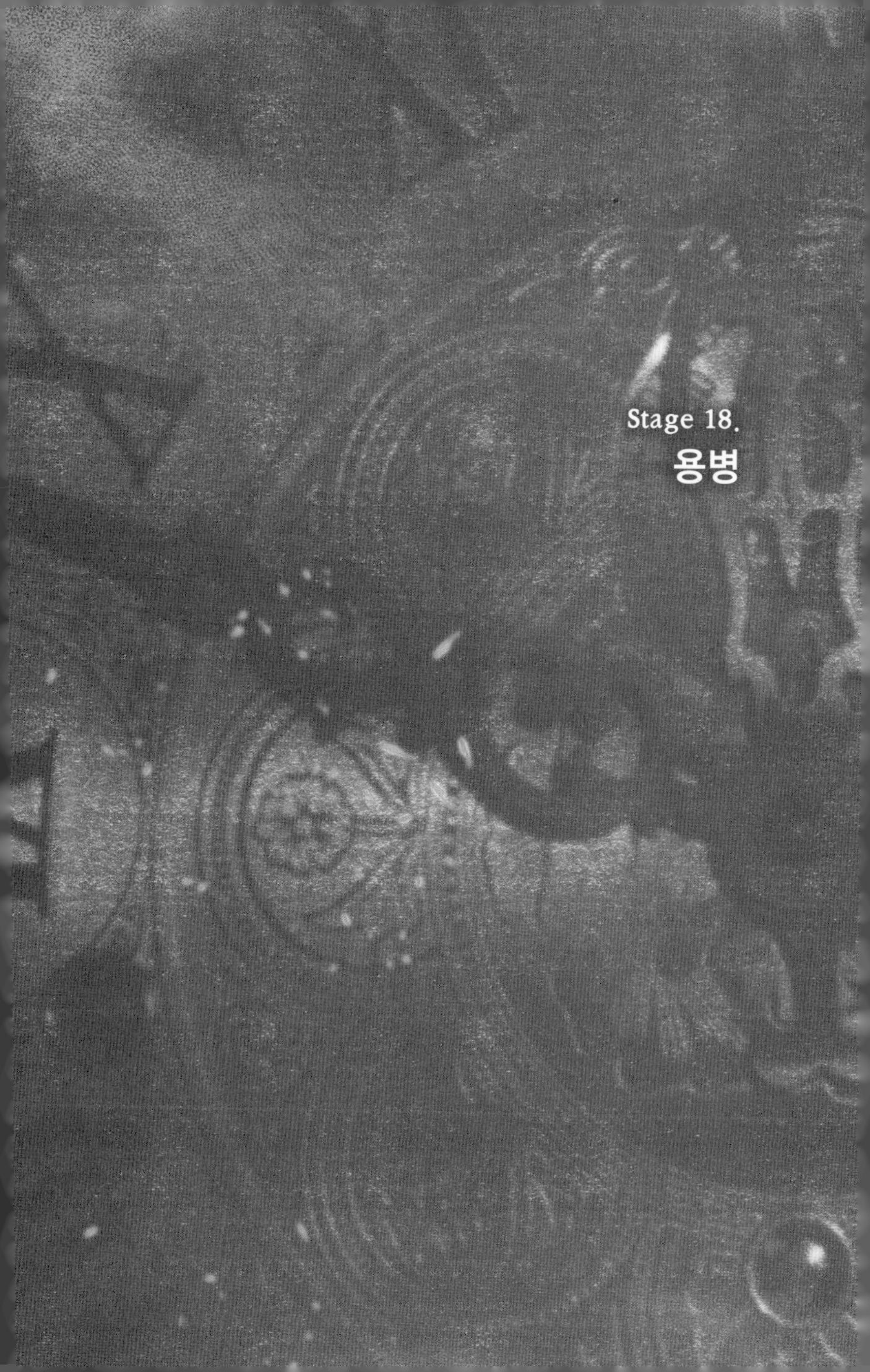

'왜 이렇게 안 오시지?'

에도라는 한참 시간이 지났는데도 여전히 연우가 돌아오질 않자 조금 마음이 조급해졌다.

기다리라고 해서 기다리고 있다지만. 혹시 도무신과 마도단에 걸려 끌려간 건 아닐까 하는 불안감이 들었다.

하지만 이렇다 할 충격파도 들리지 않고, 혜안으로도 다른 뭔가가 잡히는 게 없어 일단 꾹 참고 기다렸다.

10분 정도만 더 기다려 보고, 그래도 오지 않는다면 연우를 찾아갈 생각이었다.

다행히 곧 연우가 돌아왔다. 어깨에 처음 보는 매 한 마리를 올려 태운 채로.

"오라버니, 그 아이는?"

"짹짹이."

『칫. 이름 좀 바꿔 달라니까. 너무해.』

매가 투덜거렸지만, 에도라의 귀에는 제대로 들리지 않았다.

"그게 무슨?"

에도라는 살짝 눈을 크게 떴다. 이 아이가 그 자그맣던 새끼 피닉스라고?

지금은 그때와 비교도 할 수 없을 정도로 성장해 있었다.

거기다 품고 있는 힘만 따진다면 웬만한 상위 환수도 쉽게 사냥할 수 있을 것 같은 기운이 느껴졌다.

『칫. 다른 이름 좀 지어 달라니까.』

하지만 짹짹이는 뭐가 그렇게 마음에 들지 않는지 팩하고 토라져서 투덜거렸다.

에도라는 난감하다는 듯이 쓰게 웃었다. 사실 그녀도 처음에 짹짹이의 이름을 듣고 조금 너무한다 싶었으니까.

하지만 연우는 별로 들어주고 싶은 마음이 없는지, 몸을 다른 쪽으로 돌리면서 말했다.

"일단 쿠람으로 돌아가자."

*   *   *

연우와 에도라는 쿠람이 있는 곳으로 스테이지를 가로질렀다. 쿠람의 무너진 성벽이 보일 즈음, 연우는 다시 에도라에게 물었다.

"에도라."

"예."

"지금까지 도와준 것만 해도 고맙다. 그러니까 이만 돌아가."

"그게 무슨 말씀이세요?"

에도라가 홱 하고 연우를 돌아봤다.

하지만 연우는 앞만 보면서 무뚝뚝한 어조로 대답했다.

"앞으로 난 청화도와 싸울 거야. 외뿔부족과 칼을 맞댈 수도 있어. 아무리 생각해도 거기에 널 끌어들이는 건 아닌 것 같다."

에도라는 입을 꾹 다물었다. 그러다 짧은 침묵 끝에 입을 열었다.

"……제가 왜 오라버니를 돕겠다고 나서는지, 정말 이유를 모르셔서 그러는 건 아니시죠?"

이번에는 연우가 입을 꾹 다물고 말았다.

그도 바보가 아닌 이상에야, 에도라가 자신의 일에 왜 이렇게 적극적으로 나서는지 모를 리가 없었다.

그녀가 평소 보이는 태도와 외뿔부족에서의 분위기. 그도 짧게나마 연애 경험이 있었기에 그녀의 눈빛에 담긴 뜻을 알고 있었다.

하지만 연우는 단 한 번도 그녀를 연애의 대상으로 생각해 본 적이 없었다.

그냥 가까운 동료이자 동생으로만 여겼을 뿐.

설사 있다고 해도, 당장 다른 곳에 신경을 쓸 겨를도 없었다.

그렇기에 여태 모른 척하고 있었던 건데. 에도라가 이렇게 직접적으로 의사를 표시하니 조금 난감해졌다.

그렇게 불편한 침묵이 흐르는데.

『둘이 짝짓기 할 거야?』

짹짹이가 난데없이 불쑥 꺼낸 말이 분위기를 흐렸다.

에도라는 고개를 옆으로 홱 돌렸다. 연우는 눈을 가늘게 좁히면서 짹짹이를 바라봤다.

"그런 말은 어디서 배운 거냐?"

『응? 엄마가 말해 주던데? 수컷이랑 암컷이랑 하는 게 있다고! 나도 나중에 짝 생기면 하게 될 거라고!』

연우는 손으로 미간을 짚었다. 피닉스가 왜 이런 어린애를 데리고 그런 말을 한 건지 도무지 종잡을 수가 없었다.

하지만 짹짹이 덕분에 불편했던 분위기는 어느새 흐지부지 사라졌다.

그리고 쿠람에 도착했을 때.

연우는 볼 수 있었다.

때마침 쿠람의 무너진 성문으로 들어가려던 무리들을. 그들의 머리 위로 흔들리는 깃발이 눈에 들어왔다.

두 자루의 검이 교차하는 문양.

청화도였다.

* * *

"오늘 청화도와 만나기로 했었나?"

연우는 눈을 가늘게 좁혔다.

에도라도 뒤늦게 뭔가를 떠올리고 고개를 끄덕였다.

"그러고 보니 오늘 숙부님께서 오신다고……."

에도라가 숙부라고 일컬을 수 있는 사람은 청화도에 한 사람밖에 없다.

"창무신이?"

"네."

"그렇단 말이지?"

연우는 고개를 끄덕였다.

사실 외뿔부족이 아직까지 청화도와 크게 접점을 가지지 않은 게 이상할 정도였다.

'떠나기 전에 창무신을 살펴볼 수 있으면. 그건 그것대로 좋겠지.'

연우는 걱정스러운 눈빛을 보내는 에도라에게 걱정 말라면서 손사래를 치고, 쿠람의 성문을 통과했다.

부족원들이 머물고 있는 성채는 이미 많은 사람들로 북적대고 있었다.

진영을 구분하는 건 크게 어렵지 않았다.

부족원들은 통이 큰 부족 전통 의상을 입었고, 청화도는 마치 군대처럼 푸른색의 갑옷으로 무장해 있었다.

특히 부족원들은 아침까지만 해도 껄껄대며 웃고 있었던 게 거짓이었던 것처럼 하나같이 팔짱을 끼며 무표정한 얼굴이 되어 있었다.

그러다 간혹 청화도의 플레이어들과 눈이 마주칠 때면 코웃음을 치거나, 차갑게 웃어 대고 있었다.

청화도는 그런 외뿔부족을 보면서 이맛살을 찡그렸지만, 딱히 별다른 반응은 보이지 않았다.

동맹군과 충돌을 벌이지 말라는 엄명이 떨어진 것 같았다.

하지만 오히려 그런 태도가 외뿔부족을 자극했다. 아예 대놓고 그들에게 비웃음을 던져 댔으니. 몇몇은 보이지 않는 사람 취급을 하기도 했다.

연우는 그 모습에서 외뿔부족 특유의 오만한 분위기를 느낄 수 있었다.

그리고 그동안 자신이 판트와 에도라 덕분에 외뿔부족에 잘 녹아들 수 있었다는 사실도.

“어? 아가씨랑 카인 님, 오셨습니까?”

그때, 연우와 에도라를 발견한 야누가 달려와 그들을 맞았다.

여태껏 냉막한 표정을 짓던 것과 다르게 방실방실 웃는 모습이 전혀 다르게 보였다.

그리고 자연스럽게 이쪽으로 시선을 돌리던 청화도 플레이어들의 눈가에 광채가 스쳤다.

말로만 듣던 독식자와 외뿔부족의 영매 후계를 이렇게 볼 수 있을 줄은 몰랐다는 눈빛이었다.

특히 몇몇 고수들은 연우를 보는 눈빛이 날카로웠다.

연우의 이름은 이제 11층의 중소 클랜뿐만 아니라, 청화도와 레드 드래곤에도 제법 알려진 상태였다.

혼자서 클랜 연합을 부쉈을 뿐만 아니라, 세미 랭커였던 샤논을 꺾었다는 소문이 파다하게 퍼졌기 때문이었다.

물론, 무왕과 외뿔부족이 도와줬을 거라는 의견도 많았다.

그래도 갓 노비스를 탈출한 플레이어가 세미 랭커를 꺾었다는 소문은 놀라울 수밖에 없었다.

그만큼 잠재력이 뛰어난 자가 나타났다는 뜻이었으니까.

더구나 상부에서는 연우가 무왕의 세 번째 제자가 되었다는 정보도 입수했다.

때문에 이번 행차에 나선 플레이어들에게는 연우에 대해서 살펴보라는 명령이 하달된 상태였다.

그러니 더더욱 시선과 관심이 쏠릴 수밖에 없었다.

하지만 그러거나 말거나.

연우는 그들의 시선을 무시하고, 야누에게 물었다.

"혹시 안에 스승님 계시나?"

"족장님은 지금 손님들과 이야기를 나누고 계시…… 아, 저기 마침 끝났나 보네요."

야누는 말을 잇다 말고 성채에서 나오는 사람들 쪽으로 고개를 돌렸다.

청화도의 플레이어들은 일제히 그쪽으로 고개를 숙였다. 군대에 못지않은 엄격한 기강과 군율이 느껴졌다.

그들의 인사를 받아 나오는 사람들은 대략 30여 명. 그 중 가장 선두에 있는 사람이 유독 눈에 띄었다.

3미터 크기의 창을 어깨에 짊어진 중년인. 한쪽에 난 뿔과 보라색 눈이 외뿔부족 출신이라는 것을 말해 줬다.

'창무신.'

연우의 눈동자가 스산하게 빛났다.

개인적으로, 청화도에서 가장 강한 적은 검무신이었지만, 상대하기 까다로운 적은 창무신이었다. 외뿔부족 특유의 피지컬과 단단한 창술은 도무지 부수기 힘든 성채처럼 느껴졌으니까.

동료들 중에서도 녀석과 맞닥뜨리면 인상을 찡그리는 사람이 꽤 있었다.

창무신은 검무신이 없었다면 청화도를 차지했을 거라고 평가받는 자였다.

그만큼 뛰어난 창술 실력과 타고난 피지컬로 수많은 하이 랭커들을 압도하곤 했다.

그런 자가 바로 앞에 있으니, 도무신을 목격했을 때와는 또 다른 위압적인 분위기가 잔뜩 풍겼다.

기세도 대단해서 보는 사람으로 하여금 저절로 오금이 저리게 만드는 힘이 있었다.

다행이라면 연우는 어느덧 무왕의 기세에 익숙해져 창무신의 기세쯤은 쉽게 넘길 수 있었다.

무왕이 얼마나 대단한지 깨달을 수 있는 대목이었다.

창무신도 그런 연우의 태도를 읽었는지 턱을 쓰다듬으면서 가볍게 감탄을 터뜨렸다.

"호오."

여러 의미가 담긴 감탄.

그를 따라오던 플레이어들은 조금 놀란 눈빛이 되었다.

외뿔부족만큼이나 오만한 창무신이 이렇게 호기심을 드러내는 경우는 거의 없었다.

연우는 창무신에게 가볍게 목례만 취하고 옆을 지나쳤다. 한 번 본 거면 충분했다. 대화를 나눌 필요는 없었다.

"형님이 또 물건을 주우셨군그래. 어떻게 그 양반의 주위에는 이렇게 인재가 꼬이는 건지. 참 부럽단 말이야."

성채 안쪽으로 들어가는 연우를 보면서.

창무신은 한쪽 입술을 크게 말아 올렸다.

* * *

무왕은 자신을 찾아온 연우를 보면서 피식 웃음을 흘렸다.

"그새 뭐 좋은 거 처먹었냐? 왜 이래? 어쭈? 그런 걸 하늘 같으신 스승님께 갖다 바칠 생각은 하지 않고, 혼자 날름 처먹어?"

연우는 기운을 모두 갈무리한다고 했는데, 금세 달라진 자신의 몸 상태를 파악한 무왕을 보면서 속으로 혀를 찼다.

역시 뭐든지 숨기기가 힘든 사람이었다.

"그런데 뭘 그렇게 진지한 눈빛을 하고 있어? 곧 죽을 사람처럼? 할 말이라도 있냐?"

가뜩이나 빌어먹을 동생이 와서 '덕분에 한시름 놓았다' 느니, '앞으로도 계속 도와주면 좋겠다' 느니, 되도 않는 소리만 지껄여 대서 한 대 쥐어박을까 말까 고민을 하던 차였는데.

왠지 연우를 보고 나니 그런 잡생각이 싹 사라졌다. 뭔가 사고를 치겠다는 생각이 들었다. 가면을 쓰고 있어서 표정은 알 수 없었지만, 눈빛이 너무 진지했다.

처음 무공을 배우기 시작했을 때의 눈빛.

딱 그 눈빛이었다.

"스승님께 죄송하다는 말씀을 드리러 왔습니다."

"죄송? 뭔 사고 쳤냐?"

"외뿔부족의 식객에서 빠지고 싶습니다."

순간, 무왕의 얼굴에서 웃음기가 싹 빠졌다.

진지한 얼굴이 된 그의 모습은 전혀 다른 사람처럼 느껴질 정도였다.

그러다 한쪽 입술 끝이 비틀렸다.

실내를 따라 어마어마한 살기가 휘몰아치면서 연우의 몸을 옥죄기 시작했다.

고오오—

가면 너머로 보이는 연우의 눈동자가 살짝 요동쳤다. 무왕을 뒤집어쓴 짐승이 금방이라도 튀어나올 것처럼 이를 드러냈다.

"챙길 건 다 챙겼고, 위험한 건 싫으니 이제 빠지겠다, 뭐 그런 거냐?"

"아닙니다."

"아니면, 뭐? 우리 부족이 동네 노인정처럼 들어오고 싶을 때 들어오고, 나가고 싶을 때 마음대로 나갈 수 있는, 그런 걸로 보이던?"

"그것도, 아닙니다."

"그럼?"

연우는 순간 이것을 이야기해도 될까 하는 생각이 들었다.

깊은 신뢰를 가지게 된 판트나 에도라와 달리, 사실 그는 무왕이라는 사람에 대해서 모르는 면이 너무 많았다.

아니, 사실 알기가 힘들었다.

웃는 낯 아래에 얼마나 많은 능구렁이를 담고 있는 건지.

연우는 본인 스스로를 눈치가 빠르고 머리가 잘 돌아가는 편이라고 생각했음에도, 무왕의 심기만큼은 읽기가 너무 힘들었다.

설사 스승으로 모셨다고 하더라도, 속으로 그의 무위를 동경하게 되었다고 해도, 인간적인 신뢰는 전혀 별개의 일이었다.

그래서 지금도 망설이고 있었다.

떠나기 전에 인사를 하는 것이 옳다고 생각해서 왔지만, 무왕의 깊은 눈매를 보고 있으니 속이 훤히 내보이는 느낌이었다.

여기서 자신이 처한 상황을 이야기했을 때, 무왕이 어떤 반응을 보일지, 그리고 앞으로 어떻게 행동을 할지 알 수가 없었다.

청화도에 정보가 흘러 들어가게 될 건 분명한 사실이었으니까. 청화도의 움직임에도 촉각을 세워야만 했다.

하지만 고민은 길지 않았다.

'영매가 있다면, 계속 숨기기 힘들겠지.'

무왕도 무왕이지만, 가만히 앉아서 사람의 운명을 점지한다는 영매의 존재도 부담스럽긴 매한가지였다.

게다가 무왕은 연우가 피닉스의 영역에 있었다는 사실을 알고 있었다.

곧 도무신이 신수들을 사냥했다는 사실도 알게 될 테니, 차라리 털어놓고 정면 돌파를 하는 게 좋을 것 같았다.

결국 연우는 자신이 처한 상황에 대해서 상세하게 이야기했다. 에도라에게 처음 설명을 했을 때처럼.

피닉스, 짹짹이와의 인연. 도무신의 행보까지.

다만, 다른 신수들과 계약을 맺고, 계승자가 되었다는 언급은 하지 않았다. 굳이 전력적인 면까지 밝힐 필요는 없었으니까.

하지만 그걸로도 충분했다.

연우를 압박하던 위압감이 눈 녹듯이 사르르 사라졌다. 무왕의 얼굴이 묘하게 변했다. 뭔가 찝찝해하는 표정.

"이런 니미."

그는 작게 욕지거리를 내뱉더니, 연우의 어깨 위에 올라타 그를 노려보는 짹짹이를 턱짓으로 가리켰다.

"그놈이 아까 말한 피닉스의 새끼냐?"

"그렇습니다."

"하아! 청화도 새끼들, 또 이상한 사고를 치고 다녔단 말이지? 하여간……."

그는 알 수 없는 말을 중얼거리더니 갑자기 탁상 위에 놓여 있던 곰방대 쪽으로 손을 가져갔다.

그리고.

빠악!

연우가 어떻게 손을 쓸 새도 없이 곰방대로 연우의 정수리를 세게 후려쳤다.

"컥!"

연우는 앓는 소리를 내면서 머리를 쥐어 싸맸다. 순간 눈앞이 빙글빙글 도는 것 같았다.

"고얀 새끼."

연우는 갑자기 이게 무슨 짓이냐는 눈빛으로 쳐다봤지만.

"눈 안 까냐? 더 처맞을래?"

"……."

무왕이 다시 곰방대로 위협하자 연우는 자기도 모르게 흠칫 뒤로 물러서고 말았다.

아까 맞은 충격 때문에 아직도 골이 얼얼했다. 한편으로는 왜 갑자기 맞아야 하는 건지 짜증도 살짝 났다.

무왕은 그런 연우를 보면서 미간을 팍 찡그렸다. 그러다 땅이 꺼져라 한숨을 내쉬었다.

"너는 스승과 제자 사이가 뭐라고 생각하냐?"

전혀 생각지도 못한 말.

연우의 눈이 살짝 커졌다.

"그게 무슨……?"

"너에겐 스승과 제자 관계가 무엇이냐고 묻는 거다, 이 빌어먹을 제자 녀석아. 단순히 가르침을 주고받는, 그런 삭막한 것밖에 되지 않던?"

"……."

연우는 순간 아무 말도 할 수가 없었다. 곰방대로 맞은 것보다 더 단단한 걸로 뒤통수를 세게 맞은 느낌이었다.

"아무리 인연을 맺은 지 며칠 되지 않았다고 해도, 나는 전력을 다해서 널 가르쳤다. 진심을 다했단 말이지. 내 일부처럼. 자식에게 가르치듯이. 하지만, 너는 그렇지 않았나 보다?"

"……."

"뭔가 답답한 게 있고, 급한 일이 있으면 재깍 달려와 하늘 같으신 스승님께 와서 보고를 해야 할 것 아냐? 그래야 도움을 주든지, 잔소리를 퍼붓든지, 뭐라도 할 수 있을 텐데. 그걸 못 하고 혼자 끙끙 앓다가 내뱉는 말이, 뭐? 식객을 그만둬? 미안해?"

"……."

"뭐 이런 빌어먹을 놈이 다 있어? 그래도 판트와 에도라를 돌보는 걸 보고 기본은 돼 있는 놈이라고 생각했는데. 내가 널 잘못 본 거냐? 네가 날 그저 거래 대상으로만 생각했으니 이러는 것 아냐? 왜? 내 말이 틀렸어?"

무왕의 말이 길어질수록.

연우는 아무 말도 할 수가 없었다.

그저 정신이 멍하기만 했다.

무왕은 그를 혼내고 있었다. 다분히 짜증이 난 말투였지만, 그 속에는 안타까움과 섭섭함이 잔뜩 묻어났다.

혼이 난다는 것.

꾸중을 받는다는 것.

잔소리를 듣는다는 것.

이런 걸 받아 본 게 언제였더라? 기억이 나질 않았다.

지구에 있을 때. 부대장이 몸을 돌보지 않고 사지만 뛰어다니는 그를 이따금 혼내긴 했었지만, 그런 것과는 조금 달랐다.

연우는 자신이 겪은 일에 대해서 숨기려 했다. 고민을 털어놓지 않고, 생각을 끝낸 후 결론만 통보하듯이 말했다.

그것이 무왕을 화나게 만들었다. 며칠 되지 않았다지만, 그래도 자식처럼 생각했던 제자였는데. 이렇게 타인처럼 나서는 것이 못내 섭섭했던 것이다.

그렇기에.

연우가 무왕의 모습에서 일찍 돌아가신 아버지를 보았다면. 그건 조금 과장된 표현일까.

"스승과 제자 관계라는 건 말이다, 못난 제자야. 분명 부모 자식 관계와는 다를 수밖에 없다. 부모 자식 관계는 하늘이 맺어 준 천륜이지만, 스승 제자 관계는 인간 대 인간으로서 맺는 인륜이니까. 하지만, 오히려 인륜이니까 가질 수밖에 없는 깊은 '선' 이란 게 있다."

무왕은 의자에 깊숙하게 상체를 묻었다. 근심과 짜증이 가득하던 눈빛이 무겁게 가라앉았다.

"그러니 물으마. 너에게 나는 대체 어떤 존재인 거냐?"

연우는 아주 잠깐 지난 며칠 동안 무왕이 자신을 대했던 모습을 떠올렸다.

그는 언제나 자신을 진심을 다해 가르쳤다.

태도에는 장난기가 가득했지만, 하나라도 더 가르쳐 주려 하고 모르는 게 있으면 같이 고민을 해 주었다.

그리고 좋은 성과를 보이면 흐뭇한 눈길로 바라보곤 했다.

그것은 분명 기특한 제자를 보는 스승의 눈빛이었다.

반면에.

자신은 그를 어떻게 대했던가.

무왕에게 가르침을 받으면서도 그를 경계했다.

그의 진심을 보려 하지 않고, 그가 숨긴 속내가 무엇인지 의심부터 했다.

악의만 엿보려 했던 것이다.

무왕은 그럴 생각도, 그럴 필요도 전혀 없는데 말이다.

그렇기에.

연우는 그동안 자신이 무엇을 잘못했는지 깨달을 수 있었다.

율, 칸과 도일, 판트와 에도라를 만나면서 많이 나아졌다고 생각했었는데.

그는 여전히 많은 것들을 경계하며 의심하고 있었다.

먼 길을 가려는 그에게 어찌 보면 당연한 일이었지만, 반대로 말하자면 그건 다른 사람들의 마음에 상처를 주는 행동이기도 했다.

과연 그런 자신의 태도가. 동생의 마음에 상처를 입힌 놈들과 크게 다르다고 할 수 있을까?

결국 연우는 긴 침묵 끝에. 자신이 생각하고 있는 무왕에 대해서 겨우 입을 열 수 있었다.

"……스승님이십니다."

"그렇게 생각하긴 하냐? 정말?"

무왕은 조금 뚱한 표정으로 물었다.

피식.

연우는 가볍게 웃으면서 고개를 끄덕였다.

"앞으로 그렇게 생각하겠습니다."

"그럼 여태 그러지 않았다는 거네? 이런 미친놈이?"

무왕은 어이가 없다는 표정을 짓다가 곧 고개를 절레절레 흔들었다.

왠지 연우의 말투에서 능글맞은 자신의 모습이 보이는 것 같았다.

탁!

무왕은 더 이상 쓸 일이 없게 된 곰방대를 탁상에 올려두면서 말했다.

"됐다. 이만하면. 그럼 가라."

연우는 고개를 끄덕였다.

사실 여기서 무왕이 그를 도와줄 수 있는 방법은 없었다.

무왕은 연우의 스승이기에 앞서, 외뿔부족이라는 단체를 이끄는 수장이었으니까.

단체 대 단체로 맺은 조약을 하루아침에 손바닥 뒤집듯이 뒤집을 수는 없는 것이다.

그러니 연우를 따라 전장을 이탈할 수 없었다.

하지만 연우의 스승이기에 그를 자유롭게 풀어 줄 수 있었다. 연우가 하려는 일을 뒤에서 묵묵히 응원해 줄 수는 있는 것이다.

그만의 방식대로.

"그리고 이것도 갖고 가고."

연우는 무왕이 아무렇게나 던져 주는 두 개의 책자를 받았다.

팔극권 중권과 하권. 구결과 동작이 세세하게 적혀 있는 비급이었다.

"고맙습니다."

"으휴. 됐다. 그거나 받고 사라져. 그리고 다음에 만났을 때는 제자고 뭐고 간에 죽빵부터 날려 버릴 거니까 각오하고. 그리고 알은 걱정 마라. 잘 맡아 두고 있을 테니."

전장에서 만나게 되면 스승과 제자 관계로 있을 수 없다는 뜻. 적대 관계이기 때문에 전력을 다해 죽일 수도 있다는 뜻이었다.

하지만 그 속에 묻어나는 따스함을 알기에.

연우는 더더욱 깊게 허리를 숙였다.

한참을 있다가 조용히 방을 나섰다.

'……감사합니다.'

몇 번이고 전달해도 부족하지 않을 말을, 속으로 되뇌면서.

연우는 팔극권의 비급들을 품속에 잘 갈무리하고 밖으로 나왔다.

바깥에는 에도라가 노심초사한 얼굴로 기다리고 있다가, 연우를 보자 안색이 확 밝아졌다.

그러다 연우의 머리를 보고 인상을 찡그렸다.

"오라버니, 머리에?"

"음?"

연우는 반사적으로 머리를 매만지다가 피식 웃고 말았다.

혹이 살짝 위로 나와 있었다. 곰방대가 맵긴 매웠던 모양이었다.

"아무것도 아니니 걱정 마라."

연우는 적당히 둘러대고, 눈을 가늘게 좁히면서 에도라를 바라봤다.

"그보다 생각은? 바뀌지 않았고?"

"예. 따라갈 거예요. 말릴 생각은 마세요. 그냥 따라갈 거니까."

연우는 에도라를 말릴 수 없을 것 같다는 생각이 들었다.

탑에 처음 오를 때에도 자신의 말을 듣지 않았던 아이였으니까. 어쩌면 때론 막무가내 같은 이런 모습이 에도라다운 것인지도 몰랐다.

결국 에도라도 외뿔부족. 고집은 아무도 꺾지 못한다.

그래도 마지막으로 확인해 보고 싶었다.

"부족을, 적으로 만나게 될지도 모르는데?"

"그 정도는 이미 각오하고 있었어요. 누구 때문에 고생하는 거죠, 뭐."

연우는 고개를 절레절레 젓고 말았다.

"……알았다. 말린다고 해서 말을 들을 것도 아닐 테니까. 알아서 해라."

"히히."

에도라는 이겼다는 듯이 배시시 웃었다.

연우도 그 모습을 보고 따라 웃을 수밖에 없었다.

* * *

연우는 조용히 쿠람을 떠나고자 했다.

괜히 적대 진영으로 넘어가겠다는 사실을 구구절절 떠들 필요는 없었으니까. 괜히 창무신을 자극할 필요가 없다는 생각도 있었다.

그래서 쿠람의 성문을 나서려는데.

"너?"

뜻밖의 인물이 성곽 밖에서 팔짱을 낀 채 뚱한 표정으로 서 있었다. 판트였다.

"흥. 동생 버리고 가니 좋습니까? 어디 야반도주하는 것도 아니고. 아니지. 낮이니까 주반도주 라고 해야 하나, 이건?"

판트는 연우 옆에 매미처럼 찰싹 달라붙어 있는 에도라를 한껏 째려봤다.

이런 일이 있으면서도 자신에게 말해 주지 않았다는 사실에 살짝 짜증이 난 얼굴이었다. 에도라는 슬쩍 고개를 옆으로 돌렸다.

"설마. 날 따라가려고?"

"그럼? 내가 왜 덥게시리 뙤약볕에 나와 있다고 생각하우?"

"어디로 가려는 줄 알고?"

"최소한 여기보다는 재미난 곳으로 가겠지. 그리고, 흐흐. 원래 형님이 가는 곳은 항상 난리가 나지 않수?"

"……."

연우는 순간 할 말이 없었다. 확실히 자신이 가는 곳에 사건과 사고가 많긴 했으니까.

"그리고 난 더 이상 여기 있기 싫수. 이거 해라, 저거 해라, 영감님들 잔소리만 많지. 간섭은 일상다반사지. 답답해서 미칠 노릇이우. 그러니 어디든 좋으니 나 좀 데려가십쇼."

연우는 피식 웃음이 나왔다.

확실히 판트의 성격상 짜증이 날 법도 했다.

항상 전사들 사이에 섞여 회의하랴, 날뛰려고 해도 위험하다면서 보호받으랴, 이동하는 내내 답답한 틀에 갇혀 지내야만 했다.

그러니 화딱지가 났겠지. 어떻게 저항을 하려 해도 무왕의 눈치가 보여서 그러지도 못했을 테고.

그러다 연우와 에도라가 쿠람을 떠나려는 것을 귀신같이 알아채고 합류를 해 버린 것이다. 바로 이때다 싶었겠지.

하지만 판트가 처한 처지는 에도라와 또 다르다. 백선가의 장이 연우에게 꺾이면서 판트는 부족 내에서 유력한 다음 대 왕 후보로 거론되고 있는 중이었다. 그런 녀석을 함부로 데리고 갈 수는 없었다.

그래서 레드 드래곤으로 넘어갈지도 모른다며 슬쩍 언질을 줬지만.

"으잉? 그렇게 재미난 짓을 꾸미고 있으면서 나한테 말도 안 했던 거요? 여태?"

오히려 판트의 얼굴에는 웃음꽃이 잔뜩 폈다.

연우는 자신의 실수를 깨달아야만 했다. 판트는 무왕을 쏙 빼닮은 아들. 사고 치는 걸 너무 좋아했다.

"으핫! 안 그래도 쿠람에 있는 내내 청화도 새끼들 재수 없는 낯짝 보느라 속이 뒤틀리는 줄 알았는데. 그 얼굴들 망가지는 거 좀 볼 수 있겠네."

결국 연우는 끝까지 제멋대로인 남매를 보면서 항복 선언을 해야만 했다.

처음으로 땅이 꺼져라 한숨을 내쉬었다.

"……너희들 마음대로 해라."

하지만 입가에는 미소가 번졌다.

문득 그런 생각이 들었다.

좋은 스승을 만난 것처럼. 자신은 좋은 동생들도 두게 된 것 같다고.

*　　*　　*

연우 일행은 쿠람을 벗어나, 스테이지의 동쪽 끝에 위치해 있다는 도시 베거스로 향했다.

"현재 레드 드래곤은 베거스를 중심으로 세를 뻗쳐 나갈 준비를 하고 있다고 해요. 청화도에서는 한 번 잡은 승기를 놓치지 않기 위해서 쉴 새 없이 베거스를 공략하는 중이고요."

에도라는 일족 회의에서 들었던 정보를 바탕으로 현재 11층의 전쟁 상황에 대해서 상세하게 설명했다.

외뿔부족의 쿠람 기습과 함께 시작된 청화도의 맹렬한 공세는 11층을 거의 독차지하다시피 할 때까지 이어졌다.

하지만 그것이 베거스에 이르렀을 때에는 속도가 많이 더뎌졌다고 했다.

"이유가 있나?"

"바할이 군을 이끌고 나타났거든요."

연우의 눈이 빛났다.

"바할이?"

"예. 이번 11층에서의 총책임자를 맡게 되었다고 해요. 그 외에 다른 랭커들도 대거 참여를 했고요. 저희 일족이 나타난 만큼 저쪽에서도 신경을 써야 할 테니까요."

연우는 고개를 끄덕였다.

확실히 11층을 그냥 포기한다면 모를까, 그게 아니라면 외뿔부족의 발을 묶어 놓을 최소한의 병력은 투입시켜야 할 테니.

아니, 그런 것을 집어치우더라도, 레드 드래곤은 그들 자존심상 서전을 빼앗기고 패배까지 겪었다는 사실이 고통스러웠을 것이다.

언제나 '용의 자긍심' 을 모토로 삼는 녀석들이니까. 어떻게든 설욕을 하고, 11층을 탈환하려는 게 틀림없었다.

'거기다 청화도에는 무왕뿐만 아니라, 도무신과 창무신까지 가세했어. 레드 드래곤에서도 그걸 읽었을 테니…… 가만히 있지 않겠지. 11층에서의 전쟁, 생각보다 판이 훨씬 커지겠어.'

연우는 잘되었다는 생각이 들었다. 판이 커지면 커질수록 도무신도 그만큼 11층에 발이 묶이게 될 테니까.

'이왕이면 리언트도 이쪽으로 오면 좋을 텐데.'

연우는 메마른 입술을 혀로 축였다.

그 모습이 마치 먹이를 노리는 뱀처럼 느껴져 판트와 에도라는 순간 등골이 서늘해지는 걸 맛봐야만 했다.

그러다 판트는 슬쩍 화제를 돌렸다.

"그런데 형님은 대체 어떻게 레드 드래곤에 투신을 할 생각이우? 저쪽에서 형님이라면 잔뜩 이를 갈고 있을 텐데?"

연우가 샤논을 쓰러뜨린 것을 말하는 것이다. 확실히 레드 드래곤이 연우에 대해 촉각을 곤두세웠다는 말을 듣긴 했다.

"위험하기로 따지자면 너희들이 더 위험할 텐데?"

외뿔부족의 왕자와 공주. 확실히 이만한 인질들도 없을 것이다. 그것도 알아서 찾아온다고 하면 두 팔을 벌려 환영하겠지.

하지만.

"형님 생각과 다르게 저쪽에서는 크게 관심 가지지 않을 겁니다. 우리 같은 놈들이 어디 한둘도 아니고."

"……?"

연우가 무슨 말뜻인지 알지 못해 고개를 갸웃거리자, 에도라가 가볍게 웃으면서 대답했다.

"아시다시피 저희 일족은 다들 개인주의 성향이 강하잖아요? 그 때문에 사실 개인적인 이유로 레드 드래곤이나 그쪽 산하 조직에 용병으로 참여한 부족원들도 꽤 있을 거예요."

"아."

연우는 그제야 무슨 말뜻인지 알 수 있었다.

확실히 외뿔부족은 마을에서 머무는 사람들도 많지만, 외부로 나가서 탑을 오르는 사람들도 많았다.

그리고 그들은 대개 부족의 행보와는 다르더라도, 인연을 맺은 곳이 있거나 하면 그 곳의 용병으로 참여하는 경우도 잦았다.

"그럼 그들과 일족이 부딪친다면……?"

"아마 서로 죽이려 하지 않을까요? 물론, 고의로 부딪치는 건 피하려 할 테지만."

에도라는 그렇게 말하면서도 어깨를 으쓱거렸다. 별것 아니라는 듯이.

"하지만 적으로 만나도 서로 원망하는 일은 없어요. 오히려 최선을 다해서, 전력을 다해서 부딪치지 않으면 서로를 모욕한다고 생각하니까요."

연우는 고개를 끄덕였다. 때론 이해하기 어려울 정도로 강한 그들의 자존심만큼이나 문화나 풍습도 인간과는 많이 다를 수밖에 없었다.

그것이 그들의 모습이니. 판트와 에도라도 일족을 떠나 레드 드래곤의 편에 선다고 해도 별반 크게 의미를 두지 않는 것이다.

"뭐, 무왕의 자식들이라는 점에서 관심을 가질 수는 있겠지만. 우리 아버지 성격 알면 또 안 건드릴 거란 것도 아니까."

판트는 어깨를 으쓱거렸다.

확실히 무왕은 자식들이 인질로 붙잡혀 있다고 해서 크게 위축될 위인이 아니었다.

'오히려 자식들이 다치면 다친 것의 배 이상으로 되갚아 주겠다고 날뛸 양반이시지.'

연우는 무왕의 성격을 떠올리니 자기도 모르게 웃음이 나왔다.

"하여간. 레드 드래곤에 투신을 한다면. 어떻게 할 생각이우?"

연우는 덤덤하게 대답했다.

"이미 너희들이 말한 것 중에 정답이 있지 않나?"

"우리가 말한 것?"

"바할을 말씀하시는 거군요."

에도라의 말에 연우는 고개를 끄덕였다.

"맞아. 바할이 나를 원할 테니까. 다른 압박도 그가 보호해 주겠지."

판트와 에도라는 일리가 있다는 듯이 고개를 끄덕였다. 확실히 바할이 연우에게 보였던 관심은 아주 커 보였다.

'외뿔부족에 참전했었다는 것도 어느 정도 신원 보증이 될 테고. 그리고 그들 입장에서도 세미 랭커를 꺾은 나를 그냥 내버려 두고 싶지는 않겠지.'

연우는 이미 자신이 처음에 바랐던 만큼 명성이 아주 많이 커졌다는 것을 알고 있었다.

튜토리얼을 통과했거나 초심자 구간에 신기록을 쌓은 것은 그냥 흥미만 가는 요소일 뿐이다.

당장 전력에 도움은 되지 않는 유망주일 뿐이니까.

하지만 세미 랭커를 이긴 노비스는 다르다

당장 전력에 도움이 될 뿐더러, 뛰어난 유망주이기도 하다. 거기다 외뿔부족과 청화도의 정보를 알고 있으며, 바할이 뒷배가 되어 주기까지 할 테니, 내버려 둘 수 없을 것이다.

'게다가 이것까지 건네준다면.'

연우는 바할이 아주 탐내 할 만한 물건을 매만지면서 차갑게 웃었다.

이것만 있다면 앞으로 전쟁은 더 크게 불이 붙을 게 분명했다.

그리고.

그런 연우의 예상은 정확하게 들어맞았다.

*　　*　　*

"거기 서라. 신원을 밝혀라."

베거스의 영역에 들어섰을 때.

길목을 차단하고 있던 레드 드래곤 측의 플레이어들이

다가와 연우 일행을 가로막았다.

그들은 외뿔부족이 두 명이나 나타나자 얼굴에 잔뜩 긴장한 기색이 역력했다.

혹시 외뿔부족이 쿠람을 떠났나 의심이 들었던 것이다.

거기서 연우는 자신의 신원을 밝혔다.

독식자이며, 자신과 함께 온 외뿔부족은 레드 드래곤에 용병으로 참전하고자 온 것이라고.

"그리고 이것을 바할 님께 전해 드리십시오. 제 선물이라 하면 아주 좋아하실 테니."

플레이어들은 모두 놀란 얼굴이 되었다.

말로만 듣던 독식자를 보게 되었으니. 몇몇은 연우를 원수 노려보듯이 보기도 했다. 대개 연우 때문에 쿠람에서 죽은 플레이어들의 친한 동료들이었다.

거기다 같이 온 외뿔부족은 독식자와 함께 다닌다는 무왕의 자식들이었다.

하지만 그들은 곧 담담한 표정을 갖췄다.

자신들 선에서 끝낼 일이 아니라는 것을 깨닫고 베거스 안으로 사람을 보내 연우 일행에 대한 처분을 물었다.

연우가 건넨 물건은 간단한 검사로 이상이 없다는 것이 확인되고 바할에게 전달되었다.

그리고 대답은 곧바로 돌아왔다.

"세 분을 정중하게 안으로 모시라는 바할 님의 명이 있으셨습니다. 절 따라오시지요."

연우 일행은 고개를 끄덕이면서 앞장서는 플레이어들의 뒤를 따랐다.

*　　*　　*

베거스는 모든 게 엉망이 된 쿠람과 전혀 다른 분위기를 풍겼다.

레드 드래곤 및 산하 조직의 플레이어들로 보이는 자들이 절도 있는 걸음으로 돌아다니고, 곳곳에서 행인들을 통제하는 검문소가 설치되어 있었다.

전체적으로 삭막하고 딱딱한 분위기가 흘렀다. 하지만 그만큼 질서 있고 잘 정리가 되어 있다는 생각이 들었다.

플레이어들은 연우 일행을 보면서 눈을 반짝였지만, 굳이 시끄럽게 입을 열어 떠들지는 않았다.

얼마나 도시가 잘 통제되고 있는지를 알 수 있는 대목이었다.

그리고 베거스의 중심부에 다다랐을 때.

"으하핫! 이게 누구야? 카인 아닌가. 자네가 오기를 내가 얼마나 기대했는지 아나?"

바할이 버선발로 마중 나와서 연우를 꽉 끌어안았다.

마치 아끼던 수하가 돌아왔다는 소식에 환영하는 듯한 모습. 그는 진심으로 연우가 찾아왔다는 소식에 크게 기뻐하고 있었다.

그리고.

연우는 바할에 몸을 내준 채로, 아무도 모르게 주먹을 꽉 쥐었다.

'네가, 정우에게도 이렇게 했었더라면.'

손등 위로 혈관이 높게 돋았다.

하지만 지금은 화를 드러내서는 안 된다.

연우는 웃으면서 말했다.

"늦어서 죄송합니다. 바로 오고 싶었지만, 뜻대로 되질 않더군요."

"일찍 오고 늦게 오고가 무슨 상관인가. 이렇게 같이 함께할 수 있다는 게 중요한 거지."

판트는 연우의 어깨를 손으로 툭 두들겼다.

그 모습이 정말 친한 동료를 맞이하는 느낌이라, 주변에 있던 플레이어들은 하나같이 살짝 놀란 얼굴이 되었다.

"바할 님이 독식자와 인연이 있었나?"

"탑 외 지역을 방문하셨을 때, 직접 스카우트를 하셨다고는 들었지만. 저 정도일 줄은 몰랐는데."

“저렇게 신임을 할 정도라면 정말 깊은 친분이 있었다는 뜻일 텐데. 왜 그동안 모습을 보이지 않았던 거지?”

“음. 여하튼 신기하신 분이야.”

그들 사이에는 의문도 작게 오고 갔다.

하지만 연우는 왜 이렇게 바할이 자신을 환대하는지, 속내를 알 것 같았다.

이유는 단순했다.

‘레드 드래곤 내에서 자신의 입지를 공고히 하기 위해서겠지.’

독식자라는 이름은 이제 레드 드래곤에서도 잘 알고 있다. 몇몇은 그를 빨리 제거해야만 할 루키로 체크해 두기도 했다.

하지만 이것을 거꾸로 돌린다면, 포섭했을 때 그만큼 뛰어난 가치를 지녔다는 뜻이기도 했다.

세미 랭커를 쓰러뜨린 노비스.

무왕의 제자.

명망 있는 루키.

이런 명성을 가진 녀석이 갑자기 청화도에서 레드 드래곤으로 전향을 한다면?

그것도 무왕의 두 자식을 데리고 투신을 한다면. 청화도의 정보도 가지고 있다면.

그리고 이 모든 것을 주도한 사람이 바할이라면.

'명망도 그만큼 높아지겠지. 선물도 제법 마음에 들었을 테고.'

연우로서도 나쁠 건 없었다. 바할이 환대해 줄수록 레드 드래곤 내에 자리를 잡는 건 그만큼 손쉬워질 테니.

"그런데 무왕의 두 자제 분께서는 이렇게 적대 진영으로 넘어오셔도 되나? 무왕이 꽤 싫어하실 텐데."

판트도 어느 정도 눈치가 있었기 때문에 어깨를 으쓱거리면서 너스레를 떨었다.

"아버지의 말을 듣지 않은 지 오래되어서."

"그러신가? 하긴. 청람가의 두 자제가 재능도 지략도 깊어 부족에서도 손을 대지 못한다는 말을 듣긴 했었지. 하여간 이렇게 오게 된 것, 환영하오."

바할은 사람 좋아 보이는 미소를 지으면서 연우 일행을 안쪽으로 안내했다.

"자, 그럼 어서 안쪽으로 들어가자고. 마침 회의 중이었으니까. 소개해 줄 사람이 아주 많아."

* * *

바할의 말대로, 작전실에는 열 명이나 되는 랭커들을 비롯해 여러 간부들이 앉아서 그들을 기다리고 있었다.

그중에서 가장 중심부에 있는 자들을 따라 강렬한 기세가 휘몰아치고 있었다.

그들은 전혀 자신들의 기운을 거둘 생각도, 갈무리할 마음도 없어 보였다.

연우는 그들을 보면서 눈을 가늘게 좁혔다.

'81개의 눈.'

청화도가 다섯 무신에 의해 공동 경영된다면, 레드 드래곤은 여름여왕을 중심으로 81명의 하이 랭커들이 주축을 이루고 있었다.

그들이 바로 '81개의 눈'.

드래곤이 하나의 동공 안에 수십 개의 겹눈을 가지고 있다는 전설에서 따온 단어였다.

또한, 그들은 개개인이 전투 부대를 이끌며 독립적인 세력을 형성하고 있기도 했다.

그리고.

'익숙한 얼굴들이 많아.'

그들의 면면은 연우가 일기장을 통해 알고 있는 경우도 꽤 많았다.

'화이트 드라고니안, 플레임 비스트, 브레이즈, 코로나 아나콘다, 적랑단, 이리 부대…… 꽤 많이도 끌고 왔어. 아

예 11층에다 깽판을 놓으려고 그러나?'

연우는 슬쩍 그들의 면면을 훑다가, 마지막 지점에 이르렀을 때 흠칫 놀라고 말았다.

여기에 있을 거라고 생각도 못 했던 사람이 앉아 있었다.

푸른 장발을 어깨까지 늘어뜨린 장난기 가득한 모습의 미녀.

비록 세간에 알려진 것과 다르게 붉은색이 아닌 푸른색으로 머리를 염색하고, 복장도 간편한 것으로 입고 있었지만.

연우는 그녀가 누군지 단번에 알아차릴 수 있었다.

"왜 그러우, 형님?"

"……아니다. 아무것도."

하지만 분위기가 정체를 드러내려 하지 않는 것 같았기에, 연우는 모른 척 시선을 돌렸다.

하지만 머릿속은 조금 복잡하게 돌아가고 있었다.

'저 사람이, 여긴 왜?'

저층 구간은 벌레들이나 사는 곳이라면서 혐오하던 사람이, 왜 여기에 나타난 건지.

11층에서의 전쟁이 생각했던 것보다 훨씬 커지겠다는 생각을 할 무렵.

바할이 연우 일행을 소개했다.

"인사하지. 독식자와 외뿔부족 청람가의 자제들이야. 저층 구간의 소식에 관심이 있는 사람들은 어느 정도 이름을 들어 봤겠지?"

몇몇이 고개를 끄덕였다.

누군가는 흥미를, 또 누군가는 노기를 드러냈다.

하지만 대부분은 별 관심이 없어 보였다. '그래서 어쩌라는 거지?' 라는 눈빛.

'아니. 정확하게는 바할에 대해서 큰 관심이 없는 건가?'

리언트와 마찬가지로, 아르티야 출신자들은 배신자라는 낙인이 찍혀 있어 새로운 조직에서도 별달리 환영을 받지 못한다더니.

바할도 그런 것 같았다. 다만, 그는 뛰어난 실력과 명석한 머리를 지녀서 여름여왕의 총애를 받는다고 알려져 있었다.

"다들 크게 관심이 없는 눈빛이군. 하지만 이걸 보게 되면 이야기가 달라질 거야."

탁!

바할은 종이 뭉치를 탁상에 올려놨다.

랭커들의 시선이 자연스럽게 그쪽으로 돌아갔다.

"이게 뭔지 아나?"

"뭡니까?"

누군가가 던진 질문에, 바할이 씩 웃었다.

"청화도 놈들의 군영 배치도."

"……!"

"……!"

"그게 정말입니까?"

여태껏 귀찮아하는 티가 나던 랭커들은 눈을 부릅떴다.

특히 오늘 아침까지 청화도와 크게 싸움을 치렀던 이리 부대의 대장, 라훌은 자리에서 벌떡 일어나 되묻기까지 했다.

"그럼. 확인해 보겠나?"

바할은 쥐고 있던 지도를 라훌에게 던졌다.

라훌은 재빨리 지도를 낚아채 활짝 펼쳤다.

11층의 스테이지가 상세하게 그려진 지도. 곳곳에 붉은 색으로 'X' 자 표시가 되어 있었다.

라훌도 어렴풋이는 파악하고 있지만, 정확한 장소는 아직까지 알아내지 못했던 위치가 정리된 것으로 보아 청화도 무력 부대의 전선 배치도가 맞았다.

"……그럼 이걸 가져온 것은?"

"이 친구들이지."

바할은 크게 웃으면서 대견하다는 듯 연우의 어깨를 두들겼다.

연우는 별다른 말을 하지 않았다.

사실 이것이 바로 그가 바할에게 전달했던 '선물'의 정체였다.

무왕의 집무실에 들어갔을 때에 얼핏 봤던 지도를 용마안으로 기억해 두고, 그것을 그대로 카피해 뒀던 것이다.

물론, 외뿔부족에 해가 갈 수 있는 내용은 담아 두지 않았다.

하지만 이것만으로도 레드 드래곤에게는 아주 큰 도움이 될 게 분명했다.

적의 위치를 대략적으로 파악할 수는 있어도, 숨겨진 군영이나 보급 기지의 위치까지 알기는 어려웠다.

그런데 그런 것들을 정확하게 파악할 수 있다면.

가뜩이나 지지부진한 11층의 승기를 이쪽으로 확 돌릴 수 있을 테니까.

"어떤 것 같나?"

바할의 질문에 라훌은 흠칫거렸다. 그러다 살짝 안색을 바꾸면서 가볍게 헛기침을 했다.

"……우선 확인부터 해야 할 것 같습니다. 청화도 쪽에서 역으로 함정을 파려는 것일 수도 있잖습니까?"

라훌은 눈을 가늘게 좁히면서 연우와 판트 등을 바라봤다.

바할은 고개를 끄덕이면서 말했다.

"그걸 확인해야 할 곳이 바로 붉은 이리이지 않나?"

"지금 바로 확인해 보도록 하겠습니다."

라훌은 금세 작전실을 빠져나갔다. 그는 잔뜩 흥이 오른 얼굴이었다.

만약 지도가 진짜라면 단번에 역전을 꾀할 수 있으리란 생각이 강하게 들었다.

바할은 좌중을 쓱 훑어봤다.

"이 지도가 진짜라는 가정하에. 그렇다면 우리에게 아주 큰 공을 세워 준 것인데. 다들 어떻게 생각하나? 별 이의가 없으면 내 선에서 이들에게 적절한 지위와 보상을 주고 싶은데."

간부들은 아무 말도 하지 않았다. 하지만 심드렁했던 눈빛은 이제 사납게 번뜩이고 있었다.

바할은 그것을 무언의 긍정이라고 받아들였다.

"그럼 모두 동의했다는 것으로 받아들이고. 카인."

"예."

연우가 앞으로 나서면서 고개를 숙였다.

"마침 외인부대의 2조 조장 자리가 비었어. 거길 맡아 줬으면 좋겠는데. 어떻게 생각하나?"

연우의 눈빛이 빛났다.

외인부대는 레드 드래곤 측에 참여하거나 고용된 용병들로 구성된 부대였다.

인원만 3천 명에 달하는 대규모 부대였고, 레드 드래곤에서 직접 관리하기 때문에 입대 조건도 아주 까다로웠다.

무엇보다 지원 물자도 풍부하다고 알려져 있었다.

그런 곳의 조장이라면 최소한 수백 단위의 플레이어들을 관리하는 자리다.

외부인을 곧바로 앉힌다는 것은 파격적인 인사였다.

그만큼 연우가 가져온 선물과 그의 실력을 높이 평가했다는 뜻.

연우로서도 높은 직급일수록 행동할 수 있는 범위가 넓어지기 때문에 대환영이었다.

'이곳에서 착실하게 단계를 밟아 위로 올라간다.'

위에 있을수록 기회는 많아질 테니까.

도무신이든, 리언트든, 바할이든…… 기회가 된다면 바로 잡을 생각이었다.

'눈먼 칼과 화살이 날아드는 곳이 전쟁터니까. 무슨 일이 벌어져도 이상하지 않겠지.'

그리고.

누군가에게 전장(戰場)은 긴장과 공포가 뒤따르는 곳일지 몰라도, 연우에게는 자기 집 안방처럼 편한 곳이었다.

20대의 절반을 험악한 전장에서 굴렀다.

온갖 이능과 마법으로 점철되었다고 해도, 전장은 전장. 연우에게는 크게 다르지 않았다.

도무신? 리언트? 바할?

그들이 아무리 뛰어난 랭커라고 하더라도. 연우는 전장에서만큼은 저들이 자신을 따라잡을 수 없을 거라고 자신하고 있었다.

그렇기에.

은밀하게 움직이면서 착실하게 저들의 숨통을 끊어 놓을 생각이었다.

'정우야. 조금만 기다려라. 빌드만으로는 심심하겠지? 다른 놈들도 곧 그리로 보내 주마.'

가장 먼저 잡을 녀석은 도무신. 그다음은 리언트. 마지막은 바할.

이미 순서도 확실하게 매겨 둔 상태.

그리고 그것을 위해 세세하게 짠 계획도 있었다.

지도는, 그것을 위한 첫 단계에 불과했다.

'저 여자가 걸리긴 하지만…… 아무래도 상관없겠지. 아니. 오히려 좋아. 판이 커지면 커질수록 더 혼란스러워질 테니까.'

연우의 눈이 예리하게 빛났다.

'하지만 그 전에 바할의 신임을 사는 게 우선이야.'

그러한 속내를 숨긴 채.

연우는 고개를 숙였다.

"최선을 다하겠습니다."

*　　*　　*

"미리 말해 두지만, 난 너희들을 믿지 않는다. 되도록 눈에 띄는 행동은 하지 않는 게 좋을 거야."

바할의 지시에 따라 연우 일행을 외인부대 2조로 안내하게 된 자는 자신을 앰버라고 밝혔다.

'화이트 드라고니안의 대장, 독부엉이 앰버.'

연우는 일기장에 적혀 있던 레드 드래곤의 계보를 되짚었다. 죽은 샤논의 상사이기도 한 사람.

때문에 앰버는 연우를 죽일 듯이 노려보고 있었다.

이렇게 만나게 된 것이 못내 짜증 난다는 듯. 하지만 기회가 주어진다면 가차 없이 수하의 복수를 하겠다는 의지가 물씬 풍겼다.

연우는 녀석 때문에 생활이 불편해지겠다는 생각이 들었다. 물론, 그 정도는 이미 감안하고 있어서 신경 쓰지도 않았지만.

앰버는 대꾸도 않는 연우를 노려보다가, 외인부대 2조가 머물고 있는 건물의 문을 발로 거세게 걷어찼다.

쾅!

문이 부서질 듯이 열렸다.

숫자는 대략 250명. 개인 시간을 즐기고 있었던지, 녀석들은 담배를 피우면서 도박을 하거나 칼을 갈고 있다 말고 그쪽으로 시선을 홱 돌렸다.

하나같이 사나운 기세가 느껴지는 녀석들이었다.

"오늘부터 너희들의 조장을 맡게 된 카인, 그리고 새로운 조원이 된 판트와 에도라다. 알아서 맞이하도록!"

앰버는 그 말만 남기고 연우를 노려보면서 몸을 돌려 홱 하고 사라졌다.

"조장?"

"안 그래도 오늘 누가 배치될 거라는 말은 들었었는데. 오긴 왔나 보네."

"그런데 처음 보는 얼굴이지 않아? 군영에 저런 사람이 있었나?"

"그런데 외뿔부족은 청화도 쪽에 있지 않았어? 이쪽으로 노선을 갈아타기라도 했나?"

조원들은 눈을 가늘게 좁히면서 연우와 판트, 에도라를 살폈다. 새롭게 온 조장과 조원들을 탐색해 보려는 것이다.

용병들의 기질은 대개 사납다. 한평생 거친 칼 밥만 먹고 살기 때문에 상대가 자신보다 고수인지 하수인지 판별하는 것을 가장 우선시했다.

그중에는 어여쁜 외모를 가진 에도라를 끈적끈적한 시선으로 바라보기도 했다.

에도라는 그런 녀석들이 마음에 들지 않아 고운 미간을 살짝 찌푸렸다.

하지만 연우는 녀석들의 시선에 아랑곳하지 않고, 실내를 가로지르면서 중앙으로 천천히 걸음을 옮겼다.

용병들의 시선도 자연스레 그쪽으로 향했다.

그러다 몇몇이 뭔가를 떠올린 듯 눈살을 가늘게 좁혔다.

"그런데. 저 가면, 혹시 독식자 아냐?"

"뭐?"

"맞는 것 같은데. 귀신같이 생긴 까만 가면이랑 갑옷. 거기다 같이 따라다니는 외뿔부족 남매. 딱 독식자 아냐?"

술렁거리기 시작한 입소문은 금세 용병들 사이로 퍼져나갔다. 그리고 그들은 모두 인상을 와락 찡그렸다.

대놓고 칼을 꺼내면서 살의를 드러내는 자들도 있었다.

사실 그들은 대부분 연우가 11층의 히든 피스를 독식할 때에 손해를 봤던 피해자들이었다.

그러다 말로만 듣던 연우가 직접 등장하자, 그때 겪었던 고생이 저절로 떠올랐던 것이다. 죽은 클랜 연합의 잔당들도 더러 섞여 있었다.

"형님. 못 보던 사이에 인기가 아주 많아지셨나 보우?"

판트는 그런 모습을 보면서 히죽 웃었다.

가면 아래 비치는 연우의 두 눈은 귀찮다는 투가 역력했다.

이런 일이 있을지도 모른다고 예상은 했었다지만, 그래도 귀찮은 건 귀찮은 거였다.

그때.

몇몇 용병들이 자리에서 일어났다. 도끼와 칼 따위를 든 채. 대놓고 살의를 드러내면서.

"이보쇼. 조장 나으리. 이야기 좀 나눴으면 좋겠는데?"

그들을 보면서.

판트가 뒤에서 어이없다는 듯이 고개를 절레절레 흔들었다.

"하여간. 자살 방법도 가지가지라니까."

에도라가 동의한다는 듯이 가만히 고개를 끄덕였다.

연우가 눈살을 살짝 찡그리면서 판트를 돌아봤다.

판트는 자신이 무슨 말을 했냐는 듯 고개를 슬쩍 옆으로 돌리면서 휘파람을 불었다.

연우는 속으로 혀를 차면서 일어난 용병들이 있는 쪽으로 시선을 돌렸다.

“무슨 대화를 나누고 싶다는 거지?”

귀찮음과 짜증이 잔뜩 묻어나는 질문.

용병들의 얼굴이 살짝 일그러졌다. 그들은 위협을 준답시고 날이 잔뜩 선 도끼를 보였다.

“행색을 보니까, 꼭 누구를 떠올리게 해서 말이지. 그리고 우리가 그 누구한테 쌓인 게 꽤 많거든. 그래서 조장 나으리의 정체를 묻고 싶은데. 통성명이나 나눌 수 있을까 싶어서.”

배배 꼬아서 말했지만, 정체를 밝히라는 의미였다.

연우는 더 이상 녀석들을 상대하는 게 귀찮게 느껴졌다. 팔짱을 끼면서 싸늘한 어투로 대답했다.

“너희들이 생각한 누구가 맞다면?”

“뭐?”

“독식자, 맞다고.”

“이 새끼가!”

용병들은 인상을 와락 일그러뜨리면서 연우에게 달려들었다. 크게 넓지 않은 건물이 금세 소란스러워졌다.

연우는 자세를 풀지 않고 뒤에 있던 판트를 불렀다.

“판트.”

“왜 그러우?”

“저것들, 치워.”

"형님 일을 내가 왜?"

"내가 귀찮으니까. 아니면? 내가 할까?"

"……하여간 인성하고는."

판트는 가볍게 투덜거리면서 앞으로 나섰다.

하지만 자세를 풀며 주먹을 꽉 쥐는 순간, 입가에는 포악한 미소가 걸렸다.

"뭐, 나도 참 심심하던 차여서 잘됐다 싶지만!"

콰앙—

판트는 재미난 놀잇거리를 찾았다는 듯이 앞으로 튀어 나갔다. 그리고 우악스러운 주먹을 거세게 휘둘렀다.

파직! 파지직!

주먹 끝에서 뇌기가 화려하게 튀어 올랐다. 청람가의 비기, 뇌정권이었다.

쿠르릉—

샛노란 뇌전과 시끄러운 굉음이 실내를 가득 메웠다. 그렇게 녀석들을 단숨에 쓸어버리려는 찰나.

"대신에 아무도 죽이지 말고."

"쳇!"

판트는 주먹을 날리다 말고 갑자기 뒤에 붙은 연우의 조건에 가볍게 혀를 찼다.

덕분에 튀어 오르던 뇌기가 현저하게 줄었지만, 그것만

으로도 위력은 충분했다.

쾅! 콰쾅!

판트는 손에 닿는 건 모조리 부숴 놓았다.

무기가 날아오면 그냥 맨손으로 잡아 부러뜨렸다. 몸이 날아오면 팔꿈치로 갈비뼈를 날려 버리고, 마법이 날아온다 싶으면 뇌전을 터뜨려서 통째로 지웠다.

"아아악!"

"으악! 이게 뭐야!"

부수고, 짓밟고, 부러뜨린다.

달려들었던 녀석들은 죄다 팔다리가 뒤로 접힌 채로 튕겨 났다. 바닥에는 녀석들의 피로 흥건했고, 공기는 먼지로 가득했다.

"내 팔! 내 파아알!"

"다리가! 다리! 아악!"

비명이 난무하는 가운데.

판트는 정말 물 만난 고기처럼 맘껏 뛰어놀았다.

째짹! 짹!

『주인! 주인! 나 저 덩치 마음에 들어!』

연우의 어깨 위에 올라탄 짹짹이는 재미있다면서 크게 지저귀어 댔다. 날개를 활짝 펼치면서 크게 웃어 댔다.

연우는 아주 잠깐 아직 사고관이 제대로 잡히지 않은 짹짹이에게 판트를 닮지 말라는 말을 해야 하나 싶다가, 갑자기 뒤에서 느껴지는 기척에 고개를 돌렸다.

"뒈져어엇!"

용케 기척을 숨기고 다가왔던 한 녀석이 칼을 크게 휘두르면서 달려들었다.

연우는 그쪽으로 손을 뻗지도 않았다.

대신에 짹짹이가 그쪽으로 부리를 열면서 소리를 빽 질렀다.

『저리 가!』

콰앙!

녀석 앞으로 갑자기 푸른색 불꽃이 튀어 오르면서 거친 폭발이 일어났다.

용병은 불길을 홀라당 뒤집어쓰면서 튕겨 나 벽을 부수고 바깥으로 날아가고 말았다.

『흥! 귀찮게 하고 있어!』

짹짹이는 날개로 팔짱을 끼면서 가볍게 콧방귀를 뀌었다. 두툼하게 부풀어 오른 새가슴이 귀여웠다.

에도라는 그런 짹짹이를 살짝 놀란 눈으로 바라봤다.

신수의 힘을 계승했다는 건 알고 있었지만, 벌써부터 이 정도의 강한 힘을 발휘할 줄은 몰랐다.

연우는 다시 안쪽으로 시선을 돌렸다.

이미 실내는 싸움이 끝나 있었다.

아니, 일방적인 폭행을 두고 싸움이라 할 수 있을까 싶었지만, 일단 상황은 끝난 상태였다.

바닥에는 팔다리가 부러진 플레이어 오십여 명이 앓는 소리를 내며 나뒹굴고 있었다.

남은 이백여 명은 벽 쪽에 잔뜩 떠밀린 채 두려움에 젖은 눈빛으로 판트를 바라보고 있는 중이었다.

"에이 씨. 손에 먼지만 묻었잖아."

판트는 가볍게 손을 털었다. 별것 아니라는 듯이. 그러다 덜덜 떨고 있는 녀석들을 돌아봤다.

녀석들은 전부 차마 시선을 마주치지 못하고 고개를 옆으로 돌렸다.

이미 기세는 완전히 꺾여 있었다. 아무도 판트가 주는 위압감을 거스르지 못했다.

하지만.

판트는 거기서 그칠 생각이 전혀 없었다. 한쪽 눈썹이 꿈틀거렸다.

"어쭈? 아직도 서 있어? 다들 대가리 안 박아?"

녀석들은 서로 눈치만 보면서 머뭇거렸다.

하지만 판트가 다시 뇌기를 끌어올리자, 너 나 할 것 없이 전부 지면에 머리를 박기 시작했다.

"너희들은 안 해?"

판트의 시선은 부상자에게도 예외가 없었다.

오히려 주제도 모르고 덤빈 놈들이기 때문에 더 거칠게 굴렀다.

끝까지 반항하는 녀석들도 있었지만, 두어 차례 더 잘근잘근 밟아 주자 더 이상 반항하지 않았다.

목이 부러지지 않은 이상, 예외는 없었다.

결국 방금 전까지만 해도 늑대 무리처럼 사나운 기세가 흐르던 실내는 전부 정리가 되고 말았다.

판트는 이제야 속이 좀 속 시원하다는 듯 콧방귀를 뀌었다.

왜 이렇게 꼭 두들겨 맞아야만 정신을 차리는 인간들이 많은 건지. 그게 참 의문이다 싶었다.

하지만 에도라는 조금 걱정 섞인 얼굴이 되었다.

"아, 저 화상……."

이들은 전부 앞으로 연우의 손발이 되어 줄 사람들이었다. 이래서야 부상 병동일 뿐. 기를 꺾었다고 해도 쓸모가 없으면 필요가 없을 뿐인데.

어떻게 의무대에 가서 포션이라도 받아 와야 하나 싶었는데.

갑자기 연우가 허공에다 손을 가볍게 흔들었다.

화르륵!

허공을 따라 사람 머리통만 한 크기의 푸른색 불꽃이 일어났다.

따뜻하고, 성스러운 기운이 느껴지는 불꽃. 성화였다.

에도라는 연우가 뭘 하려는 건지 알 수가 없어 고개를 갸웃거렸다.

그때, 연우가 성화에다가 가볍게 검지를 튕겼다. 그러자 성화가 수십 개로 분리되면서 부상자들에게로 날아들었다.

"어? 어어?"

"이, 이게 뭐야?"

녀석들은 갑자기 불꽃이 날아오자 움찔거렸지만, 곧 기분 좋게 체내로 들어오는 열기를 느끼고 깜짝 놀랐다.

찢어졌던 상처가 아물었다. 뒤틀렸던 뼈마디가 제자리를 찾고, 끔찍했던 고통이 말끔히 사라졌다.

몇몇은 지난 싸움에서 입었던 부상이 일부 낫거나, 독기가 해소되어 깜짝 놀라기도 했다.

물론, 모든 상처가 완전히 나을 정도로 완벽한 건 아니었다.

하지만 눈에 띌 정도로 빠른 회복력을 가져다준 것만 해도 놀라운 일이었다.

말로만 듣던 큐어나 리커버리가 이렇지 않을까. 하지만 그런 회복 마법들은 대부분 몸값 비싸기로 유명한 신관이

나 사제들에게서나 받을 수 있었다.

용병들은 멍한 시선으로 연우를 바라봤다. 판트와 에도라도 눈을 동그랗게 뜰 정도였다.

하지만 성화의 옵션인 '정화' 의 효능을 강화시켰을 뿐인 연우는 눈빛에 별 감흥이 없었다.

그저 묵묵히 할 일을 시킬 뿐.

"판트."

"예? 에?"

멍하니 묻는 판트에게.

연우는 머리를 박고 있는 놈들을 턱짓으로 가리켰다.

"저놈들, 한 놈도 남기지 말고 더 부러뜨려."

* * *

'아, 악마 새끼…… 아니, 악마보다 더한 새끼.'

'저건 인간도 아니야. 절대 아니라고!'

'씨발. 낫게 하고 부러뜨리고, 낫게 하고 부러뜨리고…… 저게 사람이냐고……!'

용병들은 억울했다. 울고 싶었지만, 속에 쌓인 말은 많았지만 차마 꺼내질 못했다. 앓는 소리조차 내지 못할 정도였다.

그들은 정말 몇 시간 동안 생지옥이란 게 뭔지 톡톡히 겪어야만 했다.

반항을 했던 놈들은 물론, 뒤로 빠져서 관망하려던 녀석들까지.

2조에 소속된 용병들이라면 한 명도 남김없이 팔다리가 부러졌다가 도로 붙는 끔찍한 경험을, 한 번도 아니고 몇 번씩 맛봐야만 했다.

연우는 그들의 비명이나 애원을 듣지 않았다.

그저 묵묵히. 마치 그게 당연하다는 듯이.

판트가 작업(?)을 마치면 성화를 뿌려 복구시키고, 다시 작업을 마치면 또 한 번 복구시키는 작업만 반복했다.

그걸 몇 차례 반복하다 보니 몇몇 용병들은 아예 맛이 가 버렸다.

하지만 성화는 정신도 똑바로 회복시켰다. 그들이 어디로도 도망칠 수 없게 꽁꽁 묶어 버린 것이다.

결국.

마지막까지 반항적인 눈빛을 보였던 자들도 한풀 꺾이고 말았다. 연우를 간 보려던 자들도 꼬리를 말아야만 했다.

이제는 연우의 눈조차 마주치지 못하고 벌벌 떨 정도로 두려워할 지경이었다.

"한 가지만 말하지. 난 말 잘 듣는 사냥개가 필요할 뿐이지, 주인을 무는 미친개는 필요 없다. 기회는 이번이 마지막이야."

"……."

"……."

250명의 용병들은 모두 입을 꾹 다물었다. 등골을 따라 오한이 스치면서 소름이 오소소 돋았다.

그리고 그제야 떠올릴 수 있었다.

클랜 연합들이 어떻게 죽어 나갔는지를.

수백 명에 달하던 플레이어들이 독식자 한 명을 잡으러 나섰다가, 안개 낀 숲에 사로잡혀 모두 돌아오지 못했다.

정보를 흘렸던 별빛 술집은 아예 초토화가 되어 뿌리가 뽑혔다는 말까지 있었다.

그런 독기를 지닌 자가 여태껏 그들을 살려 둔 건 단지 필요에 의해서일 뿐.

하지만 더 이상 그 필요가 없다면 가차 없이 내치겠다고 경고하는 것이다.

설사 레드 드래곤에 소속된 입장이라고 할지라도. 봐주지 않겠다는 뜻이겠지.

그리고.

연우는 그럴 만한 독기와 실력을 지니고 있었다.

꿀꺽.

용병들은 마른침을 삼켰다. 연우의 서늘한 눈빛이 다시 그들의 목을 옥죌 것 같아 자꾸만 고개가 아래로 조아려졌다.

'이제 골치 아프게 할 일은 없겠지.'

연우는 그런 용병들을 보면서 앞으로 충실한 사냥개가 될 거란 걸 알 수 있었다.

몇 번이고 요긴하게 쓰일 녀석들이었다.

살아서는 말 잘 듣는 사냥개로. 그리고 죽어서는 좋은 영양분이 될 망령으로.

그런 연우의 생각을 읽기라도 한 건지.

용병들은 무거운 공기를 버티지 못하고 자꾸 땅바닥만 쳐다봤다.

연우는 자리에서 일어나 뒷일을 전부 판트에게 맡겼다.

판트는 부족을 나와서도 왜 그런 귀찮을 일을 도맡아야 하냐면서 징징댔지만, 연우에게는 씨알도 먹히지 않았다.

딱 한마디만 던져 주면 그만이었으니까.

"싫으면 부족으로 돌아가든가."

"……젠장! 하면 되잖아요! 하면! 진짜 저 인성……!"

판트는 울며 겨자 먹기로 빽 소리를 질렀다. 그리고 몸이 회복된 용병들 쪽으로 고개를 홱 돌렸다.

조금이라도 더 화풀이를 해야 속이 풀릴 것 같았다.

용병들의 안색이 시퍼렇게 질렸다.

아아악!

* * *

“판트 오빠는 여기 와서도 고생이네요.”

“자기 팔자지.”

에도라는 판트의 절규가 들리는 건물을 슬쩍 돌아보다가 가볍게 웃었다.

부족의 경영이 너무 어려워서 도망치다시피 한 녀석에게, 다시 비슷한 일을 떠안기고 말았으니.

하지만 원래 친오빠의 고통은 본인에게는 한없이 큰 행복. 에도라의 입가에서는 웃음기가 떠나질 않았다.

그런 에도라를 보면서 연우도 따라 가볍게 웃었다.

그러다 문득 작전실에서 우연히 봤던 푸른색 머리칼의 여자가 떠올랐다.

단아해 보이지만 강한 힘을 품고 있던 여인. 그 힘은 연우에게도 제법 낯이 익은 기운이었다.

‘용종의 힘.’

용의 기운을 가진 자는 탑에서도 단 세 명밖에 없었다.

한 명은 정우였지만 죽었고, 다른 한 명은 용과 인간의 혼혈인 반인반룡(半人半龍)이었지만 실종된 지 오래였다.

그리고 남은 한 명은 레드 드래곤 내에 있었다.

그 여인이 바로 그자였다.

'여름여왕.'

연우의 눈이 깊게 가라앉았다.

'레드 드래곤의 수장이, 나타났단 말이지?'

*　*　*

"제법 괜찮은 애, 물었어?"

모두가 떠난 작전실에서.

푸른 머리칼을 가진 여인, 여름여왕은 화사하게 웃었다.

바할은 그런 그녀 앞에 한쪽 무릎을 꿇으면서 고개를 숙였다.

"저도 그 아이가 이런 귀중한 정보를 물어다 줄지는 미처 생각지도 못하고 있었습니다."

"흐흥."

여름여왕은 머리 끝자락을 검지로 빙빙 돌리면서 가볍게 콧노래를 흥얼거렸다.

방금 전에 라훌은 스테이지를 돌아다니고, 지도에 표시된 구역에서 청화도의 기척을 찾을 수 있었다는 보고를 올렸다.

지도가 틀리지 않았다는 뜻.

그 뒤로 간부들은 빠르게 움직였다.

각자가 한 곳을 도맡고, 그곳으로 무력 부대를 직접 이끌고 움직였다.

아마 지금쯤 새로운 역공이 시작됐을 것이다.

청화도 쪽도 갑작스러운 기습으로 많이 놀라겠지.

“관심이, 많으신 것 같습니다.”

“그 아이한테?”

“예.”

바할이 조심스레 고개를 끄덕이자, 여름여왕은 피식 웃을 수밖에 없었다.

“그럼. 그 능구렁이 같은 영감이 거둔 셋째라는데. 누가 관심을 안 가지겠어?”

여름여왕이 능구렁이라고 지칭할 수 있는 사람은 몇 없었다.

지금 가리킨 이는 무왕.

“그러니까 한번 잘 다뤄 봐. 재미있을 것 같으니까. 무슨 꿍꿍이도 있는 게 분명한 것 같고.”

“명심하겠습니다.”

바할은 깊숙하게 고개를 숙였다.

사실 그도 연우가 가져온 선물은 전혀 뜻밖이었다. 생각지도 못한 것이었으니까.

스승인 헤노바의 친인이라고 해서 관심을 가졌다가, 도중에 외뿔부족으로 돌아서며 청화도에 가담했다는 말을 듣고 화가 났었는데. 그런 화가 눈 녹듯이 사라졌다.

참 보면 볼수록 신기한 놈이었다. 여러모로.

“그보다. 리언트는?”

“여전히 골방에 틀어박혀 두문불출하고 있습니다. 검무신이 옆을 지키고 있으니, 조금 더 시간이 걸릴 듯합니다.”

리언트는 모르고 있었지만, 사실 그가 도망칠 수 있었던 건 바할이 일부러 놓아줬기 때문이었다.

‘돌’이 있는 곳으로 가게 하기 위해서.

언제든 위치를 파악할 수 있도록 따로 추적 장치를 붙여두기도 했다.

하지만 예상과 다르게 리언트는 돌이 있는 곳으로 움직이지 않았다.

그래서 지금은 위치만 계속 체크하고 있는 중이었다.

“짜증 나네. 역시. ‘돌’을 연구하고 있는 중인 거겠지?”

“그럴 것이라고 판단하고 있습니다. 아시다시피 최근에 도무신이 4대 신수들을 전부 정리한 것도, 돌의 연구 때문이 아닐까 하고 추측 중에 있습니다.”

“흠.”

"하지만 이대로는 완성이 될 때까지 돌을 꺼내지 않을 듯해서. 한 가지 미끼를 던지고자 합니다."

"미끼?"

그게 무슨 말이냐는 질문에, 바할은 자신이 구상한 계책을 늘어놓았다.

모든 내용을 듣고 난 뒤, 여름여왕은 가볍게 웃음을 터뜨렸다. 그리고 혓바닥으로 붉은 입술을 농염하게 훑었다.

"깜찍한 걸. 괜찮을 것 같아."

"감사합니다."

"보상으로. 내 발을 핥을 기회를 주지. 어때?"

"영광입니다."

여름여왕은 한쪽 발을 앞으로 내밀었다.

바할은 황홀한 표정을 지으며 천천히 그녀의 구두를 벗겨 발끝에 얼굴을 가져갔다. 향기로운 장미꽃 향기가 코끝에 풍겼다.

여름여왕은 그런 바할을 보면서 배배 꼬던 머리카락을 풀었다.

대신에 그녀는 손으로 머리끝을 매만졌다.

원래는 불타는 것 같은 화려한 적발(赤髮)이었지만, 지금은 차분하게 가라앉아 버린 청발.

이 머리는 그녀의 상징이자, 마력의 근간이었다. 하루라도 빨리 예전의 색을 되찾아야만 했다.

빌어먹을 헤븐윙 같으니. 죽은 녀석 때문에 자신이 이런 더러운 저층 구간까지 내려오는 수모를 겪고 있었다.

하지만.

그것도 이제는 얼마 남지 않은 듯했다.

"그래. 그러니 빨리 찾아 줘. 그 돌이란 것. 미완성이라도 좋으니까. 하루라도 빨리."

여름여왕의 눈빛이 깊게 가라앉았다.

"그게 있어야지만. 내 드래곤 하트를 복구할 수 있을 테니까."

Stage 19.
임무

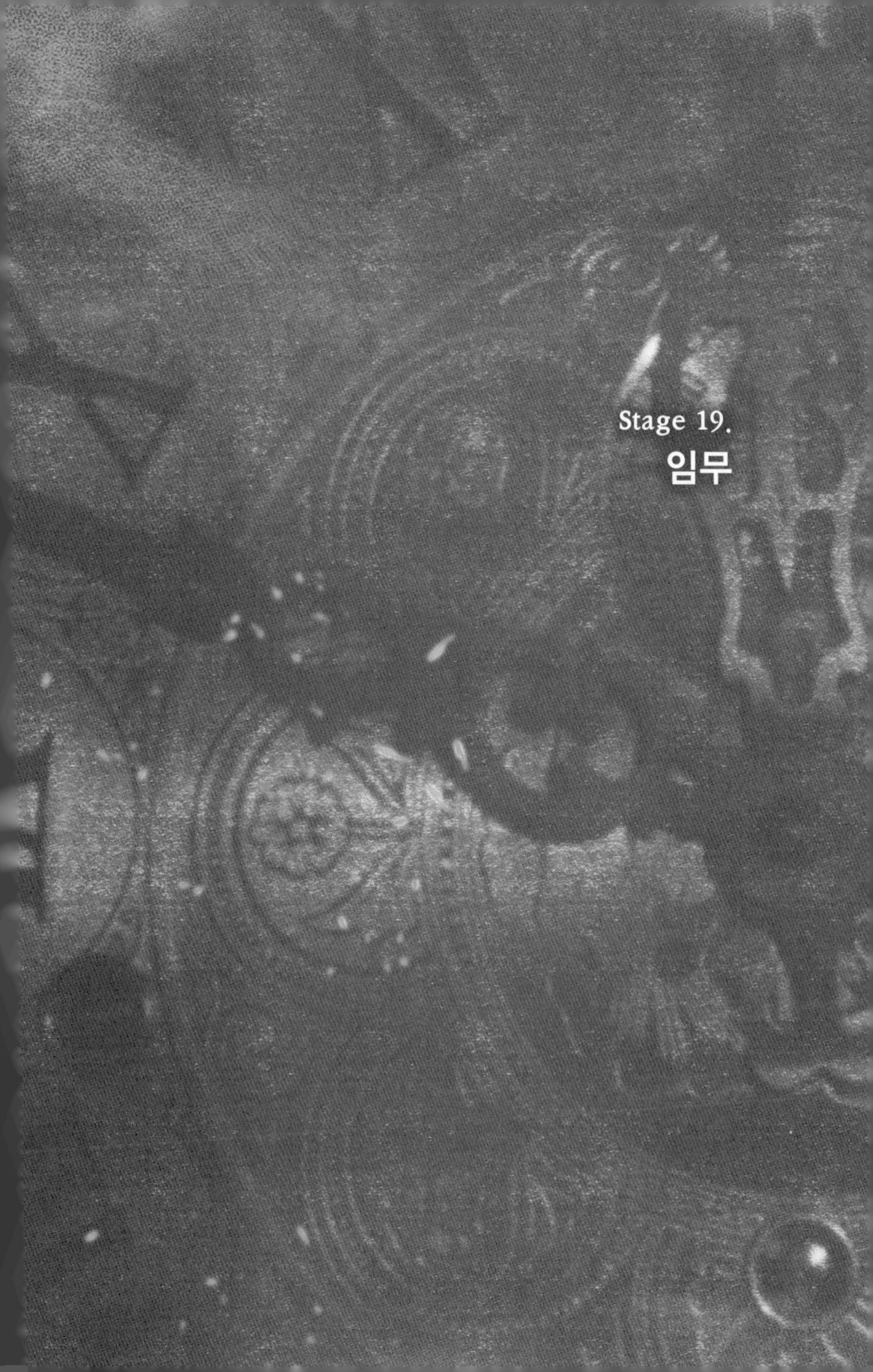

쾅!

"이게 대체 무슨 짓이오, 형님!"

창무신 플랑은 무왕이 머무는 방문을 거칠게 열었다.

그는 연우를 비롯해 판트와 에도라가 레드 드래곤으로 넘어갔다는 소식을 듣고 화가 머리끝까지 치민 상태였다.

거기다 청화도의 세밀한 정보까지 떠넘긴 건지, 레드 드래곤의 반격이 만만치 않아 꽤 많은 피해를 입어야만 했다.

창무신이 이끄는 신창단과 혈창단을 비롯한 여러 조직도 꽤 많은 피해를 입고 말았다.

그가 제자처럼 기르다시피 한 아이들이기 때문에. 분노

는 더 끓어오를 수밖에 없었다.

안에 있던 사람들의 시선이 전부 그쪽으로 향했다.

전부 창무신도 알고 있는 익숙한 얼굴들이었다.

장로들. 무왕은 뒷방 늙은이 취급을 한다지만, 사실 부족 내에서는 부족원들의 존경을 한 몸에 받는 사람들이었다.

"플랑, 이게 무슨 짓이지? 아무리 족장과 그대가 형제 사이라고 해도, 아니, 형제 사이이기 때문에 더 예의를 갖춰야 할 텐데? 이곳은 엄연한 공식 석상이다. 똑바로 자세 갖춰라."

그때, 안경 써서 학자 같은 인상을 주는 장로가 고개를 들었다.

대장로. 창무신이 어린 시절부터 유독 어려워했던 사람이었다. 아니, 깐깐한 성정 때문에 무왕을 제외하면 모두가 어려워했다.

무공 실력도 무왕에 못지않다고 알려져 있기 때문에, 창무신은 자기도 모르게 주춤거려야만 했다.

"아니지. 이미 이번 협약을 계기로, 그대의 왕족으로서의 직위를 모두 내놓게 되었으니. 청화도의 창무신으로서 대해야겠지. 창무신, 예의를 갖춰 주시오."

"……."

창무신은 아랫입술을 질끈 깨물었다.

분노에 눈이 멀어 자신이 어떤 처지인지를 아주 잠깐 잊고 말았으니까.

사실 외뿔부족이 오랜 기간의 은거를 깨고 세상 밖으로 나오게 된 것은, 창무신이 그들과 맺은 한 가지 맹세 때문이었다.

뿔의 맹세.

자신이 가진 뿔을 내놓겠다는 맹세.

본디 외뿔부족은 부족의 시조이자 그들이 모시는 신, 소호 금천에 대한 뛰어난 자긍심을 가지고 있었다.

소호 금천의 가호 덕분에 부족이 오랫동안 전성기를 누리고, 무공이라는 비전을 통해 탑에서 뛰어난 입지를 갖췄다고 여기고 있었기 때문이었다.

이 때문에, 부족 내에서는 소호 금천의 혈통을 타고난 직계 왕족들에 대한 존경심이 뛰어났다.

물론, 같이 지낼 때에는 계급 의식을 두지 않는 편이지만, 그래도 그 바닥에 존경심과 외경심이 같이 깔려 있었다.

그리고 왕족들도 그만큼 많은 의무가 지어져 행동에 많은 제약이 따랐다.

창무신도 마찬가지였다.

비록 무왕이 왕이 되면서 방계로 밀려나 제약이 많이 풀렸다지만, 그래도 왕의 친동생이라는 틀은 아주 견고하고 단단했다.

창무신은 이런 왕족으로서의 의무와 혜택을 모두 벗어 버리겠노라, 그리고 나아가 자랑스러운 외뿔부족의 이름을 내세우지 않겠노라고 선언했다.

그것이 바로 뿔의 맹세.

그리고 부족은 왕족의 뿔을 받는 만큼, 거기에 상응하는 대가를 내어 줘야만 했다.

그것이 외뿔부족이 지난 은거를 깨고 청화도의 편에 서게 된 이유였다.

하지만 아무리 그런 맹세와 의무가 있다고 해도, 외뿔부족으로서는 자의가 아닌 타의로 끌려 나온 것이나 마찬가지.

때문에 부족에서는 창무신을 고깝지 않게 보는 시선이 꽤 많은 편이었다.

또한, 그들로서는 자랑스러운 부족을 저버리고 다른 곳에 붙어먹은 작자인 것이니.

대장로도 바로 그런 사람 중 한 사람이었다.

창무신은 크게 숨을 골라 차분하게 마음을 가라앉혔다.

무왕은 가장 끄트머리에서 웃으며 그를 빤히 쳐다보고만 있을 뿐. 아무 말도 하지 않고 있었다.

창무신은 무왕이 자신을 도와주지 않으리라는 걸 깨달았다.

오래전의 기억이 어렴풋하게 떠오르는 것 같았다.

형제이기 앞서 세상에서 가장 존경하는 사람이었지만, 유쾌한 행동과 달리 속내는 도저히 알 수 없어 멀게만 느껴졌던 형.

그래서 창무신은 자신을 회유하는 검무신을 따라 세상으로 나와 청화도를 설립하게 되었다.

뿔의 맹세를 한 지금도 그때와 지금의 결정을 후회하지 않았다.

그렇기에.

창무신은 생각과 마음을 빠르게 다잡을 수 있었다.

"회의 중에 무례를 끼치게 되어 죄송하게 되었소. 하면, 청화도의 창무신으로서. 책임자로서. 무왕께 여쭐 것이 있소."

창무신의 목소리 끝이 살짝 갈라졌다.

"현재 스테이지 내에서 벌어지는 일들. 독식자와 판트, 에도라의 전향(轉向). 무왕께서는 알고 계시었소?"

무왕은 재미나다는 듯이 웃었다.

"알다마다. 내 제자와 자식들의 일을 모른다면 천치겠지."

창무신은 주먹을 꽉 쥐었다. 목에 핏대가 잔뜩 섰다.

"그런데 어떻게 그런 걸 방관할……!"

"내 맘."

"무슨!"

"내 맘이라고."

"……!"

창무신은 당장에라도 소리를 지를 것 같았다. 뻘겋게 충혈 된 두 눈이 무왕을 잔뜩 노려봤다.

하지만 창무신은 알고 있었다. 여기서 아무리 항의하고 따져 본다고 해도, 형에게는 씨알도 먹히지 않는다는 걸.

오히려 이 기회를 이용해서 다른 뭔가를 하려 하겠지.

무왕은 화를 억누르는 창무신이 조금 대견스럽다는 듯이 살짝 눈을 크게 떴다. 세월이 흐르면서 성질 급했던 동생도 철이 든 것이다.

"내 제자와 자식의 일은 우리들이 알아서 할 문제다. 청화도에 피해가 간 것이 유감이긴 하지만…… 그들의 일탈은 우리들 선에서 해결해야 할 일이지, 너희들이 해결할 일은 아닐 텐데?"

"……."

"그리고 우리 부족은 개개인의 일탈에 대해서는 일절 참견하지 않아. 개인의 행동은 개인의 책임이지, 부족이 책임질 필요는 없지."

창무신은 잠깐 아무 말도 하지 않았다. 무왕은 과거 검무신과 네가 일족을 떠나간 것도 지금과 다르지 않다고 말하고 있었다.

하지만 그 말이 주는 다른 의미도 알고 있었다.

창무신의 눈이 날카롭게 번뜩였다.

"……그 뜻은, 그 아이들을 맞닥뜨렸을 때 우리들의 손으로 죽여도 된다는 뜻이오?"

"말했지만, 그들의 행동은 그들이 책임질 몫. 우리는 일절 관여하지 않아."

"그 말, 달라지지 않으리라 믿겠소."

창무신은 무왕을 한 차례 쏘아보고, 몸을 돌려 집무실을 빠져나갔다.

쾅!

문을 닫는 손길에 힘이 가득 실려 건물이 살짝 떨렸다.

무왕은 그런 동생의 뒷모습을 보면서 피식 웃었다.

"하여간. 철이 좀 들었나 싶었더니. 여전히 저 성질머리는 어떻게 못 한단 말이지."

장로들 사이에는 잠시 말이 없었다. 대장로가 안경을 고쳐 쓰면서 무왕에게 물었다.

"플랑의 일은 그렇다 치고. 족장, 정말 카인과 판트, 에도라의 일은 이대로 둘 생각인가?"

장이 처참하게 망가진 이후로. 판트는 계속 왕 후보로서 두각을 드러내는 중이었다. 쿠람 공략 때에도 꽤 많은 발전을 보여 장로들의 긍정적인 판단을 끌어냈다.

하지만 갑자기 적대 진영으로 넘어가니 걱정이 든 것이다. 차대 왕의 선출에 대해서도 영향력이 큰 대장로로서는 생각이 많아질 수밖에 없는 사안이었다.

그러나.

무왕의 대답은 한결같았다.

"규율은 바뀌지 않아, 영감."

"흠."

대장로는 눈을 가늘게 좁히면서 무왕을 빤히 쳐다봤다. 그러다 피식 웃음을 흘렸다.

"좀 더 고행을 겪어 봐야, 왕으로서의 그릇이 만들어진다. 그렇게 보고 있는 것이로군."

무왕은 여전히 속을 알 수 없는 미소를 짓기만 할 따름이었다.

하지만 대장로는 그것으로도 충분했다. 말을 하지 않아도 무왕의 심중을 파악할 수 있었으니.

"알았네. 족장의 뜻대로, 여기에 대해서는 더 이상 언급하지 않도록 하지. 그럼 다음 사안으로 넘어가세. 이후 레드 드래곤과의 충돌에 관한 것이네만……."

그들의 차기 행보에 대한 회의가 다시 이어졌다.

* * *

“우측으로. 일보(一步).”

우르르—

“좌측으로. 검.”

촤촤촥!

“다시 회전.”

팔짱을 낀 판트의 명령에 따라 용병들이 일사불란하게 움직였다.

250명이 일제히 자로 잰 듯이 오와 열을 맞춰서 빠르고 깔끔하게 움직이는 그들의 모습은 보는 사람들 하여금 감탄을 저절로 부를 정도였다.

같이 연무장을 쓰고 있던 외인부대 내 다른 용병들도 길을 지나다가, 신기한 눈으로 그들을 바라볼 정도였다.

용병이란 원래 자기들 입맛대로 사는 존재. 외인부대라는 틀 안에 갇혀 있어도, 어느 정도 자율을 추구할 수밖에 없었다.

하지만 그들은 단 며칠 사이에 전혀 다른 사람이 되어 있었다. 기강과 군율이 단단하게 잡혀 눈빛도 또렷했다.

하지만 정작 그들을 지휘하는 판트는 뭐가 그렇게 마음에 들지 않았는지 눈살을 미미하게 찌푸렸다.

"똑바로 안 해? 한 번 더 구르고 싶어? 다시 사선으로. 찌르기."

으아악!

아악!

용병들은 기겁을 하면서 더 세게 악을 질렀다. 앞으로 찌르는 무기에 힘과 박력이 잔뜩 실렸다.

그리고.

그들이 한눈에 내려다보이는 곳에. 연우와 에도라가 나란히 앉아 있었다.

다만, 용병들의 훈련을 지켜보는 건 에도라뿐. 연우는 조용히 책자를 들여다보고 있었다.

"나흘 정도만 구른 것치고는 그래도 제법 그럴듯해진 것 같아요."

그러다 연우는 에도라가 툭 던진 말에 잠시 책자에서 눈을 떼고 고개를 들었다.

그는 용마안으로 잠깐 판트와 2조의 훈련을 살펴보고, 고개를 크게 끄덕였다.

"확실히. 쓸 만해졌어."

판트가 2조에게 가르치는 전술 대형은 사실 외뿔부족에서 하급 전사들에게 가르친다는 '팔진도(八陣圖)'를 살짝 비튼 검진(劍陣)이었다.

검진은 각 상황에 맞는 전사들의 여러 대처 방안과 행군, 숙영 및 군사 배치를 비롯한 작전 방안을 넓게 포함하는 진법의 한 분야였다.

팔진도는 그중 대표적인 검진으로, 빠른 습득이 가능하고 일사불란한 행동이 가능했다.

특히 갖가지 일이 벌어지는 혼란스러운 전장에서 가장 효과가 좋았다.

그래서 특별히 부탁해서 판트더러 2조에게 가르쳐 보라고 했었는데.

생각했던 것보다 훨씬 효과가 좋은 것 같았다.

'저 녀석, 급한 성질머리만 고치면 누군가를 가르치는 데 재능이 있어. 아니, 정확하게는 남들을 이끄는 힘이라고 해야 하나.'

연우는 어렴풋하게나마 왜 판트가 외뿔부족 내에서 왕의 후보로 불리는지를 알 것 같았다.

처음에는 저렇게 단순하고 과격한 녀석이 무슨 일족의 왕이 될 수 있을까 싶었는데.

판트는 그런 단점을 모두 상쇄하고도 남을 만큼 강한 장점을 보유하고 있었다.

카리스마와 리더십. 자신을 따르는 자들을 은연중에 휘어잡는 힘과 패기가 있었다.

연우도 아프리카에서 머물 때 부대를 이끌어 봤기 때문에 판트의 재능을 단번에 알아볼 수 있었다.

저런 건 누군가가 가르친다고 해서 쉽게 익힐 수 있는 게 아니었다.

무왕의 자식으로 태어나, 오랫동안 왕족으로서의 규율과 의무를 공부하고, 스스로에 대한 자긍심과 자부심이 뛰어났기에 가질 수 있는 것이었다.

스스로에 대한 확신이 뛰어난 자만이 누군가를 이끌 수 있을 테니. 어쩌면 판트의 단순한 면모는 그런 면에서 아주 좋은 것인지도 몰랐다.

'앞으로도 계속 마음 놓고 맡겨도 되겠는걸.'

연우는 레드 드래곤에 머무는 동안 2조에 대한 권한은 모두 판트에게 떠넘기면 되겠다 싶었다.

판트가 알게 된다면 진절머리를 치겠지만. 물론, 거절한다면 곧바로 쿠람으로 내쫓아 버릴 생각이었다.

연우는 점점 더 정교해지는 2조의 훈련을 좀 더 지켜보다가, 다시 책자 쪽으로 시선을 내렸다.

에도라가 옆으로 슬쩍 다가왔다.

"그런데 아까 전부터 뭘 그렇게 보고 계세요?"

"팔극권 중권."

에도라의 눈이 살짝 커졌다. 연우가 팔극권의 상권을 전부 익혔다는 건 알고 있었지만, 중권과 하권까지 무왕으로부터 받았을 줄은 생각도 못 했다.

그만큼 연우가 무왕에게 신임을 받고 있다는 증거이기도 했기 때문에. 에도라는 자기 일도 아닌데 왠지 모르게 뿌듯했다.

"그런가요? 그런데 중권부터는 오라버니께도 조금 어려운가 보네요. 4일이나 지났는데도 아직까지 중권을 보고 계시다니."

에도라는 괴물 같던 연우에게도 사람 같은 면모가 있다는 사실에 살짝 웃었다.

팔극권은 무왕이 만든 여러 무공 중에서도 최상위에 위치한다.

3개로 분할할 만큼 초식의 수도 방대하고, 뒤로 갈수록 너무 복잡해지기 때문에 형태를 외우는 데에도 상당한 시간을 필요로 했다.

거기다 이것을 '이해'까지 하려면 족히 몇 년은 필요로 할 정도였다.

장로들 중에도 팔극권을 붙잡다시피 하면서도 다 이해하지 못한 사람들이 더러 있을 정도였으니.

연우도 그런 것 같았다.

확실히 진도가 비정상적으로 빠르다고 해도 이제 무공에

갓 입문했으니. 시간이 걸릴 수밖에 없겠다는 생각이 들었다.

그러면서 한편으로는 에도라는 자신이 도와줄 거리가 생겼다는 사실이 조금 기뻤다.

그녀는 이미 오래전에 팔극권을 모두 익혀 둔 상태. 무왕이 조언을 하지 말라는 말도 남기지 않았으니, 당분간 연우의 옆에서 충분히 도와줄 수 있을 듯싶었다.

이왕이면 단둘이서. 오붓하게.

하지만.

"아니. 형태는 외웠고, 구결의 내용도 조금씩 파악하고 있는 중이야. 다만, 제대로 이해한 게 맞나 싶어서. 놓친 게 있지 않을까 해서 되짚어 보는 거지."

"……!"

에도라는 자신의 예측이 정확하게 빗나갔다는 사실에 경악했다. 이제는 연우가 괴물처럼 보였다.

'그걸…… 다 익혔다고?'

팔극권의 중권과 하권은 각각 32, 16개의 초식으로 구성되어 있으며, 뒤로 갈수록 복잡함과 정교함은 상권과 비교도 할 수 없을 정도였다.

그런데 단 나흘 만에 그걸 다 외워?

거기다 아리송한 종교 경전 같은 내용들을 파악하고 있기까지 하다고?

그러다 에도라는 연우가 이전에도 단 나흘 만에 무공을 뚝딱하고 만든 괴물이라는 사실을 떠올릴 수 있었다.

몇 번씩 비슷한 광경을 보고도, 도저히 적응이 되질 않았다.

'우리 판트 오빠, 또 머리 쥐어뜯으면서 좌절하겠네.'

에도라는 왠지 이 사실을 알게 되었을 때의 판트 모습이 떠오르는 것 같아 고개를 절레절레 흔들었다.

하지만 그녀가 놓치고 있는 점이 딱 한 가지 있었다.

그녀의 생각과 다르게, 연우는 정확하게 팔극권을 파악하는 게 아니라, 낱낱이 분해해서 천익기공과 뒤섞고 있는 중이라는 것.

'팔극권 그 자체도 뛰어난 무공이지만. 그래도 연원이 다르니 마력회로와는 궤를 달리할 수밖에 없어. 여기에 맞추려면 어느 정도 개작(改作)이 필요해.'

이런 건 팔극권의 내용을 전반적으로 '이해'를 해야만 가능한 일이었기에. 더더욱 놀라울 수밖에 없었다.

하지만 연우에게는 이런 게 아주 당연한 일이었다.

용종의 특성인 '용의 지식'의 도움을 받고 있는 데다가, 용마안이 비치는 결을 따라 재조립을 하는 것이니. 맞춰 놓은 순서를 차근차근히 밟는 것과 같았다.

하지만 그것만 해도 집념과 의지, 그리고 명석한 오성이 없으면 해낼 수가 없을 만큼 대단한 일.

덕분에 연우는 최근에 같은 내용의 메시지를 계속 보고 있었다.

[98층의 여러 신과 악마들이 당신을 신기한 눈으로 관찰하고 있습니다.]

[몇몇 신과 악마들이 당신에게 흥미를 가지고 논의를 나누고 있습니다.]

[헤르메스가 흐뭇한 미소로 당신을 바라봅니다.]

98층이 신과 악마들이 자신을 관찰한다는 내용.

그중에는 익숙한 이름도 있었다.

'헤르메스라.'

연우는 올림포스의 보고에서 만났던 헤르메스를 떠올리다가 고개를 털었다.

처음에는 98층의 관심이 조금 신기하기도 했지만, 이제는 귀찮을 따름이었다.

지금은 그런 것보다 팔극권의 남은 부분들을 완전히 자신의 것으로 삼는 게 더 중요했다.

그래서 책자에 집중하려는데.

"오, 생각보다 꽤 잘 지내고 있군그래."

연우는 근처에서 느껴지는 기척에 책자를 접고, 그쪽으

로 고개를 돌렸다.

익숙한 기척. 바할이 흐뭇하게 웃으면서 연우와 2조의 훈련을 바라보고 있었다.

이미 주변은 총사령관의 갑작스러운 등장으로 난리가 난 상태였다.

용병들이 허리를 빳빳하게 세우고, 조장들이 다급하게 뛰어나와 인사를 하려 했다.

하지만 바할은 신경 쓰지 말라는 듯 손을 뻗어 그들을 제지하고, 다시 연우 쪽으로 시선을 돌렸다.

"용병들을 한껏 잘 휘어잡았다더니. 생각보다 잘 적응하고 있는 것 같아 다행이야."

"감사합니다."

"그래. 어떤가? 작전, 곧바로 뛸 수 있겠나?"

연우의 눈가에 이채가 어렸다.

그동안 부대를 휘어잡을 시간을 내어 줬으니, 이제 슬슬 움직이라는 명령이었다.

그리고 그것은.

'이제 슬슬 본격적으로 움직이란 뜻이지.'

슬슬 계획을 실행할 때였다.

연우는 속내를 전혀 내비치는 기색 없이, 당연하다는 듯이 고개를 끄덕였다.

"언제든 움직일 수 있습니다."

"잘됐군. 하면 자네가 비밀리에 다녀올 곳이 있……."

"그 전에 사실 한 가지 말씀드릴 것이 있습니다."

바할은 감히 자신의 말허리를 자른 연우에게 화를 내기보다는 호기심을 드러냈다.

그가 봤을 때, 연우는 여러모로 그에게 신기한 것을 많이 가져다주는 복덩이였으니까.

이번에는 또 무엇을 꺼낼지 궁금했다.

"음? 뭔가?"

연우가 천천히 입을 열었다.

"혹시 16층에 도무신의 아들이 머물고 있다는 사실, 알고 계십니까?"

"……!"

바할의 눈이 커졌다.

"도무신에게 아들이 있다고?"

전혀 생각지도 못한 말을 들은 바할은 잠시 침묵을 지키다, 천천히 입을 열었다.

살짝 찡그린 눈매에는 도무지 믿을 수 없다는 불신이 어려 있었다.

그도 그럴 것이, 도무신에게 가정이 있다는 말은 전혀 알려져 있지 않았다.

도무신은 청화도 내에서도 가장 무인의 표본이라고 불릴 정도로, 칼에만 미쳐 있는 플레이어였다.

9자루의 칼이 담긴 철함을 질질 끌고 다니면서, 유명하다고 알려진 고수를 만나 싸움을 요청하고, 그렇게 여러 전장을 전전하면서 오로지 강해지는 것에만 몰두한다는 자.

때문에 도무신은 한평생 여자도 가까이 두지 않기로 유명했다.

그런데 자식이 있다고?

"혹시 도무신이 언제부턴가 마력 부족으로 고생을 한다는 것, 알고 계십니까?"

바할의 눈이 살짝 커졌다.

도무신이 최근에 마력 부족으로 싸움을 길게 끌지 못한다는 사실은 몇몇 고위 간부만 파악하고 있던 것.

언제나 화려하게 펼치던 9자루의 칼도 언제부턴가 7개 아래로 줄여서 쓰기 시작했고, 깔끔하고 정교하기로 유명한 싸움도 어지러운 난투에 가까워졌다.

다른 클랜들은 도무신이 혹시 수련을 하던 중에 마력 폭주를 겪어 몸이 망가진 게 아닐까 하고 추측을 하고 있었는데.

"그게 숨겨진 자식과 관련이 있다는 건가?"

"예."

연우는 고개를 끄덕이면서 말을 이어나갔다.

"도무신의 아들은 난산으로 태어났습니다."

"난산?"

"예. 때문에 여덟 달도 못 채우고 태어나 선천적으로 몸이 좋질 않다고 합니다."

"흠. 하지만 도무신쯤 되면 어떻게라도 엘릭서나 암브로시아를 구했을……."

"마력을 쌓을 수 없는 몸이라고 합니다."

"쯧. 그런."

그냥 평범한 일반적 환경이라면 모를까.

마력이 신체의 일부처럼 여겨지는 탑의 출신이 마력을 다룰 수 없다는 건 치명적인 장애나 다름없었다.

그런 건 아무리 뛰어난 신약을 가져다준다고 해도, 어떻게 치료할 수 있는 게 아니었다.

"거기다 체력적으로도 좋질 않아서 위험한 고비를 간신히 넘긴 적이 많다고 합니다. 게다가 도무신에게는 적이 많기도 하니……."

"어떻게든 숨겨야 했겠지. 그러면서도 치료도 병행해야 할 테고. 푸핫!"

바할은 뒤 내용은 보지 않아도 뻔하다는 듯, 크게 웃음을 터뜨리면서 손으로 무릎을 쳤다.

도무신은 청화도에 들어가기에 앞서, 비무행을 다니면서 사이가 좋지 않은 랭커나 클랜이 많았다.

만약 도무신의 아들이 아프다고 소문이 난다면.

곳곳에서 이리 떼처럼 달려들 게 분명하다.

그래서 도무신이 택한 곳이 바로 16층.

16층에는 '앉은뱅이 세 여신'의 신전이 있다.

다리가 있어도 걷지 못해 언제나 제자리에만 있어야 한다는 세 명의 여신. 하지만 덕분에 사람의 운명을 점칠 수 있는 능력을 깨달아 많은 플레이어들이 신봉하기로 유명했다.

그리고 신전은 신관과 사제들의 치료 행위로도 유명한 곳. 또한, 싸움이 일체 불허가 되는 신성한 장소였다.

그러니 도무신이 아들을 맡기기엔 최적의 장소였다.

"그리고 아들의 질병을 치료하기 위한 방편으로 자신의 마력을 계속 뽑아내고 있다…… 그렇게 받아들이면 되겠지?"

"제가 알고 있는 내용은 그렇습니다."

바할은 그럴 거라는 듯 고개를 크게 끄덕였다.

확실히 필요 이상의 마력을 주기적으로 계속 뽑고 있다면. 많은 마력의 운용을 필요로 하는 기존 싸움법과 맞지 않을 수밖에 없었다.

'그리고 그건 도무신이 4대 신수를 사냥하기 위해 나선 이유이기도 하겠지. 청화도에서 그에게 내단과 심장을 전부 내어 준다고 했다면, 거절할 이유가 없을 테니까.'

연우는 두 눈이 깊게 가라앉았다.

'그리고 녀석이 삼킨 피닉스의 내단과 심장. 어떻게든 되찾아야 해.'

연우는 되찾은 피닉스의 내단과 심장을 짹짹이에게 넘겨줄 생각이었다.

남은 다른 신수들의 내단과 심장은 자신이 삼킬 생각이었고.

이미 도무신이 전부 먹어 소화까지 했을 게 분명했지만. 되찾을 방법은 있었다.

연우는 주먹을 꽉 쥐었다.

사실 이런 정보들은 일기장에 적혀 있던 내용이었다.

동생은 개인적으로 청화도의 약점을 캐내던 차에 우연찮게 수집할 수 있었다고 했다. 다만, 당시 아르티야의 내분으로 이 정보들은 제대로 활용하지 못했다고 했다.

이제는 다르겠지만.

짹짹이는 눈앞에서 어머니가 자신을 구하려다 다치는 것을 봐야만 했다. 도무신에게도 똑같이 아픔을 되돌려줄 생각이었다.

"음. 확실히 구미가 당기는 정보이긴 해. 한데, 정보의 출처는?"

"외뿔부족에 있으면서 알았던 정보입니다."

적당히 둘러댔다.

"함정일 수도 있겠어."

"하지만 아닐 수도 있습니다."

"아니. 오히려 함정일 가능성이 크지. 자네가 의도했건 안 했건 간에……."

"역정보일 수도 있고, 아니면 제가 말로 쓰이는 것일 수도 있다는 것 잘 알고 있습니다."

바할은 쓰게 웃었다.

"굳이 그렇게 대놓고 말하니. 조금 미안하군. 하지만 우리들 입장도 생각해 주게."

청화도의 군영 배치도를 가져와 연우가 신임을 샀다지만, 여전히 연우를 의심하는 눈길은 많았다.

만약 그것이 큰 함정을 파기 위한 밑그림이었다면. 16층에서 랭커들을 끌어들이려는 수작이라면 위험해질 수 있었다.

그렇기에.

"그러니 제가 다녀오겠습니다."

연우는 자신이 움직일 명분을 만들 수 있었다.

"자네가 자처해서?"

"예. 2조와 함께 다녀오겠습니다. 그렇다면 설사 함정이라고 해도, 레드 드래곤에게는 절대 손해가 아니지 않습니까?"

바할은 고개를 끄덕였다.

확실히 연우는 외부 인사이고, 외인부대는 언제든지 채워 놓을 수 있는 용병 집단에 불과했다.

얼마든지 써먹고 버릴 수 있는 패라는 뜻.

그걸 자처해서 이야기한다.

바할은 가려운 곳을 확실히 긁어 주는 연우를 보고 있으려니 자꾸 웃음이 나왔다.

"만약 이 정보가 사실이라면. 자네는 자네를 보는 의심의 눈들을 걷어차고, 앞으로 승승장구를 할 수 있겠군."

"그런 마음이 없다는 말씀은 드리지 않겠습니다. 다만, 이 작전을 '지시' 하신 바할 님께는 큰 공이 되리라 자부합니다."

바할은 흡족하게 고개를 끄덕였다.

이 작전의 공을 전부 자신에게 넘겨주겠다는 뜻이니까. 대신에 연우는 확실하게 그의 우산 아래에 들어갈 수 있을 것이다.

"한 달 전에 봤을 때에는 절대 누군가 밑에 안 들어갈 것처럼 굴더니."

“세상은 많이 추운 곳이라는 사실을, 이번에 뼈저리게 느꼈습니다.”

“잘 생각했어. 추울 때는 따뜻한 곳에 있어야지. 그리고 앞으로도 자네 앞에는 봄날이 가득할 거야.”

“그 말씀, 잊지 않겠습니다.”

연우는 고개를 숙이면서 생각했다.

‘따뜻한 봄날이라.’

입술 끝이 비틀어졌다.

‘글쎄. 당신에게 앞으로 그런 날이 있을까?’

다행히 가면을 쓰고 있어, 그의 비웃음은 바할에게 보이지 않았다.

*　　*　　*

2조에 소집령이 떨어졌다.

“임무? 벌써?”

“바할 님과 직접 대면을 했다더라고. 대단하지? 일개 조장이 총사령관과 일대일 대면이라니.”

“그만큼 신임을 받고 있다는 뜻이겠지만, 또 그만큼 위험하지 않으려나. 위험 수당이나 두둑하게 챙겨 줬으면 좋겠는데 말이지.”

2조의 용병들은 저마다 이런저런 이야기를 나누면서 이동을 하다가, 서서히 연무장에 가까워지자 말이 없어졌다.

저 멀리 판트가 보였다.

그들의 눈에는 저승사자가 팔짱을 끼면서 어서 오라고 인사를 하는 것처럼 보였다.

250명 전원의 대열이 정비되고, 사람들이 한자리에 모였다.

용병 집단답지 않게 엄격한 군율과 기강이 잡혀 있어 마치 잘 정련된 군대를 보는 것 같았다.

"임무가 떨어졌다."

연우는 그 자리에서 자신이 맡게 된 임무를 설명하기 시작했다.

물론, 도무신의 아들을 잡으러 간다는 건 정보가 새어 나갈 수 있는 사안.

그래서 비밀리에 16층에 위치한 레드 드래곤의 조직을 습격하는 게 임무라고 밝혔다.

용병들은 갑작스러운 이동에 조금 어리둥절한 표정이었지만, 이유를 묻는 사람은 없었다.

임무에 있어 그런 걸 판단하는 건 수뇌의 몫. 용병은 그저 주어진 급료만큼 일만 깨끗하게 처리하면 그만이었다.

그리고 그들은 외인부대에 채용될 정도로, 업계에서 신용도와 실력을 함께 겸비한다고 알려진 자들이었다.

다만, 여기서 연우는 12층으로 올라가기 전에 한 가지 신신당부를 했다.

"다만, 그 전에 한 가지 말해 둘 게 있다."

"……?"

"……?"

모두의 시선이 연우에게로 쏠렸다. 의문 가득한 시선.

"아직 내가 16층까지 시련을 마치지 못했다는 점이다."

"……!"

"……!"

"그러니 15층까지 시련을 빨리 끝내면서 이동할 테니, 그렇게 알고 있도록."

용병들은 저마다 얼빠진 표정이 되었다.

'뭐? 그, 그럼 소문이 지, 진짜였단 말이야?'

'30층이나 40층이 아니라?'

'그게 말이 돼……?'

분명히 연우가 11층의 플레이어라는 말은 있었다.

하지만 다들 그걸 헛소문으로 취급하는 편이었다.

어느 누구도 세미 랭커를 이겼다는 실력자가 그런 저층 구간에 있을 거라고 생각할 수는 없을 테니.

그런데 그 소문이 진실이라는 것을 알게 되니 놀란 것이다.

하지만.

연우는 용병들의 믿기지 않아 하는 표정을 무시하면서 티켓을 찢어 포탈을 열었다.

[12층으로 올라가시겠습니까?]

"그럼 다녀올 테니, 잠시 기다리고 있어."

연우는 판트와 에도라에게 짧게 인사했다.

아직 11층의 시련을 끝내지 못한 두 사람은 조금 불만 섞인 표정이었지만, 어쩔 수 없다는 듯 결국 고개를 끄덕였다.

그렇게.

발밑으로 깔린 푸른색 포탈을 타고 연우와 2조는 모두 12층으로 이동했다.

* * *

[이곳은 12층, 방랑하는 자의 관입니다.]

화아악—

빛무리와 함께 연우와 외인부대 2조는 드넓은 초원 지대에 모습을 드러냈다.

대지는 지평선이 끝없이 넓게 펼쳐져 흔한 구릉도 보이지 않았고, 지면은 거북이 등껍질처럼 모두 갈라져 있어 삭막한 환경을 훤히 드러냈다.

주변에 보이는 것이라고는 말라비틀어진 작은 나무들이 전부.

갈라진 땅의 균열 사이로 벌레나 전갈들이 이따금 모습을 드러내는 게 전부였다.

[12층의 시련을 시작합니다.]

[시련: 탑을 오르고자 하는 도전자여. 그대는 앞으로 층계를 오르는 데 있어 수많은 우여곡절을 겪을 것입니다. 그러한 우여곡절 속에는 망설임도 있을 것이고, 희생도 있을 것이지만, 반대로 기쁨과 희망도 따를 것입니다.

그리고 그것은 이곳에 위치한 대사막도 똑같습니다.

수백이 메말라 풀 한 포기 자라지 않고, 오로지 가뭄과 죽음만 가득한 이곳은 오랫동안 정처 없이 방랑만 일삼는 자들로 가득 차 버린 죽음의 세계가 되었습니다.

그러한 죽음의 세계를 오로지 자신의 힘만으로 건너십시오. 대사막을 건널 수 있는 의지와 힘만 있다면, 어떤 우여곡절 속에서도 중심을 잡아 방랑을 멈출 수 있을 것입니다.]

"……후우. 또 이곳에 오게 될 줄은."

"다시는 오고 싶지 않았는데."

"미칠 노릇이군."

2조의 용병들은 끝없이 펼쳐진 평원을 보면서 하나같이 인상을 찡그렸다.

11층은 수많은 층계 중에서도 가장 살기가 편한 곳으로 알려져 있는 곳.

그런 곳에 익숙해진 상태에서 12층에 도착하면 보통 괴로워하기 마련이었다.

'11층과 차이가 너무 크니까.'

12층은 생존이 아주 팍팍하다고 알려져 있었다.

메시지에 표시되어 있는 것처럼 수맥은 이미 메마른 지 오래라 풀 한 포기 자라지 않는다.

당연히 식수는 구할 수 없다.

식량도 마찬가지.

말라비틀어진 나무 조각 따위를 씹거나, 간혹 돌아다니

는 곤충과 전갈 따위를 잡아서 먹을 수 있다면 사치를 부리는 수준이라고 할 수 있었다.

어떻게 보면 튜토리얼의 F구획과 여러모로 비슷하다고도 할 수 있었다.

하지만 가시 두더지라는 비밀을 알아낼 수 있으면 충분히 버틸 수 있고, 또 때에 따라서는 도전을 포기할 수 있는 F구획과 다르게 12층은 그런 편의로 제공되는 게 일절 없었다.

그냥 대사막을 건너야 했다.

방향은 남쪽. 언제나 하늘에 단단히 고정되어 이정표가 되어 주는 뜨거운 태양이 전부였다.

또한, 대사막은 깊숙하게 들어가면 들어갈수록 열기나 환경이 더 극악하게 변하기로 유명했다.

현재는 그저 망가진 황무지가 전부였지만.

여기서 조금 더 깊이 들어가면 모래바람이 잔뜩 부는 사막이 나타나다가, 열풍과 열기가 짙어지면서 속이 익을 것 같은 고통이 이어지는가 하면, 끝내 용암이 펄펄 끓는 화산까지 나타났다.

어떻게 보면 아주 단순하지만, 그만큼 너무 힘든 시련인 것이다.

그러니 온갖 고생을 하면서 12층을 통과한 플레이어들은 다른 층계는 방문해도 12층에는 절대 다시 가지 않는다는 말이 있었다.

그리고 그건 용병들도 마찬가지였다.

하지만 연우에게 코가 꿰여 울며 겨자 먹기로 다시 올 수밖에 없었으니.

그들은 벌써부터 연우를 따라 대사막을 횡단해야 한다는 사실에 울상이 되고 말았다.

하지만.

연우는 아랑곳하지 않았다.

이 정도 더위쯤은 그에게 아무런 영향도 주지 못했다.

『여기 따뜻해! 엄청!』

오히려 어깨 위에 올라탄 짹짹이는 날개를 활짝 펼치면서 환호하기까지 했다.

신수의 계승자라는 타이틀을 얻고 난 뒤, 웬만한 환경에는 눈 하나 깜빡하지 않는 면역력과 저항력을 가진 덕분이었다.

물론, 용병들은 연우가 먼저 16층에 도착하고, 연락을 주면 뒤늦게 합류를 해도 되지 않겠냐고 억울해할 수도 있겠지만.

'굳이 왜?'

연우는 이렇게 편한 놈들을 가만히 내버려 둘 이유가 없었다.

12층부터 일정 층계까지는 보통 험난한 환경을 중심으로 스테이지가 구성되어, 그것을 극복하는 게 주된 시련의 내용이었다……

……그리고 당연한 말이지만, 그렇게 험난한 환경답게 다른 층계에서는 절대 구하지 못할 특정 희귀 물품들이 곳곳에 히든 피스로 배치되어 있기도 했다.

그중 하나가 바로 '불의 보옥(寶玉)'이었다.

그리고, 일기장에는 불의 보옥 같은 희귀 물품들이 잘 모여 있는 특정 장소를 몇 곳 언급하고 있었다.

이 드넓은 대사막을 건너면서 그런 장소들을 모두 뒤지기란 상당한 시간을 필요로 하는 일.

하지만 여기에는 아주 많은 일손(?)들이 있었다.

이왕에 공을 세울 것이라면, 올라가면서 챙길 걸 전부 챙기는 것도 나쁘지 않겠지.

그것도.

'레드 드래곤의 도움을 받아서.'

연우는 자신을 멀뚱히 쳐다보는 용병들을 보면서 씩 한쪽 입꼬리를 말아 올렸다.

용병들은 알 수 없는 이유로 불안감에 몸을 떨어야만 했다.

'대, 대사막을 뒤지라고?'

'미친……!'

'대체 여기에 볼 게 뭐가 있다고!'

용병들은 정말이지 울고 싶은 심정이었다.

다시는 오고 싶지 않았던 12층의 대사막.

그런데 이곳에서 해야만 하는 임무가 있다고 한다.

"그럼 제한 시간까지 각자 물건을 찾아 13층으로 넘어와라. 나는 그동안 대사막을 건너고 있겠다."

결국 연우의 지시에 따라 용병들은 울며 겨자 먹기로 대사막 곳곳으로 흩어지기 시작했다.

거기다 연우가 지시한 제한 시간도 아주 촉박했다. 빠르게 움직여야 했다.

팟—

파밧—

연우는 흩어지는 그들을 보면서 뒤에다가 몰래 따로 사귀를 붙였다.

'이렇게 해 두면 첩자가 있는지 구분하기도 쉬워지겠지.'

연우는 그렇게 생각하면서 천천히 대사막을 건너기 시작했다. 후끈한 열기가 모래바람을 가득 싣고 날아왔다.

『그런데 주인! 주인!』

그때, 연우의 어깨 위에 올라타 있던 짹짹이가 말을 걸었다.

"왜?"

『왜 재네들은 주인 말을 저렇게 잘 듣는 거야?』

"글쎄."

연우는 짹짹이의 머리를 쓰다듬으면서 대답을 대충 얼버무렸다.

크기가 많이 자라긴 했어도 아직 짹짹이는 어린아이였다. 굳이 삭막한 내용을 일일이 설명해 주기에는 정서상 좋지 않을 것 같다고 생각했다.

『그럼 재네들 뭐 구하러 가는 거야?』

"불의 보옥."

『보옥? 그게 뭐야?』

짹짹이가 귀엽게 머리를 한쪽으로 기울였다.

"맛있는 거."

『우와아. 정말?』

연우는 눈을 반짝반짝 빛내는 짹짹이를 보면서 가만히 고개를 끄덕였다.

확실히 불의 보옥은 짹짹이에게 맛있는 간식이 될 테니까. 영양분도 좋을 것이다.

'절반은 짹짹이에게 주고 나머지 절반은 사귀들에게 써야겠군.'

최근에 사귀들의 강화는 어느 정도 한계를 맞았다. 당장 주어진 검은 팔찌의 옵션 제약 때문이었다.

때문에 연우는 사귀들을 강화시킬 다른 방법을 생각하고 있었다.

'속성력 강화.'

당장 악과 어둠 계통의 속성밖에 갖고 있지 않은 녀석들에게 다양한 속성력을 부여할 수 있다면.

본래 불의 보옥이 각광을 받는 이유 중 하나는 아주 효과 좋은 강화석으로 통한다는 점이었다.

또한, 여러 연금술의 좋은 재료가 되어 주기도 했다.

'많으면 많을수록 나쁠 건 없는 물건이지.'

그런 것들을 무보수로 마음껏 캐내게 할 수 있으니. 연우는 처음으로 레드 드래곤이 마음에 들었다.

『그럼. 맛있는 거 나 많이 줘야 해! 꼭! 꼭! 약속이다!』

"알았으니까 걱정 마."

『히히히. 맛있으면 좋겠다.』

짹짹이는 벌써부터 군침이 도는지 부리에서 침이 뚝뚝 떨어졌다. 두 눈도 초롱초롱하게 빛났다.

그러다 크게 부리를 열면서 하품을 했다. 큰 눈을 끔벅끔

벅했다.

『흐응. 나 이제 잠 와. 자고 싶어.』

“잠시 쉬고 있어.”

『응! 간식 오면 깨워야 해?』

짹짹이는 고개를 끄덕이고 천천히 푸른색 불꽃으로 흩어져 연우에게로 깃들어 사라졌다.

환수들이 살기 좋은 몽상 세계인 11층과 다르게 12층부터는 전혀 다른 법칙이 적용되는 세계다.

때문에 환수들은 형체를 유지하기가 힘들어 보통 플레이어의 몸을 빌려 기생을 하거나, 때에 따라서는 완전히 동화되는 경우가 대부분이었다.

짹짹이도 마찬가지.

녀석은 난조로 진화한 지 얼마 되지 않아 아직 체내에 기운의 갈무리가 덜 끝난 상태였다. 여기에 불의 보옥까지 삼킨다면 좀 더 시간이 걸리겠지.

그래서 짹짹이는 기운의 관리를 위해서 하루 중 대부분을 숙면으로 채우고 있는 중이었다.

그런데.

짹짹이가 체내로 스며들었을 때 쉬는 공간이 조금 특이했다.

‘돌. 또 여기란 말이지.’

연우는 심장 옆에 자리를 잡은 돌을 느끼면서 살짝 입맛을 다셨다.

최근 들어 돌은 아주 조금씩이지만, 연우에게 몇 번씩 감지될 정도로 어떤 움직임을 보이고 있었다.

기운을 뿌려 대거나, 어떤 작용을 하는 건 아니었다.

그저 피닉스가 남긴 불씨를 잡아당겨 화로로서 역할을 하고, 이제는 짹짹이에게 보금자리 역할까지 한다.

언제는 짹짹이에게 왜 돌에서 자꾸 쉬는 건지 물었다.

그러자 짹짹이는 자기도 모르겠다는 듯 고개를 갸웃거리면서 이렇게 대답했다.

『모르겠어. 그냥 거기에 있으면 편했어.』

"편했다고?"

『응응. 엄청 따뜻하고 포근해. 그래서 막막 잠이 쏟아져! 엄청!』

처음에는 피닉스의 불씨가 있으니 짹짹이가 편하게 여기는 건가 싶었지만.

계속 관찰해 본 결과, 그것과는 또 조금 다른 것 같았다.

짹짹이는 그것과 별개로 돌에서 머무를 때 기운을 갈무리하는 속도가 훨씬 빨라졌다. 그리고 안정적이었다.

다른 마력회로의 부위보다 훨씬.

마치 겉으로 보기에는 별 것 아닌 것처럼 보이지만, 외부와 전혀 다르다는 듯이.

'어쩌면 불씨가 자리를 잡은 것과 같은 이유일지도.'

돌을 감지하는 내내 연우의 두 눈은 깊게 가라앉았다.

'아주 조금이지만. 허무나 심연의 기운도 파편으로 남아 있고. 샤벨 타이거의 잔해도 돌을 중심으로 단단히 뭉쳤어.'

처음에는 실패작으로만 생각했던 돌이, 이제는 단순한 실패작이 아니란 것도 알게 되었다.

그냥 미완성일 뿐. 언제든지 재료만 주어진다면 완성될 만반의 준비를 갖추고 있었다.

그리고 어쩌면 4대 신수의 파편들이 그런 재료 중 일부일지도 몰랐다.

하지만 연우로서는 어떻게 뜻대로 제어하지도 못하고, 꺼림칙하기만 한 것을 그냥 내버려 둘 수가 없었다.

언제, 어떻게, 자신에게 독으로 작용할 줄 알 수가 없으니.

수많은 인명이 희생된 결과물인 것도 싫지만, 컨트롤할 수 없는 힘이라면 없느니 못했다.

그렇다고 해서 어떻게 당장 제거할 수 있는 방법이 있는 게 아니었다. 그리고 4대 신수들의 기운이 자리를 잡고, 짹짹이가 보금자리로 생각하고 있는 한 이제는 그러기도 힘들었다.

'차라리 완성을 시켜야 하나? 아니면 제어 방법을 고민해 봐야 할까.'

연우는 어느새 계륵이 되어 버린 돌을 보면서 다시 혀를 찼다. 그리고 생각을 그쳤다.

짹짹이가 자리를 잡고 있는 한, 당장 돌이 그에게 독으로 작용할 일은 없을 것 같았다.

그렇다면 지금은 대사막을 횡단하는 데 집중할 생각이었다.

* * *

[모든 시련이 종료되었습니다.]

[단 한 번의 휴식도 없이 대사막을 건너는 기적을 보였습니다. 추가 공적치가 제공됩니다.]

[공적치를 5,000만큼 획득했습니다.]

[추가 공적치를 3,000만큼 획득했습니다.]

……

[획득한 공적치는 누계 공적치에 합산됩니다.]

[명예의 전당에 이름을 올리시겠습니까?]

[등록을 거부하셨습니다.]

[하지만 공개되지 않아도 당신의 업적은 탑에 깊게 새겨져 원할 시에 언제든 등록 여부를 전환하실 수 있습니다.]

……

[13층으로 올라가시겠습니까?]

연우는 푸른색 포탈 위에 발을 얹었다.

예상했던 것처럼 대사막을 횡단하는 건 크게 어렵지 않았다.

오히려 산보를 하는 것처럼 재미까지 느낄 정도였다. 수련도 병행할 수 있었으니까.

뜨거운 모래바람과 화상을 입을 정도로 지독하게 들끓는 대기, 걸을 때마다 발이 푹푹 잠기는 모래 바닥은 모든 게 엉망이었지만.

덕분에 외부로부터 신체를 보호하는 내성을 올려줄 뿐만 아니라, 성화의 속성력을 높이는 데에도 큰 도움이 되었다.

그리고 코어도 추가로 설치해 현재 108개까지 완성해 둔 상태였다.

사막을 건너는 사이에도 자기 단련을 게을리하지 않은 것이다. 판트와 에도라가 봤으면 고개를 절레절레 흔들었을지도 몰랐다.

연우는 자신이 건너온 대사막을 돌아보다가, 곧 별 미련 없이 13층으로 넘어가려 했다.

바로 그때.

"잠시만 기다리시지요오."

갑자기 허공에서 다른 포탈이 열리더니 토끼 머리를 한 관리자가 툭 하고 떨어졌다.

11층에서 마주쳤던 관리자, 라플라스였다.

연우는 살짝 놀란 눈으로 그쪽으로 고개를 돌렸다.

11층을 통과할 때까지 한 번도 모습을 드러내지 않았던 사람이 여기는 왜?

연우는 순간 자신이 여기에 있는 걸 들키면 안 되는 게 아닐까 하는 생각이 들었지만, 곧 고개를 털었다.

관리자는 탑의 시스템에 종속되어 절대 플레이어의 일에 관여하지 못한다.

그렇다면 뭘 하러 온 것일까?

연우는 잠시 걸음을 멈추고 라플라스를 빤히 쳐다봤다. 아무 질문도 없이. 무미건조한 눈빛으로. 무슨 일이냐는 듯.

"이전에 뵈었던 것처럼 역시 과묵하신 분이신 것 같습니다. 그리고 가시는 길도 바쁘신 것 같으니 용건만 간단하게 말씀드리지요."

연우는 여전히 아무런 대답도 하지 않았다.

라플라스는 손으로 얼굴을 매만졌다.

혹시 입꼬리가 올라간 게 다른 의미로 비치지 않을까 스스로 점검하면서 천천히 입을 열었다.

"현재 ###님은 16층에 위치한 앉은뱅이 세 여신의 신전으로 가는 게 맞으시지요?"

가면 아래로 비치는 연우의 눈살이 살짝 일그러졌다.

아무리 관리자가 플레이어들의 신상을 안다고 해도, 자신의 행적을 들키고 좋아할 사람은 없었다.

하지만 라플라스는 걱정 말라는 듯 손사래를 치면서 그를 달랬다.

"너무 걱정하지 마시지요. 저희 관리자들이 할 일은 어디까지나 플레이어분들께서 쾌적한 환경에서 시련에 몰두할 수 있게 보좌하는 역할을 할 뿐. 절대 ###님의 일에 방해가 되거나, 소문을 퍼뜨리는 일은 없으니 그런 염려는 하지 않으셔도 됩니다."

연우는 라플라스의 빨간 두 눈을 가만히 쳐다보았다. 도저히 생각을 알 수가 없었다.

그러고 보니 동생도 관리자들은 상대하기가 너무 어려웠다고 했지. 특히 12지신으로 통하는 총관리자들은 더더욱 정도가 심하다고 했다.

그리고 연우가 알기로 라플라스는.

'12지신의 묘. 토끼는 호기심이 많고 사사건건 타인의 일에 간섭하기를 좋아한다.'

그다지 바람직한 성격을 가진 녀석은 아니었다.

"그럼. 무슨 일로 온 거지?"

"윗분들로부터 말씀을 전해 드리러 왔습니다."

"윗분?"

"아실지 모르지만, 저희 관리자들, 특히, 최상위 12지신들에게는 또 다른 역할도 있지요. 바로 신과 악마들의 전령 역할입니다."

'전령?'

연우는 살짝 눈을 크게 떴다. 전혀 뜻밖의 말이었으니까.

"저는 그중 한 악마분의 말씀을 전해 드리러 왔습니다."

라플라스는 싱긋 웃으면서 말을 하다 말고 갑자기 미소를 뚝 그쳤다.

그러자 갑자기 주변을 흐르는 공기가 싸늘하게 변했다. 대사막의 열기는 온데간데없이 사라지고, 차갑고 어두침침한 적막이 주변으로 흘러 다녔다.

그리고 라플라스의 두 눈이 탁한 검붉은 빛깔로 변했다. 음습한 기운이 휘몰아쳤다.

'마기.'

연우는 라플라스에게서 풍기는 기운을 읽고 살짝 낯을 일그러뜨렸다.

라플라스는 자신에게 전언을 부탁한 악마의 목소리로, 그의 힘을 빌려 말했다.

"앉은뱅이. 세 여신. 중에. 맏이를. 주의. 하라."

그리고 그 말을 끝으로. 주변에 흐르던 마기가 감쪽같이 사라졌다.

대사막의 열기가 다시 빈자리로 찾아오고, 라플라스의 눈이 붉은색으로 돌아왔다.

"앉은뱅이 세 여신들을 주의하라고? 그게 무슨 말이지? 그리고 이 말을 전한 악마는 누구고?"

라플라스는 어깨를 으쓱거렸다.

"저는 어디까지나 전령 역할만 할 뿐. 자세한 건 알지 못합니다. 알아도 시스템의 제한 상 말씀드릴 수가 없고요. 자세한 건 ###님께서 알아서 판단하셔야 합니다."

라플라스는 재미나다는 듯 웃으면서 대답했지만, 연우는

더 이상 거기에 집중하지 않고 다른 생각에 잠겼다.

'앉은뱅이 세 여신 중에 맏이라면 우르드일 텐데. 갑자기 왜?'

연우는 순간 짜증이 치밀었다.

이제야 본격적으로 뭔가를 해 보려 하는데, 갑자기 생각지도 못한 곳에서 딴지를 걸어 온 셈이었다. 신과 악마들이 자신을 관찰하고 있다던 메시지가 이렇게 짜증 나기는 처음이었다.

"이런 걸 왜 나에게 전달하는 거지?"

"저야 모르는 일이지요. 그저 잔심부름꾼에 지나지 않은 저 같은 것이 어떻게 감히 심계 깊은 신과 악마분들의 생각을 다 알 수 있겠습니까? 안 그런가요?"

연우는 왠지 라플라스가 말을 빙빙 꼬는 것 같다는 생각이 들었다.

하지만 이런 경고를 들었다고 해도 16층으로 안 갈 수 없다. 이름도 밝히지도 않는 악마의 말을 무작정 믿는 것도 멍청한 짓이었으니까.

악마는 악마. 간교한 혀를 가진 그들은 원래 믿을 수 있는 족속들이 아니었다.

아니, 그런 것을 떠나, 자신을 어떻게 마음대로 하려는 손길이 있다는 게 짜증이 났다.

그래서 무시해 버릴 생각이었다.

'그리고 어차피 세 여신의 분노를 살 각오도 했었고.'

도무신의 아들을 데려가기 위해서는 신전을 엉망으로 만들게 될 것이 분명하다. 그런 상황에서 세 여신에게 좋은 인식이 박힐 거라고는 생각도 하지 않았다.

"역시 생각대로, 들을 생각은 없으신 듯하군요. 그럼. 마저 가시던 길을 이어 가시기를. 제가 따로 손을 써 두었으니, 더 이상 16층까지 ###님을 방해할 관리자나 사람은 아무도 없을 겁니다."

라플라스는 연우의 눈빛을 읽었는지 가볍게 웃음을 터뜨리면서 허리를 숙였다.

연우는 라플라스의 인사를 뒤로하고 푸른색 포탈을 타고 13층으로 이동했다.

짜증 섞인 생각과 함께 빛무리가 눈가를 가렸다.

*　　*　　*

[13층…….]

[시련을…….]

……

그렇게 여러 개의 층계를 빠르게 지나.

[이곳은 16층, '삶의 물레'의 관입니다.]

연우는 드디어 목적지에 도착할 수 있었다.

스타트 존은 거대한 숲으로 둘러싸인 공터였다. 숲 사이사이로 나 있는 세 개의 아주 커다란 길과 연결되어 있어 원하는 곳으로 빠져나갈 수 있게 되어 있었다.

때마침 공터에는 연우 외에 용병들이 미리 도착해서 휴식을 취하고 있는 중이었다.

그런데 다들 행색이 11층을 떠날 때에 비해서 많이 꾀죄죄했다.

다들 각 층계를 돌면서, 불의 보옥 말고도 연우가 지시한 대로 히든 피스를 찾느라 고생을 해 댄 결과였다.

연우는 손가락을 튕겨 그들에게 성화를 고루 뿌려 주면서 말했다.

"그럼 각자 모은 것들, 다 여기 꺼내도록 해."

수고했다는 말도 없이 무뚝뚝한 말투.

용병들은 저마다 울상이 되었다.

'이거 꼭…….'

'수금하는 것 같은데.'

'설마 우리 데려온 이유가 앵벌이를 시키기 위해서는…… 아니겠지? 그렇겠지?'

그들은 자신들이 정확하게 정답을 맞히고 있다는 사실을 모르고 있었다.

아니, 외면하고 있었다.

[16층의 시련을 시작합니다]

[시련: 수많은 신화와 전설 속에서는 하나같이 하늘을 뒤덮는 거대한 운명의 틀이 있어, 세상은 그 속에서 굴러가는 수천 개의 톱니바퀴로 이뤄진 장치라고 말을 합니다.

이를 일컫는 용어도 아주 많습니다. 천망회회, 선악과, 이그드라실, 운명의 물레, 인과율…….

그리고 바로 이곳에 그러한 운명을 점지하는 세 명의 여신들이 있습니다.

삶의 실을 물레에 돌리고, 그것을 엮은 운명을 재고 자르며, 모든 인간과 생명뿐 아니라 신과 악마들의 운명까지 들여다본다는 여신들.

하지만 그로 인한 과오로 양다리를 쓰지 못한다는 세 여신들은 언제나 자신들의 신전에 앉아 당신이 오기만을 기다리고 있습니다.

지금부터 세 여신의 신전 중 한 곳을 방문하세요.

방문할 수 있는 신전은 단 한 곳뿐이며, 그곳에서 할 수 있는 질문도 단 한 가지이니 각별히 유의토록 하세요.]

라플라스는 자신이 했던 말을 지켰다.

16층까지 올라오는 내내 연우는 다른 사람이나 관리자를 만나지 못했다.

마치 뭔가가 연우를 방해하지 않도록 손을 쓴 것처럼. 덕분에 연우는 라플라스가 어떤 수를 썼다고 생각했다.

'아니면 그 이상한 악마인지 뭔지 하는 놈이 그랬거나.'

이유는 알 수 없었다.

라플라스나 이름 모를 어떤 악마가 자신에게 왜 이런 관심을 가지는 건지.

오히려 연우는 이런 도움이 고맙기보다는 거북했다. 영문을 알 수 없는 타인의 도움에는 절대 선의가 없는 법이니까.

하지만 이걸 당장 거부할 방법도 없었으니, 연우는 묵묵히 각 층계를 빠르게 돌파해 드디어 16층에 다다를 수 있었다.

16층을 구성하고 있는 스테이지는 사실 넓은 편이 아니었다.

중앙에 위치한 큰 숲을 따라, 서로 다른 방향으로 세 개의 숲길이 나 있다.

숲길은 각각 서로 다른 신전으로 이어져 있었고, 한번 길에 들어서면 절대 반대로 돌아갈 수가 없었다.

그러니 숲길을 선택할 때에는 반드시 그만큼 많은 신경을 써야만 했다.

과거의 우르드.

현재의 베르단디.

미래의 스쿨드.

에다의 전설에서, 세계수 이그드라실의 뿌리에 닿아 있다는 생명의 샘 우르다르브룬느에 거처를 마련했다는 세 여신.

그녀들은 누군가의 '삶'이 나타난 실을 물레에 돌리면서 운명을 점친다고 한다.

그 때문에 신전은 언제나 그녀들의 말을 들으려는 신자들로 북새통을 이뤘고, 같은 신과 악마들 사이에서도 세 여신과 마주하고 싶어 하는 자들이 많다고 했다.

세상 어느 누구라도, 심지어 모든 틀에서 벗어났다는 초월자라고 할지라도, 자신에게 주어진 운명을 궁금해하지 않을 사람이 없을 테니까.

하지만 그녀들은 그들을 피해 신과 악마들이 거주한다는 98층에 좀처럼 모습을 드러내지 않고, 언제나 16층에 얌전히 존재하며 의지만을 이따금 내비칠 뿐이었다.

이렇듯 신비와 경이로 가득한 그들이었지만.

사실, 내가 봤을 때는…… 그냥 노망난 할망구들에 지나지 않았던 것 같았다.

앉은뱅이 세 여신은 수많은 추종자들만큼이나, 그들을 경멸하는 자들도 아주 많았다.

운명이 정해져 있다면. 모든 원인과 결과가 이미 내정되어 있는 것이라면.

자기 의지와 자유의사, 그리고 삶에 대한 의미는 전혀 없다고 할 수 있었으니까.

그리고 그건, 어떻게 보면 신이 되고자 하는 플레이어들로 하여금 동기를 상실케 하는 것일 수도 있었다.

해석하기에 따라서는 탑을 정복하고 신이 될 수 있는 자가 내정되어 있다고도 할 수 있을 테니.

그래서 동생은 후자에 해당했다.

16층을 통과하면서도 세 여신에게 비웃음만 던진 건 아주 유명한 사건이었다.

보통 신전을 방문하는 사람들은 대개 앞으로 탑을 오르

기에 앞서 조언을 구하려는 경우가 대부분이었다.

다만, 연우는 앉은뱅이 세 여신에 대해 별반 관심이 없었다.

그에게 운명이란 건, 내정되어 있어도 그만, 내정되어 있지 않아도 그만이었다.

'뭐가 어떻게 되었든 간에, 목적은 달라질 게 전혀 없으니까.'

그래서 보통 사람들은 절대 행패 부릴 생각을 하지 못하는 신전에 직접 깽판을 칠 생각도 하는 것이지만.

또한, 이름 모를 악마의 경고를 별 대수롭지 않게 여기고 있는 이유이기도 했다.

['불의 보옥'을 182개만큼 획득했습니다.]

['얼음 수정'을 35개만큼 획득했습니다.]

['설원 장미'를 91개만큼 획득했습니다.]

……

연우는 용병들을 시켜 찾아오게 한 히든 피스들을 하나도 빠짐없이 아공간 포켓에다 집어넣었다.

11층을 떠나기 전에 바할이 선물이라며 줬던 아공간 포켓. 자그마한 주머니 안에 공간 확장 마법진이 새겨져 있어 꽤 비싼 값을 자랑하는 아티팩트였다.

'꼭 인벤토리 같아서 괜찮단 말이지.'

원래는 층계를 오르는 데 있어 필요한 물자가 있으면 번거롭게 일일이 들고 다니지 말고, 편하게 안쪽에다 넣어 두면서 쓰라고 건넸던 것이지만.

연우는 이미 12층에서 안쪽에 있는 물건들을 다 빼서 비우고, 대신에 히든 피스들로 채웠다.

당연한 말이지만, 이 히든 피스들이 가지고 있는 가치는 어마어마했다. 그리고 연우의 지식이 더해진다면 천문학적인 액수를 자랑할 게 분명했다.

용병들은 모진 고생이란 고생은 죄다 하면서 갖고 왔던 물건들을 바로 눈앞에서 강탈을 당하자 피눈물이 쏟아질 것 같았지만.

연우는 그런 눈빛들을 모두 무시하고, 아공간 포켓을 잠그고 허리춤에 걸었다.

"그럼. 다들 준비 끝났으면 이제 움직이도록 한다."

연우의 말에 용병들은 한숨을 내쉬면서 하나둘씩 자리에서 일어났다.

성화로 육체를 회복하고, 휴식으로 정신력도 어느 정도 회복했다. 그들은 무장을 점검하면서 연우를 바라봤다.

아직 정확한 임무 내용을 모르기 때문이었다.

"그런데 조장님, 청화도가 머물고 있다는 비밀 기지가

어디입니까?"

16층에 위치한 건물이 세 개의 신전밖에 없다는 걸 알고 있는 그들로서는, 대체 청화도가 대체 어디서 터전을 마련한 건지 짐작할 수가 없었다.

여기에.

연우는 아무것도 아니라는 듯 무심하게 대답했다.

"스쿨드의 신전."

하지만 그 말이 낳은 여파는 대단했다.

"……!"

"그, 그게 무슨……!"

"그, 그럼 지, 지금 신전을 치러 간다는 말씀이십니까?"

용병들은 경악하고 말았다. 몇몇은 비명을 내질렀다.

신전은 신이 강림하는 장소. 그곳을 더럽히는 자는 신의 진노를 사게 된다. 당연히 사색이 될 수밖에 없었다.

"왜? 무슨 문제라도 있나?"

"말도 안 되는 짓입니다! 아무리 앉은뱅이 세 여신이 16층에서 꿈쩍도 않는다지만, 그들도 신입니다. 자칫 분노를 사게 되면 신벌이 내려질 게 분명한……!"

"아니. 그런 걱정은 하지 않아도 돼. 앉은뱅이 세 여신은 운명을 점칠 줄만 알지, 물리적인 행사는 절대 할 수 없으니까. 앉은뱅이가 된 것도 그 때문이지."

앉은뱅이 세 여신이라고 불리는 이유는 간단하다.

운명을 엿볼 수 있는 만큼, 혹여 그들이 그것을 이용해서 사리사욕을 채울 수도 있으니 그것을 방지하기 위해 신체가 구속되어 있기 때문이었다.

힘을 가진 만큼, 그만한 제약을 갖게 된다.

그것이 탑이 가진 시스템.

관리자들이 스테이지를 좌지우지하는 힘을 갖고 있어도, 절대 나설 수 없는 이유도 바로 여기에 해당했다.

하지만 그래도 용병들은 불안을 떨칠 수 없는지, 말없이 눈동자만 데구르르 굴렸다.

“참고로. 이번 작전을 거부하는 자는 곧바로 계약 불이행으로 간주, 거기에 대한 패널티는 알아서 책임을 져야 할 거야.”

연우는 아공간 포켓에서 용병들의 계약서를 몇 장 꺼내 흔들어 보였다.

이런 일이 있을 줄 알고, 아공간 포켓과 함께 바할이 따로 챙겨 준 것들이었다.

그들은 비싼 수임료를 받으면서 계약을 맺은 대신, 레드 드래곤이 내리는 명령은 무조건 따라야만 하도록 맹약을 해 둔 상태.

맹약에 악마의 이름을 공증으로 세워 두기까지 했으니.

만약 불이행으로 간주된다면, 일방적인 계약 파기의 책임을 물어 영혼이 곧바로 악마에게 귀속되도록 되어 있었다.

당연한 말이지만, 그들은 대개 탑에서도 잔뼈가 굵은 이들이기에 악마에게 귀속된다는 말이 무슨 뜻인지 잘 알고 있었다.

결국 용병들은 울며 겨자 먹기로 연우의 말에 따를 수밖에 없었다.

사실 여기까지 온 이상, 어떻게 도망을 치려고 해도 연우의 손길을 벗어날 자신도 없었다.

"그럼 가자."

결국 용병들은 긴장의 끈을 잔뜩 쥔 채, 연우를 따라 북쪽으로 나 있는 숲길로 걷기 시작했다.

[미래의 신전(스쿨드)으로 향하는 길을 선택했습니다.]

숲길은 아주 넓어서 250여 명이 움직이는 데 전혀 방해가 되지 않았다.

하지만 그렇기 때문에 그들이 주는 압박감은 아주 대단했다.

용병들은 신전을 친다는 긴장감을 숨기려 오히려 살기를 잔뜩 드러냈고, 연우는 은연중에 마력을 잔뜩 흘리면서 살기를 더 크게 부각시켰다.

그러다 보니 그들의 모습은 누가 보더라도 죽음을 무릅쓰고 전장에 나서는 병사처럼 보였다.

"어? 어어?"

"저, 저게 뭐야?"

"레, 레드 드래곤? 갑자기 레드 드래곤이 여기는 왜……?"

신전으로 향하는 길목을 따라 길게 나 있는 줄이 금세 혼란스러워지기 시작했다.

자기 차례만 어서 오기를 기다리고 있던 사람들. 그들은 갑작스런 레드 드래곤의 등장에 어깨를 잔뜩 움츠렸다.

연우와 2조 전부 레드 드래곤을 가리키는 표식을 숨기지 않고, 당당하게 길을 통과했다.

가로막을 것이라면 가로막아 보라는 듯. 대신에 거기에 대한 책임은 져야 할 것이라는 듯.

때문에 신자와 방문객들은 부리나케 한쪽으로 비켜 길을 내어 줘야만 했다.

그만큼 레드 드래곤이 주는 의미는 너무 컸다.

최강의 클랜.

여름여왕이 다스리는 탑의 지배자.

그런 곳에 눈에 띄고 싶은 사람은 아무도 없을 테니까.

그러자 다급하게 된 것은 스쿨드 신전의 신관과 사제들이었다. 아래쪽에서의 혼란을 파악하고, 다급하게 고위 신관과 상급 사제들이 뛰어나왔다.

"레, 레드 드래곤에서 이곳에는 무슨 일이십니까? 어떤 용무이신지는 모르겠지만, 이곳은 신께서 머무시는 신성한 장소입니다. 일단 위험한 날붙이는 부디 거둬 주십시오."

딱 보기에도 고위 신관으로 보이는 노인이 쩔쩔매면서 고개를 숙였다.

풍기는 기운만 따져 본다면 상급 플레이어으로 보였지만. 레드 드래곤의 앞이라는 사실과 싸움과 거리가 먼 신의 사제라는 이유가 복합적으로 얽혀 연우의 기세조차 감당하지 못하고 있었다.

그래서 연우는 고위 신관을 보는 둥 마는 둥 하면서, 뒤쪽으로 언뜻 보이는 신전을 바라봤다.

대리석 기둥을 높이 여러 개 세워 그 위에 둥근 아치 형태의 지붕을 얹은 모양새를 가진 신전.

상서로운 기운이 물씬 풍겨 나고 있었다.

연우가 가진 검은 팔찌와는 전혀 성향이 다른 기운이기도 했다.

우웅— 웅—

연우는 잘게 떨리는 검은 팔찌의 공명을 무시하고, 무심한 눈길로 고위 신관을 바라봤다.

고위 신관은 그와 눈이 마주치자마자 자기도 모르게 움찔 떨면서 뒤로 물러서고 말았다.

신의 가호를 받고 있는 그라지만, 지금 이 순간만큼은 자신이 가진 모든 게 까발려지는 듯한 느낌을 강하게 받아야만 했다.

마치 보이지 않는 무저갱에서, 무언가가 튀어나와 그의 발목을 잡아당기고 있는 듯한 느낌을 받았다.

눅눅하고, 음침한. 그러면서도 우울해서 그를 집어삼킬 것 같은 어둠이 바로 눈앞에 있는 듯한 기분이었다.

"정말 우리가 온 이유를 모르고 그런 말을 하는 건가?"

연우의 나지막한 목소리에 고위 신관은 허리를 빳빳하게 세웠다.

"무, 무슨 말씀을……."

"모른다면 무능한 작자를 보낸 거니 우리를 무시한단 뜻이고, 알고 있으면서도 모른 척한다면 이것도 우리를 무시한다는 뜻인데, 그렇게 받아들여도 되겠지?"

연우는 스쿨드와 스쿨드의 신전에 이렇다 할 원한이 없었다. 하지만 그렇다고 인연이 있는 것도 아니었다.

레드 드래곤을 대신해서 온 이상, 싸움은 크게 붙일수록 좋았다.

그리고.

'이곳에서 깽판을 치면 칠수록, 청화도와 도무신에 전달될 이야기도 커지겠지.'

연우는 여태 조절하고 있던 기세를 한 번에 확 풀었다. 그러자 투기는 광풍이 되어 사방으로 휘몰아쳤다.

콰아아—

연우 등을 말리러 왔던 고위 신관과 사제들은 하나같이 사색이 되어 바닥에 바짝 엎드렸다.

방문객들이며 신자들도 광풍에 휩쓸릴까 싶어 부리나케 자리에서 도망치기 시작했다. 악다구니를 지르는 소리가 곳곳에서 울렸다.

그렇게 모두가 혼비백산하는 사이.

연우는 어느새 비그리드를 꺼내 횡대로 휘두르고 있었다.

검의 축복. 연우가 적으로 지정한 곳은 스쿨드의 신전이었고, 여기에 따라 자연스레 신관과 사제, 방문객들도 전부 적으로 지정되면서 그 숫자만큼 위력도 급속도로 증가하고 말았다.

그리고 여기에 4대 신수의 힘을 흡수하면서 대폭 불어난 마력까지 잔뜩 실렸으니.

사선으로 그어진 태풍은 이대로 하늘을 찢어발기는 게 아닐까 하는 굉음과 함께 신전의 지붕을 통째로 날려 버렸다.

원래 신전에 설치되어 있던 여러 결계와 방어용 마법이 가동되긴 했지만, 그런 것조차 어떻게 효과를 보이기도 전에 사라지고 말았다.

쿠쿠쿠—

망가져 버린 신전을 보면서. 신관과 사제, 그리고 도망치던 방문객들은 모두 입을 쩌억 벌린 채 멍하니 서 있어야만 했다.

너무 놀란 나머지 어떻게 손을 쓸 생각도 못하는 투였다.

그리고 그사이.

미리 명령에 대기하고 있던 용병들이 폐허 속으로 투입되었다.

그들은 신전의 병사들을 빠르게 제압하면서 안쪽에 위치한 별실까지 장악했다.

연우는 그들이 만든 길을 가로질렀다.

그쪽으로 가면 안 된다며 고위 신관과 사제들이 부리나케 달려왔지만, 아랑곳하지 않고 13호실의 문 앞에 섰다.

오랫동안 도무신의 아들에게 배정되어 있다는 곳. 문을 활짝 열고 들어서는 순간.

파밧!

기다렸다는 듯이, 안쪽에 있던 일단의 무리들이 기습을 해 왔다. 도무신이 아들을 보호하기 위해 붙여 뒀다는 신도단이었다.

하지만 이미 녀석들의 기척을 읽고 있던 연우는 여유롭게 순보를 밟아 피하는 것과 동시에, 천익기공으로 비그리드에 마력을 잔뜩 밀어 넣었다.

그리고 동시에 칼날을 따라 성화를 피우면서 거칠게 휘둘렀다. 퍼퍼펑. 가벼운 폭발 소리와 함께 푸른 불길로 이뤄진 칼날이 허공을 가로질러 그들의 목을 단번에 날려 버렸다.

그야말로 깔끔하면서도 호쾌한 칼질. 뒤에서 지켜보고 있던 용병들은 눈을 크게 떴다.

그들도 신도단이 어떤 녀석들인지 잘 알고 있었으니까. 그런 녀석들을 앞에 두고도 아무렇지 않게 처치하는 연우의 실력이 도무지 믿기지가 않았다. 이미 웬만한 세미 랭커보다도 더 강한 것처럼 보였다.

하지만 그건 어떻게 보면 당연한 일이었다.

4대 신수의 힘을 한꺼번에 집어삼키고, 용체의 완성을 바로 목전에 두고 있는 상황에서.

천익기공과 팔극권도 단련해 출력도 몇 배로 늘어난 상

태에서. 더 이상 약하다면 이상한 일이었으니까.

하지만 연우는 그런 건 별 신경 쓰지 않는다는 듯 무시하고, 13호실 안으로 들어갔다. 까맣게 타 버린 시체들을 지나, 안쪽에 다른 방문이 하나 더 있었다.

그것을 확 열어젖혔다. 그런데 그 순간, 갑자기 어떤 향기가 코끝을 찔러 왔다.

연우의 눈살이 찌푸려졌다.

'마약?'

*　　*　　*

"흐흥. 흥."

라플라스는 가볍게 콧노래를 흥얼거리면서 포탈을 타고 들어왔다.

수많은 관리자들의 시선이 그쪽으로 향했지만, 곧 그렇겠거니 하는 표정과 함께 자기 할 일로 눈길을 돌렸다.

그들이 알고 있는 라플라스는 언제나 하이 텐션을 유지하고 있어서 같이 일을 하는 부하 직원들도 곤혹스러울 때가 한두 번이 아니었다.

지금처럼 텐션이 더 올라갔을 때에는 우연이라도 눈을 마주치지 않는 게 훨씬 속 편했다.

라플라스는 관리자들의 사이를 지나 자신의 개인 집무실로 문을 열고 들어갔다.

하지만 그 순간, 라플라스의 콧노래는 거짓말처럼 뚝 그쳤다. 대신에 눈을 가늘게 좁히면서 자신의 자리에 앉아 놀고 있던 사람을 가만히 노려봤다.

"이블케. 여기는 무슨 일로?"

라플라스가 세상에서 제일 어려워하는 사람이 있다면, 그건 바로 이블케였다.

이블케가 외눈 안경을 고쳐 쓰면서 가볍게 웃음을 터뜨렸다.

"오효효. 그냥 지나가던 길에. 우리 라플라스 군이 계시던 방이 있기에. 그래서 찾아왔답니다. 마침 재미있는 소문도 들었고 말이지요."

라플라스는 속으로 혀를 찼다. 능구렁이 같은 늙은이. 절대 쉽게 넘어가는 법이 없었다.

튜토리얼과 초심자 구역을 제외하면 절대 간섭하지 않는다는 소문이 자자했지만.

역시 이블케의 눈은 곳곳에 깔려 있는 모양이었다.

그리고 한편으로는 그런 생각도 들었다.

평소 다른 일에는 전혀 관심이 없던 양반이. 큰 소란이 있어도 별 개의치 않아 하던 양반이. 왜 이번 일에는 관심을 가지는 것일까 하고.

그래서 라플라스는 최대한 속내를 드러내지 않기 위해 얼굴을 차분히 가라앉혀야만 했다.

저 이지적인 외눈 안경에 아무것도 걸리지 않도록.

그리고.

이블케가 송곳니가 삐죽삐죽 솟아 나온 입을 천천히 열었다.

"어떤 악마가 하층 구간에 관심을 두었고, 라플라스 군이 거기에 개입을 했다는 말이 있던데. 여기에 대한 생각을 물어봐도 될까요?"

* * *

그건 연우에게 익숙한 냄새였다.

아프리카에서 상대하던 반란군의 기지 중 상당수가 아편굴이기도 했으니까.

부대에서도 간혹 수하들이 몰래 마약을 구하다가 적발되는 경우가 있었다.

그때, 문이 열리는 소리를 듣고, 청년이 상체를 추스르며 고개를 들었다.

"으응? 아저씨 누구야? 처음 보는 얼굴인데. 헤헤헤.

뭐, 아무러면 어떻겠어. 그보다 여자는? 좀 데려왔어? 얘네들 이제 너무 지겨워. 바꿔 줘."

방 안은 온통 난장판이었다.

난교 파티라도 벌인 건지, 남자 하나와 여자 여럿이 벌거벗은 채 뒤엉켜 있었다. 특히 여자들은 동공이 완전 풀려 의식도 흐릿해 보였다.

얼마나 많은 마약을 피워 댄 건지 방 안의 공기는 뿌옇기까지 했다.

깡마른 체구. 퀭하게 가라앉은 눈자위. 풀린 동공.

이목구비는 전체적으로 선이 굵었다. 연우에게도 익숙한 생김새였다. 도무신과 얼굴이 똑같았으니까.

'한빈.'

도무신이 숨겼다는 유일한 아들.

"어? 이 씨. 아저씨, 내 말 안 들려? 여자는 왜 안 보여? 뭐야? 안 데려온 거야?"

한빈은 뭔가 마음에 안 든다는 표정으로 인상을 찡그리면서 연우를 위아래로 살폈다.

그러거나 말거나.

연우는 천천히 방으로 들어갔다. 그리고 자세를 숙여 문가에 누워 있던 여자를 살폈다.

원래 미녀였을 것 같은 여자는 눈자위가 완전히 풀렸고,

입에서 침이 뚝뚝 떨어졌다. 벌거벗은 몸 곳곳에는 시뻘건 매질의 흔적도 있었다.

"묶어 놓고 강제로 했군. 약도 강제로 먹인 것 같고. 윤간? 납치라도 했었나?"

연우가 싸늘하게 가라앉은 눈빛으로 문가 쪽을 돌아봤다.

거기에는 헐레벌떡 뛰어온 고위 신관과 사제들이 있었다. 그들의 얼굴은 사색이 되어 있었다.

"저, 저, 저희가 설명을 해 드릴 테니 잠깐 시간을……!"

"아무도 못 들어오게 막아."

"제발 기회를!"

용병들은 어떻게든 방으로 들어오려는 사제들을 발로 걷어찼다. 몇몇은 칼을 뽑으면서 당장이라도 벨 것처럼 으르렁거렸다.

여기에 오기 전까지만 해도 신전을 함부로 습격한다는 사실을 꺼림칙해한 나머지, 사제들을 제압하는 와중에도 다치지 않게 힘을 조절했었지만.

이제는 더 이상 그러지 않았다.

그럴 필요를 느끼지 못했다.

바보가 아닌 이상, 여기서 무슨 일이 벌어졌는지 모를 수가 없었으니까.

방 안 곳곳에 배치된 고문 도구며 성교의 흔적들, 그리고 여인들의 몸에 남은 자국만 보더라도 충분히 짐작할 수 있었다.

아무리 막장 인생을 살아온 용병들이라 하여도. 그들에게도 정해진 '선'이라는 건 있었다.

"야! 너 뭐냐고! 왜 내 물건에 함부로 손대? 죽고 싶어? 어?"

하지만 상황이 이렇게까지 되었는데도 불구하고. 한빈은 여전히 상황 판단이 되질 않는지 연우에게 버럭 소리를 질렀다.

"끌고 와."

2조의 선임 용병들, 델란과 쥰은 성큼성큼 안쪽으로 들어가 한빈을 강제로 끌어냈다.

녀석의 얼굴이 와락 일그러졌다.

"아아악! 이거 놔! 이거 놓으란 말이야! 너희들 내가 누군지 알고 이딴 짓을 저지르는……!"

한빈은 고래고래 소리를 지르다, 뒷덜미를 내려친 손날에 그대로 기절해 축 늘어졌다.

연우는 허공에다 가볍게 손을 흔들었다.

화르륵.

성화가 피어오르면서 실내에 자욱하던 연기를 모두 불태

우고, 곧 여인들에게 깃들어 약의 기운을 몰아냈다.

'도무신. 아들 사랑 때문에 눈이 완전히 멀었어.'

왜 이런 일이 벌어졌는지는 대강이나마 짐작할 수 있었다.

한빈은 타고난 장애 때문에 언제나 고통을 안고 살아야만 했다. 그런 고통에서 벗어날 수 있는 쉬운 길은 마약밖에 없다.

그리고 당연한 말이지만, 시간이 흐르면 내성 때문에 투여량도 자꾸 늘어날 수밖에 없다.

그러다 나중에는 더 자극적인 것을 찾다가 성적 쾌락에 치중하게 되었을 테고. 납치나 인신매매도 뒤따랐을 것이다.

그러한 악순환이 반복되다 결국 이 꼬락서니가 되고 말았겠지.

아마 스쿨드의 신전에서도 어떻게 손을 쓸 수 없었을 것이다.

상대는 도무신의 아들. 자칫 밉보였다가는 어떤 횡액을 당할지 모르니 내내 숨기기 바쁠 수밖에 없다.

하지만 과연 이런 여자들이 어디서 제공될까? 외부에서 구한다면 소문이 돌 테니, 신도들을 대상으로 했을 게 분명하다.

'신도를 성노예로 쓰는 신전이라니. 미친놈들이야.'

결국 이들도 한빈과 공범이라는 뜻.

아마 앉은뱅이 세 여신은 운명을 점치는 것 외에 따로 물리적인 행사를 할 수 없는 점을 악용한 것인지도

"으음."

"여…… 기가 어디지……?"

연우는 여인들이 침음을 흘리며 정신을 차리려는 것을 확인하고, 용병들과 함께 별실을 빠져나왔다. 한빈은 델란의 등에 너덜너덜 업혀 있었다.

밖에는 신관과 사제들이 덜덜 떨면서 서 있었다.

이미 별실에서의 일은 소문이 퍼졌던지 신도들이 그들에게 고래고래 소리를 지르는 모습도 보였다.

수척해진 얼굴을 한 고위 신관이 연우를 잔뜩 노려보고 있었다.

하루아침에 존경받는 자리에서 나락으로 떨어지고 말았으니까.

아마 오늘 있었던 일은 하루도 되지 않아 탑 전체로 퍼져나갈 게 분명했다.

언제나 탑에서 많은 존경을 받던 앉은뱅이 세 여신의 위상도 그만큼 추락하고 말겠지.

하지만 연우는 추락하는 여신들의 명예만큼, 곧 도무신

과 청화도의 명성도 곤두박질칠 것을 알고 있었기 때문에 오히려 가볍게 웃었다.

자신이 비웃음을 받았다고 착각한 고위 신관은 두 눈을 부릅떴지만.

연우는 그의 눈빛을 무시하고 티켓을 꺼내 찢었다.

곧 그와 용병들 아래에 깔린 붉은색 포탈을 타고 공간을 넘자, 익숙한 11층 내 레드 드래곤 군영이 모습을 드러냈다.

"오라버니."

"형님, 오셨수? 딱 보니 깽판 치고 오신 행색이신데?"

때마침 공터에서 기다리고 있던 에도라와 판트가 몸을 일으켰다.

한쪽 구석에 가만히 앉아 있던 바할도 천천히 일어섰다.

그는 흥미 가득한 얼굴이 되어 연우에게 다가왔다. 대신에 시선은 선임 용병의 등에 업혀 있는 한빈에게 고정되었다.

"이놈인가?"

연우는 고개를 끄덕였다.

"그렇습니다."

"확실히. 도무신을 꼭 닮았어. 주름만 더 붙인다면 도무신이라고 해도 믿겠는걸. 하핫!"

바할은 크게 웃음을 터뜨렸다.

도무신을 알고 있는 사람이라면 누구나 한빈에게서 그를 떠올릴 수 있을 테니까.

이렇게 가만히 앉아 중요한 패를 손에 넣게 되다니. 기분이 상쾌했다.

'카인, 이 친구를 만난 게 올해 가장 큰 복이군. 혹시나 했는데, 정말 이런 대어를 낚아 올 줄 누가 알았을까.'

여름여왕이 드래곤 하트가 망가져 대체품을 찾고 있는 이때. 리언트를 꾀어내기 위한, 아니, 정확하게는 '돌'을 세상에 드러나게 하기 위한 작전은 아주 신중하게 진행해야만 했다.

그래서 사실 바할도 따로 계획했던 작전이 있었다.

여름여왕에게 별도로 보고하고, 일단 진행해 보라며 미적지근하게나마 허락을 받았던 것.

'내가 파악하기로, 리언트가 튜토리얼 지대에서 만들려고 했던 '돌'은 분명히 미완성이었어. 하지만 그걸 완성할 수 있는 방법이 있다면. 재료가 있다면. 아무리 의심이 많은 녀석이라고 해도 혹할 수밖에 없겠지.'

그리고 이미 돌을 완성하기 위한 남은 재료는 이쪽에서 전부 챙겨 비밀리에 보관하고 있는 상태였다.

그래서 원래는 여기에 대한 정보를 실수인 척 흘리고, 리언트를 꾀어낼 생각을 하고 있었다. 녀석의 돌에 대한 집착은 어마어마했으니까.

하지만 이 작전에도 한 가지 약점이 있었다.

이미 리언트는 바할과 레드 드래곤을 의심하고 있고, 녀석의 성격상 직접 재료들을 확인하기 전까지는 극도로 조심스럽게 움직일 가능성이 크다는 점이었다.

그래서 녀석을 움직이게 할 만한 원동력이 필요했던 참이었는데.

갑자기 도무신의 아들의 그의 손으로 흘러오게 되었다.

도무신이라면 리언트를 자극하고, 강제로 돌을 꺼내게 만들 원동력으로 충분하다.

아들이 있는 한, 도무신은 바할의 꼭두각시 인형이 될 수밖에 없을 테니.

물론, 도무신이 아들을 버리고, 청화도를 선택할 수도 있다.

하지만 바할은 그럴 일이 없으리란 걸 잘 알고 있었다.

외골수인 도무신이 자신의 마력을 나눠 주면서까지 보호하고 싶어 하는 아들이라면. 무술과 조직에 대한 집착보다, 아들에 대한 집착이 훨씬 클 게 분명했다.

"일단 깨우지."

대기하고 있던 선임 용병은 지시에 따라 한빈의 얼굴을 세게 두어 번 후려쳤다.

짜악. 짜악. 볼따구니에 시뻘건 손자국이 남았다.

한빈은 정신이 번쩍 드는지 눈을 활짝 떴다.

녀석은 낯선 사람들로 가득한 곳에서 잠시 상황 판단을 하지 못하다가, 인상을 찡그리며 버럭 소리를 질렀다.

"너 이 새끼들 우리 아버지한테 일러서 다 죽일……!"

하지만 한빈은 말을 길게 잇지 못했다.

고함을 치다 말고 바할과 눈이 마주치는 순간.

마약의 기운 때문에 안개처럼 흐릿했던 의식이 갑자기 확 맑아지면서 정신이 또렷하게 들었다.

그리고 가장 먼저 든 감정은 바로 공포였다.

본능적으로 알 수 있었다.

눈앞에 있는 상대는 자신 하나쯤은 개미 죽이듯이 가볍게 해치울 수 있는 높은 존재라는 것을. 탑에서 손꼽힌다는 아버지도 이 사람 앞에서는 승부를 쉽게 장담할 수 없을 것 같았다.

그리고 그제야 눈에 들어왔다.

그들의 머리 위로 나부끼고 있는 깃발. 레드 드래곤의 표식이었다.

자신은 지금 적진 한가운데에 끌려와 있었다.

"그래도 제 아비를 조금은 닮아 사람을 보는 눈은 있군. 완전한 견자(犬子)는 아닌 모양이야."

바할은 잔뜩 겁을 먹은 한빈의 눈빛을 읽고 가볍게 웃음을 터뜨렸다. 그래도 호랑이의 아들이 맞긴 한 모양이었다.

"눈치가 빠른 것 같으니, 이제부터 내가 뭘 하려는지도 잘 알겠어. 그렇지?"

바할이 사납게 웃었다.

"우선은 왼쪽 새끼손가락부터 하지. 자네 생각은 어떤가?"

* * *

연우는 고요한 눈길로 그런 바할을 바라보고만 있었다.

이걸로 기름은 부어졌다.

이제.

불길을 당길 차례였다.

* * *

"이, 이런! 하, 한빈아!"

도무신은 갑작스러운 레드 드래곤의 방문으로 스쿨드의 신전이 망가졌다는 소식을 들었을 때, 하늘이 무너지는 줄로만 알았다.

한평생 여자와는 담을 쌓을 줄 알았던 자신에게, 봄날의 훈풍처럼 갑자기 다가왔던 연인. 그녀가 눈을 감으면서 유일하게 남긴 흔적이 바로 아들이었다.

그런 아들을 빼앗겼다고 한다. 그것도 원수인 레드 드래곤에게.

도무신은 어떻게든 아들을 찾아오고 싶었지만, 대체 어디로 사라졌는지 모르기에 발을 동동 굴려야만 했다.

그래도 철함을 가지고, 어디로든 갈 생각이었다. 함정에 빠져 자신의 목숨이라도 내놓을 각오까지 하고 있었다.

그런데.

철함을 가지러 온 순간. 자신이 머무는 막사 안, 탁상 위에 자그마한 상자가 놓여 있었다.

익명의 편지와 함께.

아들을 찾고 싶다면. '돌'을 가져와라.

편지에 적힌 딱 한 줄의 문구.

무슨 뜻인지 알 수 없었지만, 그걸로도 도무신의 머릿속은 창백해지고 말았다.

그리고.

그는 떨리는 손길로 상자의 뚜껑을 열었다. 그 속에는 상상도 하지 못했던 것이 덩그러니 놓여 있었다.

아들의 것으로 보이는 새끼손가락.

도무신은 난생처음으로 비명을 지르고 말았다.

〈다음 권에 계속〉